imaginist

想象另一种可能

理
想
国

imaginist

约翰 · 伯格作品

讲故事的人

John Berger

The Storyteller

作者_约翰 · 伯格

译者_翁海贞

广西师范大学出版社

· 桂林 ·

图书在版编目(CIP)数据

讲故事的人 / (英) 伯格著；翁海贞译. —2版.
—桂林：广西师范大学出版社, 2015.5（2020.1重印）
书名原文：The storyteller

ISBN 978-7-5495-6301-2

Ⅰ. ①讲… Ⅱ. ①伯… ②翁… Ⅲ. ①随笔－作品集
－英国－现代 Ⅳ. ①I561.65

中国版本图书馆CIP数据核字(2015)第012032号

广西师范大学出版社出版发行

广西桂林市五里店路9号 邮政编码：541004
网址：www.bbtpress.com

出 版 人：黄轩庄
全国新华书店经销
发行热线：010-64284815
山东鸿君杰文化发展有限公司 印刷

开本：787mm×1092mm 1/32
印张：14.375 字数：170千字 图片：23幅
2015年5月第2版 2020年1月第4次印刷
定价：56.00元

译序

十九世纪有一个传统，那便是小说家、故事家，甚至于诗人通常会在导言里为公众提供他们作品的历史解释。一首诗或者一则故事无法回避去处理一种特殊的经验：关于这经验如何与全世界的发展相联系，这一点是能够也应当自写作本身暗示出来的——这正是语言的共鸣所提出的挑战（在某种意义上，任何一种语言都像位母亲，知道一切）；尽管如此，一首诗或者一则故事通常不太可能彻底分辨特殊和普遍之间的关系。而那些企图这么做的作家，将他们的作品写成了寓言。于是作者便生起了围绕着他的作品作解释的欲望。这个传统之所以在十九世纪确立，完全是因为那是一个充满革命性改变的世纪，在那个世纪，个人和历史之间开始形成一种有意识的关系。而在我们这个世纪，改变的范围和程度甚至更大。

约翰·伯格在《猪猡大地》的“历史后记”中如斯开场，这本集子写的是农民的故事，是他手头的《劳作》（*Into Their Labour*）三部曲的第一部。

今天，约翰·伯格因为他的小说、故事、非小说作品——包括几部艺术批评，以及与摄影家让·摩尔（Jean Mohr）合作的作品——而享有盛名。在他的创作生涯中，约翰·伯格还是一个非常活跃的随笔作家，他定期为广大的读者写作。本书所展现的正是他写作的这个特殊方面。

这是他的第五部随笔集，就其囊括的时间跨度、写作类型、所关注的问题而言，这本文集是最为详尽的。以他最新近的作品为轴心，本书使我们得以管窥他写作思想的发展。作为约翰·伯格随笔的代表作，本文集使得我们能够理解他其他形式和体裁的作品背后的灵光一现。爱情和激情、死亡、力量、劳作、时间的经验以及我们当下历史的本性：这些贯穿本文集的主题，不但是约翰·伯格作品的中心，而且也是当代的紧迫议题。选择和安排这些材料相对来说是轻松的，然而为这本文集作序却不容易。

我清楚地记得，当我第一次坐下来与约翰·伯格一起工作的时候，我被震惊了。他邀请我与他共度一周，讨论他的照片以及关于摄影的长篇随笔（《现象》，出自《另一种讲述的方式》）。我武装着对于随笔第一稿的细致评论去拜望他。我发现自己不但能够轻松自信地引用瓦尔特·本雅明和苏珊·桑塔格——这篇文章显然深受两者的影响，而且也能够引用约翰·伯格本人以往关于摄影的文字。

然而，让我吃惊的正是这个理论的、本质上是话语的能力是多么无济于事，因为约翰·伯格工作时的那种专注令我震惊、顿悟。顷刻之间，我认识到该从哪里着手整理这本书，就好像所有文章的命题和分析（它们已经向我证明启发和解释的力量）不过是展示出各自的论点，这些论点汇集在一起，推进一个更强的论点。对约翰·伯格而言，即使在写作的后期，最为重要的仍然是能够被看到的，能够从表象本身被阅读到的，他对于视觉的强调到了如此的地步，以至于可以排除熟悉的词语和搭配。他将这些词语撇在一边——甚至于几乎遗忘了我们手头这篇随笔中的短语。对他来说，重要的是在这个时刻，当我们看着摆在面前的照片时所浮现的词语。焦点完全落在形象和表象上，落在书桌上的照片上，偶尔也落在通过开启的窗户所呈现的世界。

如今，这个原则——对于约翰·伯格显然是习惯性的，很大程度上是无意识的——与早期现象学家的哲学方法之间的相似不是偶然的，我们可以在伯格的写作中看到这个欧洲哲学传统的痕迹。然而，在影响伯格写作的因素之中，哲学的训练远不及他早期对于绘画和素描的热爱，对于视觉艺术的终生投入。借用他自己的简洁方式表达，对于约翰·伯格来说，看（seeing）确实是第一位的。姑且不论他的写作事业，姑且不论他文章复杂和抽象的程度，在他的文章里，观看（seeing）、感知（perceiving）、想象（imagining）保持着它们作为理解世界的方式的首要地位。

约翰·伯格，1926 年 11 月 5 日生于伦敦。当他被送向他所憎恶的一所学校[1]时，一种内在的放逐和移居便开始了。这种感觉被他过早地阅读无政府主义者的经典著作所加强。十六岁时，伯格违背他的家庭意愿，为成为艺术家而辍学。他在中央艺术学院（Central School of Art）的

1 牛津圣爱德华寄宿学校（St Edward's School in Oxford）。——译注

学习被战争中断。他拒绝授予他的委任，在战争中先后担任二等兵（Private）和准一等兵（Lance Corporal）。这意味着他以任何一个有着他这样背景的人通常不可能有的亲近与工人阶级生活在一起。事实证明这个经历具有深刻的影响。退伍之后，他进入切尔西艺术学院（Chelsea Art School），开始关注时事政治。

探索视觉意义和词语意义之间的关系，即文字和形象之间的关系，是约翰·伯格工作中持续的关注点。但是，在他开始探索它们的相互关系之前，他经历了某种分离的忠诚。在孩提时代，他画画、写诗、写故事，一视同仁。当他还在学校的时候，这种意识赋予他的绘画一种文学、轶事的性质，赋予他的写作一种视觉描述的趣味。离开学校之后，他继续画画，举办过一系列成功的画展。甚至到今天，他仍然画素描。但是他开始以谈论艺术，而后以写作艺术批评为生。写作成了他的主要媒介，他自己的交流方式，但是在某种意义上，他最主要的、持续关注的仍然是视觉的。

1952年，伯格成为《新政治家》（*New Statesman*）周刊的艺术批评家，这个生涯持续了十年。由于对政治的直言不讳，对绘画实际过程的敏感，他很快成为最著名、最具争议性的批评家之一。十年之后，作为为英国广大读者写作的唯一一位马克思主义艺术批评家，伯格永远地离开了英国。同时，他也终于从不得不以艺术批评的方式表达他对任何事物的想法或感觉的境地逃脱。

艺术、政治、放逐是他的第一部小说《我们时代的画家》（1958 年）的关键元素。此书的题材来自他与居住在伦敦的几个流亡艺术家之间所建立的友谊，他们中的大多数是从东欧和中欧流亡而来。小说的主角雅瑙斯·拉文（Janos Lavin），是一个非常政治性的画家，他生活、梦想在现代主义的遗产里，并思索在社会主义者的艺术和思想里迫切需要一个新的、批评的现实主义。小说结尾，在 1956 年事变之际[1]，他从伦敦消失，回到他的祖国匈牙利，甚至抛下他最亲密的人（他的妻子、小说的作者、读者），他们对于他所可能从事的行动，对于他所可能遭遇的命运一无所知。这部小说如此具有说服力地展现了政治现实棘手的复杂性，因此不太可能在入侵匈牙利两周年后两极化的冷战气氛里受欢迎。此书出版后同时受到右翼和左翼的激烈攻击。出于谨慎，出版社于几周后收回此书。今天，

1 1956 年 10 月 23 日，苏联入侵匈牙利。——译注

没有几个人会质疑此书的智慧和正直。

在新的社会和政治背景下巩固现代主义遗产的斗争以对两位相对独立的艺术家的主要研究为中心。一位是在共产主义的背景之下，另一位是在资本主义的背景之下：《毕加索的成败》（*The Success and Failure of Picasso*，1965 年）和《艺术与革命——恩斯特·涅伊兹韦斯内以及艺术家在苏联的角色》（*Art and Revolution: Ernst Neizvestny and the role of the artist in the U.S.S.R.*，1969 年）。作为那个时期的代表作，本文集重新收录了《立体主义的时刻》（1966—1968 年），一篇生动地展现了灵活、影响深远的马克思主义方法的开创性随笔，作为“艺术的工作”一辑的轴心。

但是，在伯格的所有作品当中，对于视觉艺术研究具有最广泛影响的无疑是 BBC 的电视系列片，以及配套出版的《观看之道》（1972 年）。作为以历史的、物质主义的传播方式理解艺术的重要里程碑，《观看之道》出现在许多必读书目上。在讨论西方艺术中主流传统的社会角色，以及意识形态和技术为我们灌输的观看艺术和世界的方式上，此书仍然是最精炼、最具挑战性的陈述之一。

作为一部批判性杰作，《观看之道》引发了许多肤浅的误读，甚至一些最受此书影响的人也发现，很难将此书的有力论点与约翰·伯格关于个别大师和绘画作品的文章相协调。当他考察伦勃朗或者哈尔斯、莫奈或者凡·高的作品时（正如在本文集中的文章），他并不关心挖掘阶级意识形态和历史局限的元素。他经常使用精确的历史和传记信息，但是他的意图是从作品本身学习。

《观看之道》有一章是关于女人作为视觉对象。它的论点成为艺术和大众传媒女性主义分析的里程碑。他早期关于毕加索和涅伊兹韦斯内的书里也包括谈论性爱激情的力量、性爱激情的本质以及解放可能性的重要篇章。这两个视角在小说《G》（1972 年）中融合起来。除了其他众多情节，小说叙述了主人公 G 的性妄想症。在本文集里，“爱情入门”一辑所收录的文章探讨了一系列艺术家爱情和激情的特殊经验。而《在斯特拉斯堡的一夜》记录了伯格为电影《世界的中央》（*Le Milieu du Monde*）写作剧本时关于激情的思考。

《G》的故事终结于得里雅斯特（Trieste）[1]，这个城市被称为节骨眼，是发达和不发达地区的交汇之处。在此小说所获得的众多奖项中，有英国最具声望的布克文学

1 靠意大利东北岸和南斯拉夫西北岸。——译注

奖。在他的受奖演说上，伯格谴责布克·麦康奈尔（Booker McConnell）公司的糖厂，将他的一半奖金捐赠给西印度群岛反对新殖民主义——布克·麦康奈尔是其中一部分——的革命团队。另一半奖金用以资助《第七人》（*A Seventh Man*，1975），此书关乎欧洲 1100 万海外劳工的经历，关乎寄生于他们个人抱负[1]的欧洲经济机制，以及欧洲为了确保自身的发展，任由周边不发达国家继续贫困的行径。

《第七人》以复杂、图解式的术语揭露欧洲海外劳工受剥削的本质，向官方马克思主义的意识形态或个别对立党派和小团体的政治议题提出重要的质疑。它提醒马克思主义，它的宣言应当是赋予所有人类以希望的普遍前景，而不只是个别团体借以推进自己特殊利益的武器和战略（尽管不是最先进的）。

自此，伯格展现了另一个问题——这是一个棘手的暗示：农民作为社会阶级这个恼人的问题。在全世界农民的传统生活方式被迅速地，通常也是强暴地改变的时候，他提出了这个问题。

1　不发达国家的农民移居到发达国家做工的愿望。——译注今天，约翰·伯格生活、工作在法国阿尔卑斯山的一个小村庄。在社区里，人们将他看作一个受欢迎的陌生人，他们中的许多人将他视为亲爱的朋友。人们认可、欣赏他讲故事的天赋，而在过去十年里，这个天赋有了极大的进益。

1935年，瓦尔特·本雅明写了一篇非常杰出的随笔，题为《讲故事的人》。约翰·伯格的写作显然深受这篇随笔的影响。本雅明区别出两种传统的讲故事者：定居的耕作者；从遥远地方来的旅行者。在他阿尔卑斯山的家里，我多次从约翰·伯格身上看到这两种类型的并存。

伯格的思想引导他成为农民，而他作为农民的经验又影响他的思想，这一点是无法表述的。我们暂且孤立出一个重要的方面：相对于工业资本主义的宣传，农民阶级保存着一种历史感，一种时间的经验。以伯格的话来说，扮演毁灭历史角色的不是马克思主义者或者无产阶级的革命，而是资本主义本身。资本主义的兴趣是切断与过去的所有联系，将所有努力和想象转向未曾发生的未来。

对于剥削和疏远，农民是再熟悉不过的；但是，对于自欺，他们却不那么敏感。正如黑格尔著名的主奴辩证里的奴隶，他们与死亡、世界的基本过程和节奏之间保持着更直接的关系。通过他们自己双手的劳作，他们生产、安排他们的世界。在他们的轶事和故事里，甚至在他们的闲话里，他们根据记忆的法则编织自己的历史。他们知道是谁通过进步得利，他们有时沉默地，有时秘密地保留着一个完全不同世界的梦想。约翰·伯格展示了应当向他们学习的是什么。

讲故事的人将自己的声音借给他人的经验。随笔作家将自己借给特定的场景，或者他所写作的问题。约翰·伯格本人的事业和思想形成一个语境，只有在这个语境里，我们才能理解本文集里的文章。但是更多地了解约翰·伯格的关键是为了更有效地向他学习，更深刻地理解他所提出的各种紧迫议题和困难问题。

正如绝大多数此类作品集，本书的部分内容缘于意外与巧合。在考虑纳入本书的材料时，我不得不顾及颇为偶发、外来的限制：比如说，少数几篇文章曾被纳入以前的集子。纵然如此，这里所选择的文章能够相当直接地归属到几个标题之下：旅行和移居，梦想，爱情和激情，死亡，作为行为和人工制品的艺术，理论与生产、再生产世界的体力劳动之间的关系。这些简单的归类有个优点：我能够将具有更广泛、深远意义的文章与讨论当前对象或问题的专门文章各自编排。因而，本书的文章编排忽略年代顺序（日期可在出处表对照）。

约翰·伯格对于艺术作品、艺术所作的工作、创作艺术的工作的关注，为他的任何一部作品集提供了自然的焦点。在约翰·伯格的人生里，从而也在本文集里，对于故事叙述和语言的关注是一个更全面、更广泛的议题。“离乡”一辑的主题是旅行、放逐、移居；本文集最后“未修筑的路”继续着这些反思。“爱情入门”的所有文章显示了约翰·伯格对于艺术作品，尤其是绘画的关注。“最后的照片”集合了不同媒介、不同处境下关于死亡的四篇随笔；显然，在每一篇文章中，亡人不仅属于过去——永远都不是死人埋葬死人——而且也属于现在和未来。

在整理这本文集时，我突然想到，这本集子也可以作为一个故事来阅读，或者更应当说，作为一个完整的文本，它起着类似故事的作用。

伯格曾经写道：

> 归根结底，故事不依赖于它所述说的，不依赖于我们——将自己文化妄想症的某些东西投射到世界上——所谓的情节。故事不依赖于任何思想或者习惯的固定保

留剧目：故事取决于它跨越空间的步伐。在这些空间里，存在着故事赋予事件的意义。这种意义绝大部分来自故事中的人物和读者之间共同的渴望。

讲故事的人的任务便是了解这些渴望，并将它们转变成自己故事的步伐。如果他这么做的话，无论何地，只要在人生的残酷逼迫得人们聚集起来试图改变它的地方，故事便能够继续扮演重要的角色。尔后，在故事的沉默空间里，过去和未来会联合起来，控诉当下。

劳埃德·斯宾塞（Lloyd Spencer）

1985年于曼彻斯特

目 录

两 个 梦

爱情入门

最后的照片

艺术的“工作”

未修筑的路

1945 年 8 月 6 日

白 鸟

THE WHITE BIRD

伦勃朗·凡·莱因,《波兰骑士》

伦勃朗的自画像

脸上的眼瞳
两个夜晚看着白天
他心灵的宇宙
被怜悯倍增
任何事物都不足来比拟。
在镜前
寂静如同没有马蹄声的道路
他预知我们
既聋又哑
回归大陆
去看他
在黑暗里。

1985

自画像

1914—1918

如今看来，我当时是那么接近那场战争。

我在它结束八年之后诞生。

总罢工已经被击垮。

然而我诞生于信号弹和榴霰弹下

板道上

没有躯体的四肢堆里。

我诞生于死人的神情

芥子气是我的襁褓

防空洞里我被喂养。

我是那毫无根据的生存希望
食指和拇指间沾满污垢
我诞生于阿布维尔（Abbeville）附近。

我生命的第一个年头，
在一本袖珍《圣经》的书页间度过
塞在一个卡其布袋里。

我生命的第二个年头，
与一个女人的三张照片度过
装在一个标准化军队现金夹里。[1]

在我生命的第三个年头

---

1 I lived the second year of my life
With three photos of a woman
Kept in a standard issue army paybook
我生命的第二个年头
我的父亲参军了
带着母亲的三张照片，装在一个标准化军队现金夹里
——这是译者对于这三行诗的理解，然而由于对诗意无法把握，特注于此。

1918 年 11 月 11 日早上 11 点
我成了所有可能的想象。

在我能够看之前
在我能够哭之前
在我能够饥饿之前

我是造就英雄的世界。

1985

白　鸟

不时有些社团院校——多数是美国的——邀我去作美学演讲。有一回我想应承下来，带上只白色木头做的鸟去。不过我终究没有去。问题在于如果不谈论希望的法则和邪恶的存在，就无法谈论美学。在漫长的冬季，上萨瓦（Haute- Savoie）某些地区的农民会做些木鸟挂在厨房里，兴许也挂在礼拜堂。有些旅行家朋友告诉我，他们在捷克斯洛伐克、俄罗斯、波罗的海某些地区也见过按照同样原理制作的类似的鸟。这个传统也许还更广泛。

这些鸟的制作原理再简单不过，当然，制作一只精巧的鸟需要相当的技艺。拿两根六英寸见长、宽和高略小于一英寸的松木，泡在水里，使木头吸收水分达到其韧性的极致，然后便可着手雕刻。一根木头雕刻成脑袋和身体，连着一个扇形的尾巴，另一根雕刻成翅膀。技艺主要体现在翅膀和尾羽的制作上。整扇翅膀按照一片羽毛的轮廓雕刻，再将这整扇翅膀劈成十三个薄片，一层层地轻轻向外掰开，成为扇形。依照此法制作另一扇翅膀和尾巴的羽毛。最后将这两块木头接成一个十字，一只鸟就完成了。用不着胶水，只要在十字交叉的地方钉上一枚钉子。这些鸟通常很轻，只有两三盎司重，穿上线，挂在壁炉架或者悬梁上，随着气流浮动。

将这样一只鸟与凡·高的自画像，或者伦勃朗的耶稣受难像作比较也许是荒谬的。它们是按照一个传统模式制作的简单家庭手工。然而，正是因着它们的简单性，这些鸟使得我们能够归纳它们的性质。这些性质让每个看到它们的人感觉愉悦和神秘。

其一，是形象的表现——我们看着一只鸟，确切地说是一只鸽子，似乎悬在半空。因此，这里有个对周遭自然世界的指涉。其二，所选择的题材（一只飞行的鸟）以及置放它的情境（不大可能有活鸟的室内），使得这物什象征化。继而，这个原始的象征手法联系着一个更普遍的、文化的象征。在相当广泛的各种文化里，鸟——尤其是鸽子——具有象征意义。其三，这里有种对所用材料的敬意。制造过程应循木头原有的轻盈、韧性和纹理。看着它，我们会惊叹木头竟能如此绝妙地变成鸟。其四，这里有个形式上的统一和经济。尽管这东西貌似复杂，其制作原理却极为简单，甚至于简陋。重复，实则也是变化，才使其神情盈然。其五，这个手工制品激发起某种惊异：这究竟是如何做成的？我已在前文略作提示，但是任何一个不熟悉这种技艺的人，都想将这鸽子拿在手里细玩，探寻隐藏在工艺背后的秘密。

如果将这五种性质笼统地作为一个整体感知，至少在刹那间会激起面对神迹的感觉。我们看着一块变成了鸟的木头，我们看着一只在某种程度上不只是鸟的鸟，我们看着以某种神秘技艺和某种爱所制作的东西。

至此，我试图孤立白鸟激发审美情感的性质（虽然“情感”这个词本是指心脏和想象力的运动，但是用在这里似乎有些混淆，因为我们这里所讨论的情感与我们所经验的其他情感关系甚小，尤其是因为自我在这里被暂时悬搁）。当然，我对这五个性质的定义仍然回避了本质问题。它们将美学降格为艺术。它们忽略了艺术与自然、艺术与世界之间的关系。

面对一座山峰、日落时分的沙漠、一棵果树，我们也能够体验审美情感。于是我们又得从头说起——这一回不再以手工物品，而是以诞生我们的自然开始。

城市生活容易让人萌生感伤的自然情怀。城市人看自然是花园，或是窗棂外的风景，或是自由的舞台。农民、水手、牧人更有头脑。自然是力量和抗争。自然是没有承诺的存在。如果自然能够被人类当作是舞台和背景，那么它必须被当作既有助于善，也有助于恶的自然。自然的力量冷漠得可怕。生命的第一需要是庇护所。庇护所反抗自然。最初的祈祷是祈求护佑。生命的第一个迹象是痛苦。如果造物主是有目的的，那么它的目的是隐秘的，只能在征兆里不可企及地探寻，永远不可能在真实的迹象里找到。

正是在这样荒凉的自然情境里，我们遭遇美。这遭遇究其本质是不期然的、无法预料的。风平浪息，海水从土灰变成宝蓝；雪崩后滚落的巨石下长出小花；破败小镇的上空升起月亮。我举这些极端的例子是为了彰显情境的荒凉。反观更多日常的例子，无论我们是如何遭遇美，美始终是个例外，始终是“尽管”。这正是美打动我们的原因。

有人会说，自然之美打动我们的方式的本源是功能的。花朵承诺丰饶，日落指涉火与热，月光晕淡夜的黑，鸟羽的斑斓引发性欲（甚至返祖地适用于我们）。不过，我认为这样一个证论过于简化。雪一无是处；蝴蝶给予我们的甚少。

诚然，某个特定社群在自然界发现美的范围仰赖于该社群的生存方式、经济、地理。爱斯基摩人（Eskimos）看着美的东西，不太可能与阿善堤人（Ashanti）看着美的东西相同。现代阶级社会有着复杂的意识形态限定：比如说，我们知道十八世纪的英国统治阶级不喜欢看见大海。同样的，审美情感的社会用途随着历史时刻而改变：山峦的轮廓可以代表死者的归宿，抑或代表对生者决心的挑战。人类学、宗教学比较研究、政治经济学和马克思主义早已将这一点解释得很清楚了。

不过，似乎存在所有文化都认为是“美的”某些常数：其中包括——某些花、树、奇形怪状的岩石、鸟、动物、月亮、流水……

我们不得不承认巧合，抑或可能是一种和谐。自然形式的进化和人类感知的进化之间的契合，产生一种潜在认同的现象：所是与我们所能看见的（通过看见也感觉的）有时交汇于一个肯定的点。这个点、这个巧合是两面的：被看见的即被认识的、被认可的；同时，所见肯定观者。

在一瞬间，人发现自己——非自命为创造者——处于《创世记》第一章上帝的位置……他看着它是好的。我认为，面对自然所生发的审美情感便萌生于这个双重肯定。

不过，我们并不是生活在《创世记》第一章。我们生活在——倘若顺着《圣经》的事件进展——逐出伊甸园之后。无论如何，我们生活在一个邪恶猖狂的苦难世界；一个其事件不证实我们的存在（Being）的世界；一个必须反抗之的世界。正是在这样的境地，审美时刻给予我们希望。我们发现水晶或罂粟是美的，意味着我们并非如此伶仃，意味着我们被更加深切地推入存在，这个深切程度是形单影只的生命无法引导我们相信的。我尽可能确凿地描述这种审美情感的经验问题；我的描述起点是现象的，而非演绎的；如此感知的形式，成为我们所接收的，却无法转译的信息。因为在其中，一切转瞬即逝。转瞬之际，我们感知的能量与创造的能量融为一体。

我们面对手工制品所感受的审美情感——比如文章开头所说的白鸟——是我们在自然面前所感受的情感的衍生。这白鸟是对从真鸟那里所接收的信息进行转译的一种尝试。所有的艺术语言都是试图将片刻转换成永恒。艺术假设美不是例外——不是尽管——而是一个秩序的基础。

数年前，在思索艺术的历史方面时，我写道，判断一件艺术作品，我是看它是否有助于人类在现代世界要求他们的社会权利。我仍然固执此见，艺术其他的、先验的方面提出了人类的本体权利问题。

艺术是自然之镜的观念只在怀疑论时期具有吸引力。艺术不是模仿自然，艺术模仿创造，有时候艺术举荐另一个世界，有时候只是放大、证实、宣传自然所提供的简单希望。艺术有条理地回应自然允许我们所偶尔瞥见的。艺术旨在将这个潜在的认知转换成永恒的认知。艺术宣称人类怀着收到更确切回答的希望……艺术的先验方面始终是祈祷形式的。

邻居们在厨房里喝酒，炉灶上冒出的热气拂着白色的木鸟在空中飘浮。屋外，零下 25 摄氏度，真实的鸟已经冻僵了。

1985

离　　乡

LEAVING HOME

讲故事的人

他已经下到山谷。在这寂静里，我能够听到他的声音从山谷这头传到那头。他轻松地发出这种吆喝，吆喝声像岳得尔（yodel）[1]，套索般抛出。这吆喝声到达听者之后又重新抛向吆喝者。它将吆喝者放置在中心。他的狗和牛群应和着。一天傍晚，我们把奶牛拴在厩里，发现有两头走失了。他出去吆喝。喊第二声的时候，两头奶牛的回应声从深林里传来，几分钟后，正当夜幕四合之际，她们回到厩门边。

前天他下山谷去，下午二时光景，他将牛群从山谷带

1 阿尔卑斯山农民的一种吆喝，真假声结合，以高—低—高—低的调子发出类似“yo”的音，最初用于各山头农民间相互传递问候、信息。——译注

回来——吆喝奶牛，吆喝我开厩门。牡瑰（Muguet）要下犊了——两条前腿都出来了。要想把她带回厩，就得把整群牛都带回来。他颤抖着双手将绳子系在那两条前腿上。拽了两分钟，小牛出来了。他让牡瑰舔犊子。她哞哞地叫着，发出奶牛永远不会在任何别的场合发出的叫声——即便是疼痛的时候。叫声高亢、彻骨、激越，比怨愤更为强烈，比问候更为迫切。颇似大象的呼号。他抱来麦秆给牛犊铺上。对他来说，这是凯旋的时刻，真正收获的时刻：这些时刻将这个狡黠、野心勃勃、坚定、不知疲倦的七十岁养牛老汉融入他身外的宇宙。

忙完每天早晨的劳动，我们通常一起喝咖啡，他会讲起村里的故事。他记得每个灾难发生在几号星期几。他记得每个婚礼在哪年哪月举行，每个婚礼他都有个故事可讲。他能把主角的家庭关系追溯到堂表侄甥的配偶。我时不时在他眼里捕捉到一抹神情，一种同谋的眼神。关于什么？关于我们在显而易见的差异之下所共享的某些东西。某些把我们连接在一起，却从来不曾直接点明的东西。自然不是我为他所做的那些琐碎事体。我为此困惑了很长一段时间。猛然间，我领悟到那是什么。那是他对于我们俩智识相当的认可。我们都是这个时代的史家。我们都观看事件如何契合。

在那个认可里——对我们而言——有骄傲和忧伤。这解释了为何我在他的眼里所捕捉到的神情既是欢快的，又是慰藉的。这是一个讲故事的人看另一个讲故事的人的眼神。我正在纸上所写下的这些他不会读到。他坐到厨房的角落里，喂饱了他的狗，有时候聊会天就去睡觉。他睡得很早，喝完一天里最后一杯咖啡就上床去了。我不大待在厨房，况且，因为他说的是山区法语（Patois）[1]，他的故事若不是专给我讲，我是听不懂的。然而，那同谋的眼神总也抹不去。

我从不曾想把写作当成一种职业。这是一个孤栖独立的行动，练习永远无法积蓄资历。幸运的是任何人都可以开始这一行动。无论政治的抑或是个人的动机促使我写点什么，一旦笔尖触及纸面，写作便成了赋予经验以意义的奋斗。每个职业都有自己的领地，同时也有其权能的极限。而在我看来，写作，却没有自己的领地。写作不过是去接近所写经验的行为，正如（但愿）阅读是去接近所写文本的行为一样。

然而，接近经验与接近房子不同。经验是不可分的，它至少在一个甚至可能数个人生里延续。我从未有过我的

1 与巴黎人正式、优雅的法语相对，山区农民口头、粗俗的法语方言。——译注

经验完全属于自己的印象，反倒经常觉着经验先我而行。总之，经验层层叠加，通过希望和恐惧的指涉，反复重新定义自身；此外，通过最古老的语言——隐喻，它不断地在似与不似、小与大、近与远之间比较。于是，接近一个特定经验时刻的行为同时包括探究（近者）和连接（远者）的能力。写作的动作如同打羽毛球的动作：不断地接近、拉远、后退、趋前。然而，与打羽毛球不同的是，写作不拘泥于固定的框架。随着写作动作的重复，它与经验之间的距离缩短，关系更加亲密。最后，若是幸运的话，亲密就会结出意义这个果实。

对于这老汉而言，他所讲述的故事的意义更加确定，但故事却不因此而缺乏神秘感。实际上，这神秘感广为人知。我会努力解释我的意思。

所有村子都讲故事。过去，甚至很久以前的故事。有一次，我和另一个七十岁的朋友在山里的峭崖下走着，他跟我讲起，一个年轻女孩在山上的夏天牧场割晒牧草时，如何从峭崖上跌落摔死。是战前么？我问道。大约是在1800年（不是误写），他说道。他又讲了些那天里发生的其他故事。一天结束前，这一天里所发生的大多数事情会被人讲述。故事是纪实的，或目睹，或耳闻。每天发生的事件和遭遇被纳入人们的日常叙事，这些尖刻的评判和彼此间终生的熟稔构成了所谓农村的闲话（gossip）。有时候故事暗含着道德判断，不过这个判断——公正抑或偏颇——都只是一个细节：作为一个整体，故事的讲述带着某种宽容，因为说者和听者仍然得与故事的主角在一个村子生活。

鲜有故事是为了理想化或者非难而讲述；相反，故事证明了可能性那总令人略吃一惊的广度。虽然都是些日常事件，但它们也是神秘的故事。一丝不苟的C怎会推翻了自己的干草车？L怎么将她的相好J骗个精光，J这个铁公鸡，又怎会让自己上人当？

故事邀请评论。实际上，它创造评论，因为即便是默不作声也被当作某种评论。评论也许是恶意的，或者是偏执的，但是，若是如此，评论本身也会变成一个故事，因而反过来成为评论的对象。为什么F从不放过机会诅咒她兄弟？更多的时候，附加于故事的评论是作为，也被理解为评论者个人——根据故事——对于生存之谜的回答。每个故事允许每个人定义自己如此。

这些故事实际上是亲近的、口头的、日常的历史，它们的功能是使得整个村子定义自身。跟村子的自然和地理属性不同，村子的生活是存在于其中的所有集体和个人的人情关系的总和，它们结合社会和经济关系——通常是沉重的——将村子和外面的世界联系起来。但是，我们也可以这般形容一些镇子的生活，甚至一些城市的生活。农村生活的独特之处在于它同时也是一幅活动的自画像（a living portrait of itself）：一幅群像，在这幅肖像里，人人都被描摹，人人都在描摹；这只有在人人彼此熟知的情况下才有可能。正如罗马式教堂柱头的雕刻，在所显现的与如何显现之间有种精神的一致——仿佛所雕刻的便是那雕刻者。村子的自画像不是由石头造就，而是由述说、流传的词语造就；由舆论、故事、目击者的陈述、传说、评论和道听途说造就。这是一个绵延的肖像，它生生不息。

及至新近，村子和村民可用来定义他们自身的唯一材料仍是自己的口头语言。村子的自画像——除却他们劳动的物质成就——是他们生存意义的唯一反映。这个意义只被他们自己认可。如果没有这样一个自画像——“闲话”是其素材——村子会被迫怀疑自身的存在。每个故事，以及对于每个故事的评论——它是故事被目击的证明——成就了这自画像，证实了村子的存在。

与大多数自画像不同，这个绵延的自画像是极为写实的、随性的、不矫揉造作的。由于生活的不安全，农民与其他人一样，或可能比他们更强烈地需要形式，一种通过典礼和仪式表达的形式。但是作为他们自己群像的制作者，农民又是随性的，因为随性更符合真理：典礼和仪式只能支配部分真理。所有婚礼都是相似的，而每个婚姻是不同的。死亡走向每个人，而亡灵只能独悼。这就是真理。

在村子里，一个人为人所知的一面与不为人所知的一面之间的差异甚小。村子里可能有一些瞒得结实的秘密，但是，一般来说，欺罔是罕见的，因为这不可能发生。因而，也少有好管闲事（inquisitiveness）——在窥探意义上的，因为这没有太大的必要。好管闲事是城市看门人（concierge）的特征。通过向 X 道说其不熟悉的 Y，看门人可以得到丁点权力或认可。在村子里，X 对 Y 了如指掌。于是，这里也少有表演：农民不像城里人那样扮演角色。

这不是因为他们“简单”，或者更诚实，或者从不耍诡计；这只是因为一个人的为人所知与不为人所知之间的空间——这是给予所有表演的空间——过于狭小。当农民表演时，他们表演的是实际的玩笑。比如说，某个星期天上午，村里人都在教堂里做弥撒，四个男人推来村里所有运堆肥的独轮车，在教堂门廊外一字排开。每个走出教堂的男人，只得寻着自家的独轮车，推回家去。穿着最好的星期天礼服，在村子大街上推堆肥车！正因为如此，村子绵延的自画像是尖锐的、直率的，偶尔有些夸张，但绝少有理想化或矫饰。这其中的意味是矫饰和理想化关闭问题，而现实主义则开放问题。

现实主义有两种形式，专业的（professional）和传统的（traditional）。作为一种被艺术家或作家（像我本人）所选中的方法，专业的现实主义总是有意识地带有政治性；它旨在瓦解统治意识形态的晦涩之处，因此，通常现实的某些方面一直被扭曲或摈弃。而传统的现实主义，就其起源而言更为大众化，在某种意义上，更具科学性而非政治化。假定一组实证知识和经验提出未知的谜题，该当如何？与科学不同，传统的现实主义可以无需回答而继续存在。可是它的经验过于庞大，以至于它无法忽视问题。

与常言相反的是，农民对村子之外的世界很好奇。然而四处走动却仍做个农民的几率终归不大。农民没有选择地点的权利，他的位置在受孕瞬间就被指定。因此，如果他把村子看作世界的中心，与其说这是乡土观念的问题，倒不如说这是现象学的真理。他的世界有个中心（我的没有）。他相信村里所发生的事件是人类经验的典型。如果用技术性的或组织学的术语来解释，这个信念无非是天真的。他将人作为“类”来诠释。让他着迷的是各色人等的类型学，以及无人逃脱的生与死的共同命运。因此，村子的活动自画像的前景极为具体；而其背景则是由最开放、最普遍、永远不可能被完全解答的问题构成。在那里，便是公认的神秘。

这老汉知道，我与他一样，深刻地理解这一点。

1978

在异国城市的边缘

1

它叫文艺复兴酒吧，位于火车站铁道口附近的卡车道旁。里面丝毫不像个酒吧。实际上，连个吧台都没有。不过是个小前厅布置而成的餐馆。酒瓶——不过半打——摆在一个装药的角落柜里。三个男子和一个女人坐在一张桌前打牌——belote[1]。最年长的男子起身招待我们。他长着一张狂热詹森教徒的脸：看透了世间的浮华及其种种变相。他将我们引到一张大理石台面的桌前，随手揩拭了桌子。屋子很脏乱，数星期不经打扫、碰触的样子，只有餐馆尽头他们打牌的地方还干净些，那里有一扇门通向厨房。那

1　一种在法国很流行的纸牌玩法，需用 32 张纸牌。——译注

边有种家的感觉，我们的所在之处——四码之外——像个户外厕所，堆积着前任房客们的垃圾。我们旁边的桌子上搁着一把打开的黑伞，伞面破烂。桌边靠着一辆自行车。桌后的墙上钉着几张地中海某个沙滩的明信片和快照。它们都已经泛黄。我们身后是个大木柜：几只蝴蝶钉在柜门上。蝴蝶的翅膀破损了，就像那把伞一样，可以看穿。

我们要了红葡萄酒，拿出随身带来的面包和香肠吃。有着一副詹森教徒面孔的店老板给我们端上酒，赶紧坐回去打牌。我们看着他们打牌。打牌的人是店老板、另一个像是店老板兄弟的老人、一个年轻男子和一个年轻女人。他们打得很专心：眼睛盯在牌上，偶尔有一只手把一张牌捶到桌上——带着锤子敲打公共大钟的权威。但是，他们没有咄咄逼人的架势，没有针对个人的恶意。他们也没有喝酒。没过多久，那兄弟立起身来，一个女人从厨房出来，双手在围裙上揩了揩，在他的位子上坐下。两个小孩跟在她后面，在通往街上的门边蹦跳。打牌人的谈话也只关于牌。他们赌的是筹码，不直接赌钱。我们看着他们的背影，就好像看着四个人伏在桥阑上探头看一条河、一艘船、一群我们无法看到的鱼。越是看着他们，这种感觉就越是强烈。实际上，我们能够看到他们的脸，但是除了专注，他们的脸没有任何表情。我们看不到的是他们手中的牌。

一个年纪稍长的女人从厨房出来，向着打牌的人赞许地微笑。她注意到我们，便走来祝我们好胃口。她接着说道：“有时候吃是好的，像是回归秩序。”她回到牌桌旁，站了一会儿，垂着眼皮看店老板手里的牌。她又赞许地点点头——仿佛从桥阑上看到一艘金色的三桅船驶过。

打牌人后面的墙上挂着一张当地公交时刻表。这是餐馆里最新最明亮的物什。只是餐厅里没有钟表。稍后我向店老板询问时间，他只好去街上隔两间的另一家餐馆打听。

四个人接着打牌。每个人都能看到世界上任何人无法看到的——他自己的牌。世界不在乎。但是另外三个打牌的人在乎，他们懂得落到他们手里的每一张牌的重要性。这样的兴趣、这样的关注引发了某种依赖性，每个人都在某种程度上控制其他人，直到一局牌终，赢家胜出的时刻。而在那个时刻，赢家的胜利也便告终。

因此，他们建立起一种比世界上所存在的任何公平更加公正的公平。也因为如此，他们能够接受牌的最极端要求，即专注地打牌。他们所遵循的原则，如同无政府主义者的原则，是暴力的、绝对的，比日常世界的任何既有原则更加接近于他们的悟性和憧憬。这桌上所打出的每张牌都有助于削弱世界的权威。我们所观看的是一场阴谋，而且是一场我们大可轻而易举加入的阴谋。

2

圣让大教堂（Cathedral of St. Jean）外停着很多汽车，两辆公交车。男人们穿着衬衣。这是一个星期天早晨，羊角面包里的黄油格外多。

教堂被挤得满满的。没有一张空椅子，连走道都站满了人。教堂里这样的盛况在这个国家很少见。但是当我们向前朝着牧师挤去时，就明白了其中缘由。在教堂的中心，三面被教众团团围住，面朝着教堂东面通向圣餐台，铺着地毯的台阶上，一百个穿着白裙子的女孩排成方形队列。礼服、手套、面纱，洁白得没有一丝污迹和褶皱。家里，一百个熨斗一定还未冷却。

女孩子的年龄在十一到十三岁之间。白衣裳衬得她们的脸色发黄。她们与牧师的对答，围在前排、留心着她们每个小动作的父母和监护人的注视，将她们困得死死的。在这样的注意下，她们好像纹丝不动：放弃了独立活动的自由，她们好像非常安宁。

就像看着熟睡的孩子。对于观者来说，他们具有一种虚假的天真。实际上，要是仔细观察的话，还是可以区别不同程度的经验。有些孩子只是装睡，她们的脚趾在洁白的鞋子里蠕动，直到将憋在肚子里的话讲给同伴听了才得安生。她们从眼角瞥见寡妇的可笑举动。她看着她的侄女，干枯的双手不停地抚平苍老屁股上的黑裙——一分钟三十次。

有些女孩如此强烈地意识到自己身上的白裙，如此强烈地意识到这白色吸引着周围所有人的眼睛，她们竟开始幻想结婚。

在上帝那耀眼的纯洁前，有些女孩感到这是亵渎。这些女孩的脸上带着某种至福——好似远远睄见一叶白帆，船身却不可见。

离我们最近的女孩里，有一个长得比别人高些。她长着一个鹰钩鼻子，乌黑的大眼睛。她的面纱生脆得像亚麻布餐巾。也许她的家境比别人家好。她骄傲、冷静——好像即便是睡觉，她也会毫不马虎地事先想好睡姿。对她来说，眼下经历的这个宗教经验也是她自我发展的个人计划的一部分。这不是诱惑。这是一个精心安排的婚约。尽管如此，这丝毫削减不了她的紧张。所有关于她的事件，都会照着她所选择的方式进行。假定始终不会发生灾难，否则的话，她的愿望和决定会变得微不足道，她的人生会变得无关紧要，不过是射击手看到的一个移动目标。

教堂的西门口，售卖教义宣传册的男人坐在桌前读报纸。

女孩的应对声像鸽子。

有些女孩的母亲直往前挤，直挤到第一排坐椅后，女孩在坐椅前排成正方形。她们克制自己不要伸手触摸女儿。她们的理由是给女儿抚平裙子，拉直袖口。但是，她们这般行为的欲望却生发自对分享她们自己回忆的需要。在这个时刻，她们想伸手触摸女儿，不是因为她们的女儿可能需要支持，而是因为她们想让女儿知道，二十年前，她们也穿着白色礼服，领了坚信礼（confirmation）。

男人们远远地站在后面：似乎站得越远，就越是怀疑。他们在观看一个仪式。一两个男人不时地看表。高大的扶垛将他们衬得像小矮人。仪式后他们要去餐馆庆祝。晚上，有些要去打保龄球。对很多人来说，怀疑混合着算计。要是女儿入了教会，便意味着她们可能得到更好的保护，那么他们是真的高兴这事——她们的坚信礼——终于成了。谨慎充斥着他们的灵魂。

3

吧台后三个意大利年轻小伙，都穿着白衬衫——没穿外套，因为天热——打着黑领带。老板叫安吉洛（Angelo）。站在街上，能听到六七台自动点唱机播着不同的音乐。男人们，多为中产阶级，走在街头，从商铺或办公室回家的途中。女孩们从楼上下来，在吧台各就各位，开始工作。酒吧之间的橱窗里展示着便宜又花哨的男装——牛仔裤、皮带、塑料夹克、牛仔帽。也有一两家小吃店，窗口挂着香肠——确切地说是香肠、腌小黄瓜和熏鱼。都是味重的食物，即便是被烟酒熏麻的舌头也能辨出味来。食物的表皮起了皱。

她坐在吧台前一张高脚凳上。肥胖，但是仍然有种膨胀的风韵。她的大脸盘长着一张丰厚的嘴唇。跟她坐一起的是一个中年巴基斯坦生意人，穿着名贵的西服。一只手在她的膝间摸索。他喝得太多，她劝他少喝些，免得他不行了。此外，他们便谈论食物，谈论牛肉是否比鸡肉好。

本地客人们进来了。但是她坚决地装着不认识他们，似乎一门心思扑在这个卡拉奇（Karachi）来的男人身上。

她偶尔飞快地扫一眼酒吧，心里存着数。卡拉奇来的男人戴着一个很大的金戒指，开始跟她讲他的孩子们。

突然——显然让安吉洛很不高兴——一个年轻精瘦的男子从外面踱进来。他穿着白裤子，系着皮带，皮带头系在背后。他把一只手放在她浑圆裸露的肩膀上。她吃了一惊，抬起头来看他，朝他隐秘地一笑。她把他介绍给卡拉奇来的男人，称是她兄弟。卡拉奇来的男子挪开身子，让出中间的凳子给他。他接受了，将凳子往后拖，好让他们两人仍坐在能相互碰触的距离之内。然后他捡了本杂志，哗啦哗啦地翻着。从卡拉奇男人的角度看，年轻男子的脸掩在杂志后面：他只能看到拿着杂志的手，以及搁在他和女孩之间柴棍似的腿。

卡拉奇来的男子说，她兄弟定是结了婚的，因为他戴着戒指。她大可不去理会这话茬，但是她不能。她解释道，不，他没有结婚。他戴戒指是因为他是人见人爱的美男子。他没有从杂志里抬起头来。巴基斯坦人又叫了杯威士忌，掺入他的啤酒里。你该吃东西，她说道。她又说，他有一张她所见过的最好看的脸。他回答道，他只吃鸡肉，可是这里不卖鸡肉。他们可以特地去买来，她说道。不，他说道，他不要特地买来的。然后，当她又把手按到他手背上时，他一把抓住她的手，直勾勾地看着她那裹着浑圆大腿的丝袜口。

那么，你该吃些牛肉干，她说道。那是什么？他问道。非常、非常好吃的东西，她说道。她兄弟放下杂志，点着头。她让安吉洛上一份格丽松牛肉干（Viande de Grisons）。

牛肉干端上后，年轻男子站起来。他走向吧台，说道，请。她告诉她的卡拉奇男人，她兄弟要帮他给牛肉干调味。年轻男子捏起盘子边缘的柠檬，将柠檬汁挤在红棕色的、薄如纸片的肉上。然后，他拿过胡椒手磨——保温瓶大小的木制胡椒手磨——俯下身子，似乎使尽他羸弱的肩膀和瘦小的手臂的所有气力，似乎召唤起浑身的每一丝力量来完成这个动作。他为卡拉奇男人往牛肉片上磨胡椒粉。

4

从市中心开车一小时到达一座山。山高 1800 米。山谷里散落着斑驳的冻雪，孩子们在雪上将橡皮垫当滑板和雪撬——这是六月天。

山路既不陡，也不险。要是慢慢走的话，即便是古稀夫妇也能走到山顶。

今天是星期天，山上少说有三千人。

距离山顶几百米处，就没有了路。草地上——那是一年中有数月都埋在雪下的草特有的弹性——停着许多汽车，一辆公交车。当夜里人们都回去时，这山与别的山没有两样。没有亭子和垃圾桶。唯有这草，有着得自雪的独特天性。

山顶有几块岩石。除此之外，四周全是草。草丛里长着山花：紫龙胆、金车菊、银莲花——还有繁若星辰的丁香水仙。

可以从任何方向爬到山顶，但是有一条最省力的道。在这条道上，总见着来来往往的夫妻，背着婴儿的父亲，祖父母和学生。很多人光着脚。从山脚望去，山道上人们上上下下的行列，颇像中世纪膜拜天堂的情景。下山的人大多抱着满怀的丁香水仙，透着铂金的色泽，那景象就更真了。

从山顶远眺，山脉绵延到地平线。岩石上接霄汉。蓝色的岩石与蓝色的苍穹，弥合无缝。

向南望去，可以眺见平原，密密地种着庄稼，青青的梅子色。这样的景色是理想的。它是墓地的对立。

平原尽头，一朵白云的影子在移动。影子所到之处，青梅子色便成了月桂叶的蓝绿色。

成百上千的零星团体组成的人群，自由自在。仿佛这山是他们共同的祖先。

5

今天，有个女人正被推进出租车：但是她不肯弯下腰，因而进不了车门。两个男子跟她扭打着。蛮体面的中年男子，借着正义的名义抵抗围观人群怀疑的眼神。然后，女人开始叫嚷。我一个字都听不懂。但是她那样叫嚷着，是显然相信在街对面——我所站地方的附近——某个人懂得她所遭的罪，懂得她合理的简单愿望：不要被塞进出租车带到另一个地方。僵持了几分钟，两个男子放弃了：她不进车门。于是他们把她带回去，她仍在叫嚷。她曲着膝盖，他们将她——只是个四十五岁左右的女人——一路拖往药店，他们原本在那里。在药店里，她仍旧不肯松懈，一个男子只得用背抵着玻璃门，免得她跑出去。药剂师似乎试图帮着安抚她。出租车司机等着，车门仍开着。因为一个男子背靠着门，买药的人进不去。我从窗口往里看。架子上摆着药盒子、药瓶。一个女人和她的意愿——实现她想要实现的，阻止她不想要发生的。架子和女人之间，男人们，犹豫着。

1972

吃者与被吃者

“消费社会”是至少一百年前经济和技术发展的必然产物，却在今天被如此经常而广泛地讨论，就好像它是个颇为新鲜的现象。消费主义蕴含在十九世纪布尔乔亚文化中。消费不但满足经济的需要，而且也满足文化的需要。要想弄明白这个需要的本性，只消看一看最直接、最简单的消费形式——吃。

布尔乔亚如何看待他的食物？如果我们将这特定的看法孤立出来加以定义，那么即便它广泛分散，我们也能将它认出。

自然，这个问题由于国家和历史的差异而复杂化。法国的布尔乔亚对待食物的态度与英国的布尔乔亚不同。一个德国市长在他的晚餐桌前坐下的态度，与希腊的市长两样。罗马的时尚宴会与哥本哈根的也不尽相同。特罗洛普（Trollope）和巴尔扎克所描述的许多进餐习惯和态度，如今已无迹可寻。

饶是如此，倘若我们将布尔乔亚的饮食方式与生活在同一地域的另一类人，即农民的饮食方式作比较，那么一个整体视域和轮廓就会呈现出来。工人阶级的饮食习惯不像布尔乔亚和农民这两个阶级那样有着许多传统，因为工人阶级的饮食习惯最易受经济起伏的影响。

从世界范围来说，布尔乔亚和农民的差别与贫富这个残酷的对立有着密切关系。这个对立导致战争。但是，就我们目前狭浅的意图而言，差别不在于饥饿与餍饱，而在于对食物价值的两种传统观念，在于膳食的意义和进食的行为。

首先值得注意的是布尔乔亚的观念冲突。一方面，在布尔乔亚的生活里，膳食具有规律、象征的重要性。另一方面，他认为吃这个话题是琐屑的。比如说，从根本上说，本文不可能是严肃的。它若要自命不凡，那便是轻狂。烹饪书畅销，大多报纸都有美食专栏，但是它们的内容只被作为装饰，而且受众（大多数）是女性。布尔乔亚并不将进食看作一个根本的行为。

主要的、规律的膳食，对于农民，这一餐通常在中午；对于布尔乔亚，则通常是在晚上。在这里，实用的理由一目了然，不需要多加说明。也许重要的是，农民的主餐在一天的中间，被劳动所包围。它被放置在一天的胃里。布尔乔亚的主餐在一天的工作之后，标志着白天与夜晚的转换。它接近于一天的脑袋（如果一天始于脚着地），接近于梦寐。

在农民的餐桌上，餐具、食物和进餐者之间的关系是亲密的，使用和操作被赋予一种价值。每个人有自己的餐刀，可能是从自己的兜里掏出来的。刀子是旧的，除了切割食物之外，还要派很多用场，通常很锋利。一餐之内，尽量只用一个盘子。取另一道菜之前，用面包将盘子沾吃干净。食物和酒放置在所有人面前，每个进餐者各取所需。比如说：他拿过面包，放在自己面前，在朝着自己的一端切下一片，将面包放回原处，待其他人取食。干酪、香肠也是如此。使用、使用者和食物的接触被当作是自然的。这里极少有分化。

在布尔乔亚的餐桌上，每样东西尽可能地不经碰触、独立摆放。每道菜有着相应的餐具和盘子。通常盘子不是进餐时吃干净——因为进餐和清洁是不同的行动。每个进餐者（或仆人）为另一个进餐者端着菜，以便于他取食。膳食是一系列分立的、未经碰触的礼物。

对于农民而言，所有食物都意味着劳动的完成。这劳动不一定是自己或自家的劳动，但是如果不是的话，这劳动仍然可以直接转换为他自己的劳动。因为食物代表体力劳动，进食者的身体已经了解将要吃进的食物（农民强烈排斥尝试任何“外来的”食物，多半是因为外来食物在劳动过程中的起源是未知的）。他从不期望食物令他惊奇——除了有些时候，他会惊讶于食物的质量。他对食物像他对自己身体一样熟悉。食物在他体内的行为，联续着身体先前的行为（劳动）。他在准备、烹饪食物的同一个房间进食。

对于布尔乔亚而言，食物与他的工作或者行动不能直接转换（对于他们，自家种的蔬菜是绝少有的）。食物是他所购买的一件日常用品。食物，即使是自家的烹饪，他是用现金交易的购买。这个购买行为在专门的房间进行：家里的餐室，或者餐馆。这个房间没有其他用途。这个房间至少有两道门，或者两个入口。一道门与他的日常生活相连；他从这道门进来，被侍候着进餐。另一道门连着厨房；食物自这道门端进，垃圾自这道门撤出。因此，餐室的食物脱离其本身的生产过程，脱离他日常行动的真实世界。两道门后各藏着秘密：厨房门后，是菜谱的秘密；另一道门后，是不能在餐桌上讨论的职业或个人的秘密。

食者与食物被抽象、装裱、绝缘，形成一个孤立的时刻。这个时刻必须凭空创造自己的内容。内容倾向于戏剧性：装饰着银餐具、玻璃杯、餐巾、瓷器等的餐桌，灯具，相对正式的穿着，宴客时精心安排的座次，餐桌举止仪式化的礼节，侍候的程式，行为（每道菜）之间餐桌上的变化；最后，一同离开剧院转移到另一个分散、随意的环境。

对于农民，食物代表劳动的结束，随之是休息。劳动的果实不只是“果实”，还有从劳动时间中抽取的花费在吃上面的时间。除了宴席，他在餐桌上得到进食的镇静效果。满足了的胃，安静了。

对于布尔乔亚，进餐的戏剧远不是休息，而是一种兴奋剂。场景的戏剧性经常引发晚餐时的家庭剧。典型俄狄浦斯式的戏剧场景不是在卧室——虽然逻辑上应当是——而是在晚餐桌前。餐室是聚会之处，在这里，布尔乔亚家庭以社交的姿态展现在家人面前；在这里，布尔乔亚家庭的利益冲突和权力斗争以高度形式化的方式进行。然而，理想的布尔乔亚戏剧是款待宾客。用款待（entertain）一词意味着请客具有重大的意义。然而，款待宾客总是产生它的反面：厌倦。厌倦萦绕着绝缘的餐室。因此，有意识的重点便落在晚餐谈话、幽默和议论上。但是厌倦的幽灵也刻画了进餐的方式。

布尔乔亚暴食。尤其是肉。心身医学的解释是，也许他高度发展的竞争意识迫使他以能量——蛋白质来保护自己（正如他的孩子以甜食保护自己逃离冷漠的情感）。然而，文化上的解释有着同样重要性。如果食物是壮观的（spectacular），所有就餐者分享其成就，厌倦就不太可能产生。从根本上说，他们所分享的不是烹饪的成就。这是财富的成就。金钱所购买之物，合法地证明了他的无限制购买是顺理成章的。食物的品种、数量和浪费证明财富的理所当然（naturalness）。

在十九世纪的英国，早餐是鹧鸪、老羊肉和燕麦粥，晚餐是三道肉，两道鱼。数量是不变的，从自然获取的证明不断递增。如今，因为现代交通工具和冰箱，加速度的日常生活节奏，家政阶层的不同服务，壮观以另一种方式实现。各色各样的反季节珍奇食物，菜肴来自世界各地。中国烤鸭（Canard à la Chinoise）和鞑靼生牛肉（Steak

Tartare)、勃艮第牛肉(Boeuf Bourguignon)摆在一起。从自然获取的合法证明不再只关切数量。它也从历史获取合法的证明，以彰示财富是如何联结世界的。

通过催吐药，罗马人在追求快感时将味蕾与胃分离。布尔乔亚将进食的行为与身体分离，使得这一行为首先成为一个壮观的社会主张。吃芦笋这一行为的意义不在于：我高兴地吃着芦笋；而是：此时此地，我们**能够**吃芦笋。对每个就餐者来说，布尔乔亚的典型餐食是一系列分离的礼物。每个礼物都应当是个惊喜。但是每个礼物所包含的意义却都是相同的：愿喂养你的世界快乐。

对于农民，主要的、规律的进食与庆典或宴席之间有着明确的区别；对于布尔乔亚，这个区别经常是模糊的(这正是为什么上文关于布尔乔亚的某些描述类似于宴席)。对于农民，他的日常食物和进食方式贯穿着生活的其他方面。他的生活节奏是循环的。膳食的重复与四季的重复相似、相联。他的食物是当地的、季节性的。因而，可获得的食物、烹饪食物的方式和饮食的变化，标志着他人生的重复时刻。厌倦食物就是厌倦人生。这样的事情是有的，但是只发生在非常不幸的人身上。不论大小，宴席都是为了标志一个特殊的重复时刻，抑或一个不复再来的场景。

与农民宴席的世俗意义相比，布尔乔亚的宴席通常有着更多社会意义。它是时间里的一道刻痕，更是社交欲望的满足。

对于农民，宴席一开场便是吃与喝。这是因为这些稀罕或者独特的酒食是特地为这样的时刻留存的。任何宴席，即使是仓促的，多半也筹备了数年。宴席是消费日常生活需要之外的节省和生产。展示和消耗他们部分的剩余，宴席成为双重的庆典——治席情景的庆典，剩余本身的庆典。因此，伴随宴席的是其舒缓的节奏、慷慨和活跃的气氛。

对于布尔乔亚，宴席是一项额外开销。宴席的肴馔与日常食物之间只有费资多寡之别。真正地庆祝剩余是他所不能企及的，因为他永远不会有多余的钱。

上面这些比较不是要将农民理想化。农民的态度大多是保守的——以这个词的严格意义来说。至少及至新近，农民保守的物质现实，妨碍了他理解现代世界的政治现实。这些政治现实本来就是由布尔乔亚所创造的。布尔乔亚曾经——某种程度上现在仍然——统治着这个他所创造的世界。

我努力通过分析比较吃的行为勾勒两种获取、拥有的模式。如果我们考察比较的每一个方面，可以明显地看出农民的进食方式以进食行为本身和食物为中心：这种方式是向心的、物质的（physical）。布尔乔亚的进食方式则以幻想、仪式和场面（spectacle）为中心：它是离心的、文化的。前者在满足中完成自身；后者永远不得完成，反而勾起一个本质上无法满足的欲望。

1976

丢勒：一个艺术家的肖像

我们距离丢勒的诞辰有五百多年（他于 1471 年 5 月 21 日生于纽伦堡）。因着我们不同的视界或心绪，这五百年可长可短。如果这五百年显得短暂，那么我们似乎有可能理解丢勒，并且，也可能与他进行想象的对话。如果这五百年显得漫长，那么他所生活的世界，他对那个世界的意识，是如此遥不可及，从而也没有了对话的可能。

丢勒是第一个沉湎于自己形象的画家。在他之前，从不曾有画家画过如此多的自画像。他早期作品里有一幅十三岁时的银尖笔素描。这幅素描显示他是个神童——而且他发现自己的仪表惊人、令人难忘。使得他仪表惊人的原因之一，可能是他意识到自己的天才。他所有的自画像都流露着骄傲。他从自己双眼里所观察到的天才的神情，似乎是他每次所创作的杰作的众多元素之一。在这一点上，他的自画像是伦勃朗自画像的反题。

他为什么画自己？在众多动机里，其中一个与任何人请画家作肖像的动机是一样的。画肖像是制作曾经存在的证据，肖像终究有可能比本人长久。他的像（look）会留存下去，“像”（look）一词的双重含义——兼指他的外表和眼神——暗示着包含在那个想法[1]里的神话或谜。肖像审问站在肖像画之前的我们——那些试图想象画家人生的观者。

我回想起丢勒的两幅自画像，一幅在马德里，另一幅在慕尼黑，我意识到自己——与成千上万的观者一起——成了丢勒在485年前所预见的想象的观者。然而，我同时询问自己，我正写下的文字，究竟有几个能将它们当下的意义传达给丢勒。我们与他的脸、他的神情是如此接近，让人很难相信，他人生的大部分经验于我们是陌生的。在历史上下文中研究丢勒，与了解他本人的经验不是一回事。我想，指出这一点是很有必要的，因为有许多沾沾自喜的假设认定丢勒与我们时代之间的连续性。他们沾沾自喜，

1　指“制作曾经存在的证据，肖像终究有可能比本人长久”。——译注

阿尔布雷特·丢勒,《自画像》, 1500 年，藏于慕尼黑

阿尔布雷特·丢勒，《自画像》，1498 年，藏于马德里

是因为越是强调这种所谓的连续性，我们就越倾向于——以某种奇怪的方式——庆贺自己赏识他的天才。

两幅自画像之间隔着两年的光阴，描画的显然是同一个人的不同心境。第二幅自画像，现在收藏在马德里的普拉多博物馆（Prado Museum），画的是二十七岁时的丢勒，打扮得像威尼斯的侍臣。他看上去自信、骄傲，几乎像王孙公子。在这里，他可能特意强调他的精心装扮。比如说，戴着手套的双手。他双眼里的神情与雅致的帽子有些冲突。也许这幅自画像暗示丢勒是在装扮一个角色，暗示他渴望成为另一个人。这幅画作于丢勒第一次意大利之行的四年后。在那次旅行里，他不但结识了乔凡尼·贝利尼（Giovanni Bellini），熟悉了威尼斯画派；而且他第一次意识到画家是可以如此独立地思考，如此为社会所看重。他的威尼斯装束，窗外的阿尔卑斯山景，确切地显示此画是他回忆年轻时的威尼斯之旅。以拙劣到荒谬的术语诠释，这幅画好像在说：在威尼斯，我衡量出了自己的价值。在这里——德国——我期待我的价值为人所识。自威尼斯归来之后，他开始从撒克逊选帝侯腓特烈公爵（Frederick the Wise，the Elector of Saxony）那里接到重要的订单。随后，他为马克西米利安一世（the Emperor Maximilian）作画。

慕尼黑的自画像作于1500年。在这幅自画像里，艺术家穿着深色外套，衬着阴暗的背景。手拢外套的姿势、发式、表情——或者确切地说，谦卑得毫无表情，暗示着（根据当时的绘画传统）这是一幅基督头像。虽然这一点无法得到证实，但是丢勒很有可能意欲这样比较，或者至少欲使这个比较在观者的脑海闪过。

丢勒的意图绝不是亵渎。他虔心于基督。虽然在某些方面，他认同文艺复兴科学和理性的态度，但是他的宗教信仰是传统的。晚年的丢勒，在道德和理智上倾心于路德，但是却下不了决心与天主教会决裂。这幅画不可能在说：我看自己就如基督。它一定是在说：通过我所知的磨难，我渴望成为基督的模仿。

但是，与另一幅肖像画一样，这幅画里也有一个戏剧性的元素。显然，在这两幅自画像里，丢勒皆不能接受这样的自我。意欲成为不同的，甚至超越自我的野心总是介入。他所能接受的唯一不变的自我记录是签名，与以往所有艺术家不同，他几乎在自己创作的所有作品上签名。当他看着镜中的自己时，他总是被所看到的不同可能的自我所迷惑。有时这幻觉是显赫的，如马德里的自画像；有时是启示的，如慕尼黑的自画像。

那么，如何解释这两幅自画像之间惊人的区别呢？1500年，在德国南部，无数人相信世界末日就要来临。那时饥荒、瘟疫、梅毒肆虐。社会动荡，不久导致了农民战争（Peasants' War）。成群结队的劳工和农民离开家乡，四处流离，寻找食物，复仇和拯救。在拯救那一天，上帝的愤怒化为火雨掷向大地，太阳殒落，天堂像手稿一样被卷起、丢弃。

终生耽于死亡即将临近这一思想的丢勒，分担着这个普遍的恐惧。正是在这个时候，他为普罗大众创作了第一个重要的木刻作品系列。这个系列的主题是《启示录》。

姑且不提它们所传达的信息的迫切性，这些版画的风格更进一步地表明，我们现在距离丢勒是多么遥远。按照我们的范畴，它们的风格似乎是无法调和的哥特式、文艺复兴和巴洛克的融汇。我们认为它历史性地贯通着一个世纪。然而，对于丢勒，随着历史尽头的临近，随着文艺复兴美（Beauty）的梦想——正如他在威尼斯的梦想——的淡却，这些木刻作品的风格必定像那个时刻一样转瞬即逝，也像他自己的声音一样自然。

然而，我怀疑是否存在任何特殊事件能够解释这两幅自画像之间的区别。它们可能画于同年同月；它们彼此互补；这两幅作品共同构成一道拱门，通向丢勒晚年的作品。

它们暗示着困境及反省的领域——作为艺术家的丢勒在其中工作。

丢勒的父亲是个金匠，从匈牙利移居到纽伦堡的商业中心。因着行业的要求，他成了出色的绘图员和雕刻匠。但是他的信念和举止则表明他是一个中世纪手艺人。至于他的作品，他所能询问自己的只有“如何（How）”，此外便没有其他问题。

他的儿子在二十三岁时成了离中世纪手艺人的精神境界最遥远的欧洲画家。他相信，为了实现美，艺术家必须发现宇宙的秘密。用艺术的术语来说，也用实际旅行的术语来说（只要有机会，他随时去旅行），首要的问题是“何处（Whither）”。若不是因为意大利之行，丢勒可能永远达不到这般的特立独行和创造性。只是矛盾的是，他比意大利的任何画家更具有独立精神，这是因为他是一个外来者，没有现代传统——在为他所改变之前，德国传统是属于过去的。他是第一个单枪匹马的先驱。

马德里的自画像所传达的正是这种独立精神。事实上，他没有彻底地接受这独立，这独立倒像是他试穿的衣裳。也许这可以用这个事实来解释：他终究是他父亲的儿子。1502 年，父亲的谢世带给他极大的打击，他深爱他的父亲。他是否认为自己与父亲的不同是不可避免的、命定的，或者这是他自己也没有绝对把握的自由选择？也许在不同的时候，两者皆是。马德里的自画像包含着一丝怀疑因素。

丢勒的独立精神，结合着他的艺术方式，必定使他感觉到一种非凡的力量。他的艺术比以往任何艺术更接近再现自然。他描绘对象的技能必定是——在今天仍然是（想想那些花卉动物的水彩画）——奇迹般的。他曾提及他的肖像画是仿真（konterfei）。这个词强调逼真地制作的过程。

他的描绘方式，他再创造眼前或者梦中之物的方式，是否在某些方面类似于所谓的上帝创造世界和万物的过程？也许他想到了这个问题。若是如此，那么促使他认为自己具有神性的，不是因为他具有德性，而是因为他具有创造性。然而，纵然拥有创造性，他还是注定作为人沉沦在苦难的世界，那是一个他的创造力最终也无济于事的世界。他的基督自画像是创造背后创造者的画像，一个在创造自己的过程中束手无策的创造者。

丢勒作为艺术家的独立，有时候与他那半中世纪的宗教信仰不相协调。这两幅自画像传达了这种不协调性。不过这种说法是非常抽象的。我们还没有进入丢勒的经验。

他曾乘着一艘小船旅行了六天，像科学家一样查验一条鲸鱼的尸体。同时，他相信《启示录》里四骑士的故事。他认为路德是“上帝的工具”（God's instrument）。当他注视镜中的自己时，他是如何具体地询问，又是如何真实地回答肖像向观者暗示的问题？这个问题最简单的形式是：我是有着什么用途的工具（Of what am I the instrument）？

1971

在斯特拉斯堡的一夜

我去看电影。从电影院出来，外面又冷又湿。只能隐约分辨出耸入天际的大教堂尖塔。

大教堂和火车站之间，有许多廉价的啤酒馆、咖啡馆。我走进一家店去，一只乌鸦养在笼子里，挂在柜台后面的酒瓶边。当时，我正在构思一部电影的情节，这个情节促使我试图分析激情的本质。我在一个课堂练习本上记了些笔记。这个本子是在一个村子的杂货铺买的，纸上印的是方格，而不是横线。坐在斯特拉斯堡（Strasbourg）的一家咖啡馆，背靠着壁炉，桌上一杯掺了朗姆的茶，我开始读笔记。

被爱者表现自我的潜能（self's potential）。自我的行动潜能为被爱者反复青睐。主动和被动是可逆的。爱创造爱的空间。被爱者的爱“完成”——似乎我们所谈论的并非两个行动，而只是一个行动——爱者的爱。

女侍者坐下来吃晚餐。她有一头淡黄色的头发。

那些我们不爱的人，与我们有着太多的共同之处，以至于我们无法爱他们。激情只为另一个人而生。在激情里没有情谊。但是激情能够赋予爱人双方相同的自由。这个自由的共同经验——本身如星辰般的、寒冷的自由——或许能在他们之间生发出无与伦比的柔情。每一次，重新唤起不同感觉的欲望是对另一个人的重构。

一个男子走进来，显然他每晚必来。约摸六十岁。政府办公室职员。他走去与笼子里的乌鸦说话。他跟它说的是鸟语。

对立的形态不为旁观者轻易所见。更甚者，这些形态在爱人的主观关系里不断地被转化。每个新的经验，对方性格所显露的陌生，使得重新定义对立的界线成为必要。这是一个持续的虚构过程。一旦停止，便再无激情。将被爱者想象为自我所不是的所有（all that the self is not），意味着两个相爱的人形成一个整体。在一起，他们能够成为任何东西，每一个东西。这是激情对想象力所作的承诺。正是因为这个承诺，想象力不知疲倦地划分，重新划分对立的界线。

我向淡黄色头发的女侍者付了账，向与乌鸦说话的常客颔头示礼，然后向火车站走去。没有星星。火车还要等上二十分钟。我环视空荡荡的、封闭的售票厅。里面有三个流浪汉。一个靠着售票柜台打瞌睡，头歪在卢娃城堡（Loire Chateau）的海报上。另一个的头支在膝盖上，坐在一台电子秤的踏板上睡。踏板的橡胶比地面暖和。秤了重量，没有硬币投进去，电子秤无法按着程序打印出数字，于是秤上的两个红点一闪一灭，不倦地索取一个 50 生丁[1]硬币。三人中最幸运的是那个躺在地上的，背抵着大厅里唯一的散热器。他戴着一顶鲜红色的线帽。鞋底各有个蛋

1 生丁：法国货币单位，法郎的百分之一。——译注

杯大小的破洞。睡梦里，他伸手挠肚子。

爱人们将整个世界并入他们的整体。所有爱情诗的经典形象都证明这一点。诗人的爱“表现”为河流、森林、天空、地下的矿石、桑蚕、星辰、青蛙、猫头鹰、月亮。

躺在地上的男人蜷起膝盖，缩到肚子上。

诗歌表达对于这种“相通”（correspondence）的渴望，但是，创造它的是激情。激情渴望在爱的行为里囊括世界。想要在海上、空中，在这个城市、那片原野，在沙滩，在树叶间，在雪里做爱，和着盐、香油、水果做爱，等等等等，并不是因为需要新的刺激，而是表达一个与激情不可分离的真理。

戴红帽的男子坐起来，僵硬地立起身子。来自“城堡”的男子一声不吭地占了他的位置。红帽男子走向出口，半途停下整理滑到屁股上的裤子。他解开皮带，拉起几件衬衣，一件汗衫。他的肚子和身躯上布满文身。他招手示意我过去。他很胖，肤色出奇地柔和。文身是形形色色的性交姿势：人物轮廓是黑色的，性器官是红色的。肚子和肋部的图案密密地挤着，像米开朗琪罗的《最后的审判》。他哆嗦了一下。“我才不在乎呢。”他说道。他也懒得将硬币装进口袋，就拽在手里，向对面的咖啡馆走去。

> 以不同的方式，爱人们的整体扩展开来，去容纳社会世界。每一个行动——当它是自发的时候——以被爱者的名义进行。然后，爱人在世界上所改变的是他激情的表达方式。

红帽男子走向对面的咖啡馆。

> 然而，激情是一种特权。一种经济的、文化的特权。

火车来了。我上了一节车厢，两个男子各据车窗一端。一个是圆脸黑眼睛的小伙；另一个与我年纪相仿。我们互道了晚安。外面，雨下成了雪。我在口袋里找到一支铅笔：我想再写几行。

> 某些态度与激情是不相容的。这不是性情问题。谨

慎的男人、卑劣的男人、虚伪的女人、呆板的女人、争吵不休的夫妻都可能有激情。如果一个人拒绝激情——或者无力追求已存在的激情，因而只得将它转化为单纯的迷恋——是因为他或她对于其整体的排斥。在爱人的整体里——正如在任何整体里一样——有着未知：这也是死亡、混沌、绝境所唤起的未知。惯用对待身外之物的方式对待未知的人们，可能会拒绝激情。对于身外之物，他们必须无休止地采取措施，设防。这不是害怕未知的问题。每个人都害怕。这是将未知置于何处的问题。我们的文化鼓励我们将它置于身外——总是。甚至于将疾病也视为外来的。将未知当作外在（out there）之物与激情是不相容的。

小伙子是西班牙人，他建议我坐他那个挨着窗口的位子，那里有张折叠式小桌，便于写字。他们的目的地是摩尔哈（Mulhouse），他们在那里的一个工厂做工。年长的男子已经在那里工作了七年。他的家人在比尔堡（Bilbao）。

激情的整体覆盖（或损耗）世界。爱人们用世界爱彼此（正如人们说用心或柔情）。世界是他们激情的形式，他们所经历或想象的所有事件都是他们激情的意象。这就是为什么激情随时准备着冒生命危险。人生似乎不过是其形式。

年长的西班牙人，我的同龄人，把弄着一张杂志上撕下的封面。他用粗壮的拇指和尼古丁熏黄的食指小心地撕出小纸片。小伙子带着剧院经理的骄傲神气看着他：他看过他撕这个。但是，这场戏里没有观众。在这凌晨时分，它是免费的。年长的男子撕出小纸片，渐渐地撕出人的剪影……脑袋、肩膀、臀部、双脚。他将人像对折，再斜折，然后轻巧地从中间撕下一小片，又整个地折起来。这张纸变成了一个四英寸高的男人。打开纸人，男性生殖器竖立起来。合上纸人，男性生殖器垂下去。因为我看着他，他就演给我看。要不然，他不会这么做。我们三人都笑了。他说他能做得比这个好。他近乎温柔地将纸人揉成一团。折叠桌子下面有个烟灰缸。他将纸人扔进烟灰缸，任由着盖子啪嗒一声关上。然后，他双手合抱在胸前，注视着窗外的黑夜。

1974

萨瓦河畔

贝尔格莱德（Belgrade）西南二十五英里，有一个叫奥伯勒诺瓦克（Obrenovac）的小城。公交车在邮局对面停下。邮局前有一个花坛，花坛里长着草，没有花。四个男子坐在花坛边聊天，俯着身子，胳膊肘支在膝盖上。他们身后是个超市，规模不大，货物却摆得很整齐。大街上的其他店铺都不大像消费社会的商店。一家五金店的橱窗里摆着自制的火炉烟囱；四五家裁缝店，橱窗里挂着做西装的布料和手工缝制的赛卡其（Sajkace）——塞尔维亚男人戴的斜帽；一家理发店；一家面包店，几款面包，包括圆圈状的、撒着籽实的什福拉吉（Djevreki），各种口味的果馅卷；一家肉店，窗口没有肉，店后墙上挂着屠宰好的动物。

在俄罗斯，城市橱窗里的食物通常是彩绘的木头模型。木头排骨、木头鸡、木头蛋。远远看去，这些模型有时候比真的食物还诱人，因为它们的颜色生动鲜明。木头肉有瘦的（红色）也有肥的（奶油色）。上世纪末，有个从格鲁吉亚（Georgia）来的画家，名叫皮罗斯马尼什维利（Pirosmanishvili），他一辈子都在第夫斯（Tilfis）画招牌，从一个酒馆到另一个酒馆。大多数招牌是食物。我从未见过比这些招牌更能表现饥饿的画作——或者更确切地说，表现饥饿所激发的梦想。桌面像大地，桌上摆的奶酪和肉块像巨大的高楼。即便是他画的女人也是可以吃的，像复活节蛋糕。在皮罗斯马尼什维利的作品里，俄罗斯的橱窗木头食物模型绘画的传统找到其唯一的天才和大师。为什么奥伯勒诺瓦克的肉店后墙上挂着的真羊出乎意料地、毫无预设地让我想起了他的画？

再往前是个书店，大多数书籍看着像是学校的课本。我知道，当孩子们从学校里出来去吃午餐的时候，我会看到他们穿着白线缝制的黑色制服。

但是，即使不看橱窗和孩子，即使像平常那样低头看着自己的双脚走路，我仍能感觉到这是欧洲的哪个部分。路面坑坑洼洼，金属接头处粗糙，没有接好。诚然，法国的一些小城也是如此。是那股推动细弱的野草穿透缝隙的力量使得它如此斯拉夫么？在瘦弱、淡黄色的野草里，在随时有可能碎成石子或隐没于大地的尘封的沥青里，是否存在着某种精粹？（这里要强调的是，这些问题里面没有任何怪异的成分：确切地说，它们的答案确实是真实基础的外在部分，而绝不是浪漫的，比如说，在布拉格，电车轨道干燥时，尘封的沥青的灰色是车轨底部的颜色；太阳照耀在车轨表面，散发着柔和的乙炔蓝。）

或者，马路的显著特征与它单薄的表层有着更大关系？这是因为道路从未被置入大地，而不过是被放在大地表面的缘故么？这是因为道路更像是一件披着的衣裳，而不是固体结构么？

大街两旁的房子很矮。双手几乎可以触到屋顶。窗户是双层的，两层窗玻璃之间的空间跟墙的厚度一般宽。一个人家的窗户里，一盆天竺葵摆在这个空间里，里层窗后是粗糙的蕾丝窗帘。外层窗户沾了灰尘。从窗子往里看，透过半透明、毛茸茸的灰尘，可以看见阴影里深红色的花；再透过蕾丝，可以看见扎包裹绳子的颜色；直看进房间的黑褐色里，那是重新发现某人的童年。这是因为儿时曾读过的故事,或者这种“孩子气”是源自窗户和房子的比例？

偶尔有公交车、汽车、开放式货车和敞口的、像是超长摇篮的四轮马车经过。驾车人手里拉着缰绳，弯腰弓背坐着：教条般的静止，与马车的运动形成对比；正如石墩的静止与河流的运动之间的对比。也有人骑着高大的黑色自行车，两个轮子离得老远——因此，骑车的人像是在匆忙地追赶前轮，而不是压在上面。

大街两旁直直地分出许多崎岖不平的小路，去小路半里或半里多的距离，是围绕着小城的田野、树林、荒地。小路通向两旁的房屋。有些像郊区的小平房，另一些则是只有一个房间的老村舍。很多屋顶装着电视天线——同时，花园或院子里有汲水的井。正是这些花园和院子最让我着迷，它们构成最引人注目的视觉元素。

有些人家有玫瑰花圃，花圃间的草地上鸡鸭成群。还有猪和樱桃树。挨着路的篱笆墙外，拴着一只山羊，两个白人男孩牴头而立，用倾斜的腿支撑着身体，像是某种纹样上跃立的动物，这种纹样从未在这个国家出现。有的花园和院子（这两个术语的区别在于花园是私人的，而院子是三两户人家共用的）还有桌子、装水的罐子或桶、板凳、椅子、遮阳的攀援藤、茂盛的草丛、裸露的地块——夏天里是要洒水打湿的，要不会灰尘飞扬——蔬菜、金合欢树、礼拜所。这些花园和院子，就像人的身体，朴实无华地按着其本来面目被接受。严格地说，既没有被忽略，也没有被耕耘。然而，这样的描述是把一个不相干的道德意识强加其上。在这里，自然和作为房客的人类之间建立起一种含蓄的平等。这些花园和院子既不令人感动，也不被人忽视。它们既不暗示企盼，也不暗示绝望。它们就这么简单而始终如一地被人栖居着，像筑在大地上的房屋。你用人类的时间尺度去衡量它们。它们不像一年生植物那般生命匆匆，也不像森林那般万古长青。花园和院子里的每棵植物都有点长过头，每棵植物都有自己的意图。这一点显而易见，即使眼前没有人，或者没有被讲述的故事——而仅仅是通过其中可见之物的部署。

小城离萨瓦河（Sava）不远。萨瓦河源于阿尔卑斯山脉的尤利安山（Julian Alps），注入到贝尔格莱德的多瑙河。河流交汇之处，辽阔的水面波光粼粼，映亮了城市的天空。有时候，在街上远眺，让人生出一种错觉，觉得山坡那端便是海。这里，河流波澜壮阔，水色浑浊沉重，但是因着水势湍急，水面倒像天空一般明亮。如果非得用河流这个误导的隐喻来描述时间的本质，那么我们的想象里浮现的应当是这样一条河流。它是有重量的，这个重量提示着萨瓦河所流经的大地。这大地囊括河两岸的一切。这是一条最终歌颂陆地而不是水的河流。一条公路自奥伯勒诺瓦克城郊延伸至萨瓦河，路尽头有一家小餐馆，他们烤了河鱼，与卷心菜沙拉一道卖。

回贝尔格莱德的路，有几处顺着萨瓦河。公交车在每个村子停靠，通常停在小餐馆外——要是有的话；若没有，停靠点便是男人们谈天的地方——他们坐在箱子或盒子上，双腿间夹着啤酒。公交车的收音机开得很响，歌曲颇像希腊的。随着车子四平八稳地往前滚，车座吱吱地响着，窗玻璃轻轻地抖着（要是车驶过凹坑，窗玻璃便咯咯作响）。在某种程度，所有声响都融汇进那音乐里。离公路颇远的人们抬起头望着公交车驶来，因为他们听见渐行渐近的音符和声响，又望着它驶去。

我为什么如此在意这穿过原野、沿着大道、顺着河流的声响的进程呢？这不是因为除此便只有寂静。也不是因为我们所经之处，每个人都抬头来看。我想，这是因为我从窗外所能看到的每一样东西都暗示着扩展、连续，这迫使我去关注，去思索我们这个短暂而吵闹的旅程的长度。但是，暗示这种几乎是无休止的连续性的又是什么？天空的光？空气？距离所产生的特定的色彩变幻？也许它们都起着作用。但是，我想，主要还是因为在这个景色里，没有惊人的事件（没有山，没有树，没有房子），它创造了一个自然的视觉中心，其他一切便成为从属。每个事件都将我们的注意力转移给下一个事件，下一个事件又转移给下一个，又下一个。因此，没有理由去假设这个顺序需要停止。

用西欧的术语来说，浪漫的反题是经典。然而，这个景色是真正的浪漫风景的对立面。浪漫总是出现在可能性的边缘和尽头。浪漫提示极限——崇高，抑或恐怖。浪漫以等级为基础，而在这里，景色的事件之间存在着一种拘束的平等主义，这种平等主义与花园里人类和自然物之间明显的平等关系类似。正是这风景的常态使得它如此地无限。

在贝尔格莱德的国家美术馆里，找不到一张哪怕略微表现这种精髓品质的作品。我也想不出别处有哪些作品表现过这一点。这个景色不适合于表现式的绘画——但是，它适合电影，因为电影是运动的；或者适合刺绣和装饰画，因为它们忽视远近透视。然而，这个景色却存在于无数斯拉夫诗歌所表现的经验背后。但是我们必须知道我们所找寻的是什么。在这个景色的品质里，没有田园牧歌，没有天真，没有永恒，没有安全感。这样的景色激发起人们（非寂静主义者[1]）对于沉默的深情认同。

1972

1 Quietist，十七世纪盛行于法国、意大利、西班牙的基督教哲学，强调理智的沉静与内在的被动是趋向完善的本质条件。——译注

明信片诗四首

特斯里克（Teslic）

清晨的公车
扬起尘土
在一条穿越关卡的
未修筑好的路上

在每个村子
已长成女人的女孩
髭须拉茬的男孩
等待搭乘去学校的车

知识的公车正在离去

旧的留在后面

不久，尘土会落定

在未修筑好的路上

巴卡（Bakar）

在世世代代的夜里

在金枪鱼的海湾

讲述故事的村庄

已沉入无言的

震惊

炼油厂的消息

烟囱里日夜喷吐的火焰

映着群山

甚至在葬礼的日子里

索阿韦（Soave）

她骑在自行车上
沿着一条废弃的运河
背诵着上星期她在课堂学的
卡尔杜齐（Carducci）的诗句
当我还年轻，在这条运河上
驳船驶过，如此接近
像一个亲吻……

卡莱梅格丹（Kalemegdan）：贝尔格莱德

在城垛旁
活着的保卫者
加入死者
仍然在战斗
保卫他们的墙垣
今天的情人
爱抚、拥抱

就像萨瓦河

拉着多瑙河的胳膊

一起奔向

黑海的福祉

这里，城市已经建起

这里，孩子将会诞生

1979

在博斯普鲁斯海峡

在头十天里，我坚持写日记（十天后，我们很快就成了无知的熟客），打算以后能够靠它重构伊斯坦布尔的第一印象。

重构不像它本该有的那么简单。政治暴力，包括马拉斯（Maras）的一场大屠杀，迫使首相比伦特・埃杰维特（Bulent Ecevit）在十三个省实行军事管制。

在一个刚刚实行军事管制的城市，为什么要去描绘拉斯塔・帕夏（Rustan Pasa）清真寺的瓦？瓦片的深红和绿色，消失在一种更深的蓝中。

土耳其人称博斯普鲁斯海峡为咽喉之峡，钳制之处。

它是千百年来兵家纷争之地。1947 年，杜鲁门展现出对土耳其的战略兴趣，正如第一次世界大战之后，英法两国在土耳其的争夺。然而，土耳其人浴血反抗英法的军队，赢得了独立战争（1918—1923 年）的胜利。但是，对于杜鲁门的策略，他们束手无策。

从此，美国人便无休止地干涉土耳其的内政。没有一个土耳其人不怀疑右派颠覆活动得到 CIA 的支持。美国害怕两个可能性：伊朗君主（Shah）的垮台对土耳其的波及，除非安卡拉有个“强硬”的政府；埃杰维特的改革方案虽说中庸，但是与西方利益仍有出入，而且他启用了对阿塔图克（Ataturk）的独立运动所作的某些承诺。如果埃杰维特被罢黜，众多后果之一便是美国所训练的刑讯者回到监狱拷问政治犯。

渡船驶离博斯普鲁斯海峡亚洲部分的卡笛科伊（Kadi-koy），远远可以望见右边规模庞大的塞勒米亚（Selemiye）军营，四座哨塔高耸着，哨塔的每个角落布着岗哨。1971 年——伊斯坦布尔实行军事管制的最后一年——很多政治犯（几乎都是左派）在这里被审讯。如果朝左边看，能望见海达尔帕夏（Haydaerpasa）火车站以及离水面不过几码的缓冲器，它们是巴格达、加尔各答、果阿延伸来的铁道线终点。在土耳其监狱关押了十三年的纳齐姆·希克梅特（Nazim Hikmet）写过许多关于这个火车站的诗行：

海洋散发着鱼腥味
每个座位爬着臭虫
春天已经来到火车站
篮子和袋子
从车站的台阶下来
从车站的台阶上去
在台阶上停下
一个警察旁边，一个男孩
——五岁，可能更小
走下台阶。
他从不曾有任何书面证明
但是他有名字，克玛尔（Kemal）。
一个袋子
一个毛毡旅行袋爬上台阶
克玛尔爬下台阶
光着脚，光着膀子
尤其伶仃

在这个美丽的世界。

除了饥饿，他没有别的记忆

还有，模糊地记得

一间黑屋子里，一个女人。

对岸，沐浴在朝暾里的清真寺像一个个熟透的香蜜瓜。蓝色清真寺（The Blue Mosque）高耸着六个尖塔。圣索菲亚（Santa Sophia）依仗着浩荡的山势，俯瞰着蓝色清真寺和它的尖塔，使得它们看上去不过是六个侍卫守护着一个乳房。那被称作新清真寺（New Mosque）的建筑于1660年竣工。阴天里，同样的这些建筑看上去阴郁黯淡，像是煮熟的鲤鱼皮。我回头去看塞勒米亚军营荒凉的哨塔。

成千上万的水母，大的像盘子，小的像蛋杯，随着水流一胀一缩。水母是乳白色半透明的。吃水母的马鲛鱼被当地的污染害光了，于是水母越发汹涌地繁殖起来。当地人称它们为水的阴道。

船上挤着数百人。大多数乘客每日往返于海峡。有几个乘客在人群里很显眼，这是因为他们的衣着和脸上惊讶的表情。他们来自安纳托利亚（Anatolia）的偏远地区，这是他们第一次穿越海峡去欧洲。一个三十五岁光景的女人，裹着头巾，穿着肥大的棉布裤子，坐在甲板最高处的阳光里。阳光照耀着水面，令人目眩。

安纳托利亚中部的平原被群山环绕。冬天埋藏在深雪下，夏天淹没在岩石的尘土里。这里是新石器时代的农业发祥地之一。当时的母系社会民风淳朴。如今，这里为尘沙侵蚀,随时可能成为沙漠。阿迦们（agha）[1]统治着村庄，这些盗匪官僚同时也是土地占有者。土地改革不曾有效地实行过，1977 年人均年收入是十到二十英镑。

女人下意识地抓着她男人的手。他是这个家庭的唯一。他们坐在一起，眺望着这道著名的地平线。那一端，是惊心动魄的、炽热的、童话般幸福的城市。她所抓着的手，跟许多甲板上的大腿上搁着的手一样。土耳其普通男性的双手特征：宽阔、厚实、比你想象的饱满（即便身躯是消瘦的）、长满硬茧、强壮。这样的手，看起来不像是从地里长出来的藤——比如说，西班牙老农的手——而是在大地上流浪的牧民的手。

在提及他的叙事诗时，希克梅特曾说，他想把诗作成某种做衬衫的布料，非常好的布料，一半是丝绸，一半是

1 在阿拉伯语里，agha 意为德高望重的老者。——译注

棉：丝绸也是平民的（democratic），因为它吸汗。

甲板底层，一个女乞丐站在酒吧门口。与男子双手的厚重相反，这个女人的双手是轻柔的。是安纳托利亚中部捏干牛粪烧火的双手，是为女儿编辫子的双手。女乞丐的肩上背着一篮子病猫：可怜——她赖以维生——的象征。进出酒吧的人大多会在她伸出的手上放一枚硬币。

有时候，第一印象攒起以往世代所残留的痕迹。牧民的手不只是形象，它还有历史。同时，刑讯者却能够在数天里摧垮人的整个神经系统。政治的棘手之处——这正是为什么政治按捺不住寻找乌托邦的冲动——是它必须跨越双重时间：漫长千年与短暂数日。我的脑海里浮现出一个朋友的脸，还有他的妻子和孩子。他可能又被拘禁在监狱。自共和党执政以来，这是第九次军事管制镇压内部分裂。我仿佛看到他的衣服还整齐地挂在衣柜里。

渡船驶过海岬，视线之内的清真寺尖塔有十一个，苏丹王宫厨房的驼色烟囱也清晰可见。托普卡匹（Topkapi）王宫的奢靡排场是如此盛大，它渗入西方人的梦想；但是，正如我们今天所看到的，在现实里，它不过是王朝妄想狂迷宫般的纪念碑。

渡船掉头逆流而行，烟筒里冒着黑色的柴油烟，淹没了托普卡匹王宫。百分之四十的伊斯坦布尔居民住在不在市中心视野之内的贫民窟。这些贫民窟——每一个至少有两万五千居民——肮脏、拥挤、绝望。它们也是盘剥之地，一个棚屋可能卖到五千英镑。

然而，移居到这个城市的决定却也不愚蠢。贫民窟里，四分之一的男人失业。另四分之三的人为着可能是虚幻的未来工作，但这收入在村子里仍是难以想象的。城市的平均工资是每周二十到三十英镑。

马拉斯大屠杀是 CIA 所支持的法西斯主义计划。然而知道这一点等于一无所知。埃里克·霍布斯鲍姆（Eric Hobsbawm）最近写道，左翼知识分子在一段漫长的时间之后，才开始指责恐怖主义。如今，土耳其的左翼恐怖主义被那些意欲重建右翼极权国家的人们所利用。为着阿迦的巨大利益，这些人想要重建 1950—1960 年那样的国家。[1]

然而，不管如何指责恐怖主义，我们必须知道恐怖主义的得人心（少数派）来自这样的经验——它绝不可能被这种机巧或者道德的思考所触及。平民暴动跟劳工市场一样任意，如果不是更甚的话。无数不曾兑现的政府政策所

1 《新分歧：知识分子、社会和左翼》，《新社会》，1978 年 11 月 23 日。

压抑的暴力助长了激烈的暴动——不管为左翼或右翼所煽动。这些暴动是酝酿的停滞，背弃的诺言将它们保持在适当温度。五十多年来，自阿塔图克的共和制取代苏丹的统治以来，为独立而战的安纳托利亚中部农民被许以拥有土地与耕作工具的诺言。可是这样的改变给他们带来的是更多的苦难。

甲板底层的酒吧里，有个推销员买通了侍者，在酒吧里作推销。他将一个装着针的纸夹子高高举起，以便每个人都能看到。他念广告词的声音随意、轻柔。围观的几乎都是男人，坐着、站着。夹子里装着十五枚各种型号的针，印着英文字母“快乐家庭针夹”（HAPPY HOME NEEDLE BOOK），标题周围画着三个白种女人，戴着帽子，头发上别着丝带。针和夹子都是日本货。

推销员要20便士。渐渐地，一个又一个男人掏钱买了。是便宜货，既是礼物，又是法令。他们谨慎地把针夹揣在单薄外套的口袋里。晚上，他们要把这些针送给妻子，好像它们是撒播在花园里的种子。

在伊斯坦布尔，不论在贫民窟还是别处，家的内部（inter-ior）都是休息的地方，与家外的世界形成鲜明的对比。局促、破了屋顶、被珍爱的家的内部像是祈祷的空间，因为家与世界自行其是的行径相反，因为家是伊甸园或天堂的象征。

家的内部象征性地提供与天堂里同样的东西：休憩、花朵、果实、安静、柔软的材料、甜食、清洁、温柔。家所提供的可能像苏丹后宫的寝房那般奢华（和庸俗），或者可能像小屋地板的坐垫上所铺的廉价棉布的印花图案那般含蓄。

显然，埃杰维特会努力控制阿迦们的野心，这些阿迦如今统治着各省。监禁、暗杀、死刑、军人政治的传统在土耳其仍然是强大的。西方人提及奥斯曼帝国的势力和衰落时，会很轻巧地忽略了这一事实：正是在这个帝国的庇荫下，土耳其才免遭资本主义、西方殖民化、金钱高于其他任何形式的权力的侵蚀。在其自身，资本认定所有以往的形式都是残酷的，认定这些古老的形式是腐朽的。这种腐朽使得西方的全球伪善有了基础，其中最为新近的伪善是“人权”问题。

一个男人倚着船阑，凝视着闪烁的水、水里幽灵般的水的阴道。这渡船，十七年前由格拉斯哥（Glasgow）戈万（Govan）的费尔菲尔德（Fairfield）船舶工程公司制造。[1] 五年前，他在一个离博卢（Bolu）不远的村子做鞋匠。制作一双鞋子需要两天的工夫。后来，工厂制造的鞋子来到村里，卖得比他的便宜。工厂制造的更便宜的鞋子意味着村里一些孩子再也不会光着脚板。他的鞋子卖不出去了，他去国营工厂找工作。他们让他租台冲床切皮革。

一双鞋子由二十八块皮子组成。要租机器的话，他一年得切出制作五万双鞋子的皮革。机器直接送到他的店里。每天切十二个小时，他才能完成一年的份额。每个周末，店里堆满了皮革，一片一片的，像狗的舌头。店里只剩下冲床前他所坐小凳的空间。

第二年，他们告诉他，要想留着机器，他一年得切出制作十万双鞋子的皮革。这不可能，他说。然而事实证明是可能的。他白天切十二个小时，他妹夫晚上切十二个小时。楼上的房间，那是天堂的象征，日夜不休地响着机器的声音。一年里，他和妹夫约切了三百万张皮革。

一个晚上，他砸碎了左手，机器声停了。楼上房间的

---

1 自 1845—1847 年的饥荒后，由于农业被英国的土地政策所破坏，爱尔兰成千上万的农民涌入英国的利物浦和格拉斯哥做苦工。这是工业第一次向农民大规模地索取劳工。见 John Berger and Jean Mohr, *A Seventh Man*, P.108, Penguin books, Harmondsworth, Middlesex, 1975。——译注

地毯下一片寂静。机器给搬上卡车，运回工厂。自那以后，他来到伊斯坦布尔找工作。他讲述他的故事时，眼睛里闪着我所熟悉的神情。在伊斯坦布尔，你可以在无数男人的眼睛里看到这样的神情。这些男人已不再年轻，然而他们的神情却不是懈怠的，这样的神情激越得无法松懈。每个人带着会心、呵护、纵容的神情看着自己的人生，就好像看着自己的儿子一样。冷静的伊斯兰反讽。

伊斯坦布尔的主观对立不是理性与非理性，不是道德与罪孽，不是信徒与异教徒，不是富裕与贫穷——如客观对立那般巨大。它们是，或者就我看来，干净与肮脏。

这个对立涵盖了内部 / 外部，但是又不囿于这个区分。比如说，这个对立区分牛奶与奶牛、香芬与浊气、愉快与疼痛，也区分地毯与大地。平民的奢侈品——蜂蜜：吃着甜蜜、看着晶亮、摸着柔和、闻着新鲜——是世界固有肮脏的补偿。许多土耳其俗语和诅咒表达这个对立。他们评价自以为是的人：“他以为他是别人屎里的香菜。”

应用到阶级区分上，这同一个干净 / 肮脏的对立就变得残酷。在我所见过最为阴鸷的人们当中，伊斯坦布尔的有钱中产阶级女人便是其中之一。她们的脸因为懒惰而带着病态，因为吃多了甜食而肥胖。

然而，当我的朋友们被拘在塞勒米亚军营时，他们的妻子会为他们送去玫瑰油和柠檬香精。

渡船上也载着卡车。尾板上停着一辆自科尼亚(Konya)来的卡车，车身上写着："我的钱是靠双手挣来的，所以，愿安拉保佑我。"头发灰白的司机靠着发动机罩，从镀金口的小玻璃杯里喝茶。每一层甲板上都有茶摊子，闪亮的铜盘里摆着这样的玻璃杯和糖碟。人们喝着茶，惬意地看着博斯普鲁斯海面的水光。尽管每天要载成千上万的乘客，渡船几乎跟家的内部一样干净。没有哪条街可以跟它们的甲板相比。

这辆从科尼亚来的卡车身两侧，司机让人画了小小的风景画。都是小山围绕的湖泊。湖泊上方是长睫毛杏仁状的全能之眼，像新郎的眼睛。画面上的湖水使人联想起和平与宁静。司机一边喝着茶，一边与三个小个子、黑皮肤、眼神热切的男子说话。这热切的神情也许是个人的，但是在世界各地那些骄傲却被压迫的少数民族的眼睛里，你也可以看到这样的神情。这三个男子是库尔德（Kurd）人。

在伊斯坦布尔的大街上和养着鸡羊的小巷里，你都能看到搬运工们扛着成捆的纺织物、金属片、地毯、机器零件、粮食袋、家具、包装箱。大多搬运工是库尔德人，来自伊拉克、伊朗边境的安纳托利亚东部。他们将任何东西扛到卡车驶不进的地方。因为这个城市的小作坊布满工业区，散落在卡车不能驶进的小巷里。从一个作坊到另一作坊，有很多东西需要扛。

他们的背上系着一个类似马鞍的东西，货物垒在上面，绑上绳索，直压过他们的头顶。这种背负方式、货物的重量，迫使他们佝偻了背。背上重物时，他们走路的姿势像是一把半合的折刀。聆听卡车司机说话的三个男子，正坐在他们的鞍上，啜饮着茶，注视着水面，注视着通向金角湾（Golden Horn）的海道。捆绑货物的绳索躺在双腿之间的甲板上。

统共算起来，穿越海峡花了二十分钟（读完这篇文章的工夫）。栈桥旁边，手摇船在滔滔的波浪里摇晃着。有些船里生着火，火光随着水浪的拍打节奏舞动。男人们在火上煎鱼，卖给上工去的人们。

在装煎鱼的盘子（几乎跟手摇船一般大）之上，弥漫着这个城市所有的能量和麻木：作坊、市场、黑手党、永远是二十人并肩穿行其上的戛拉塔桥（Galata Bridge）（桥是飘浮的，像马的肚子一样不停地、难以察觉地晃荡）、学校、报社、贫民区、屠宰场、政治党派总部、军械工人、商人、士兵、乞丐。

这是最后的和平时刻。卡车司机发动了引擎，搬运工们抢着赶往船尾，占着位置，好在头一批登岸。茶摊贩子们在收集空杯子。好像渡海时，博斯普鲁斯海峡诱发了卡车上所画湖泊那样的情绪：好像这艘 1961 年在格拉斯哥建造的渡船，变成了一张巨大的地毯，悬置在闪烁水面上空的时间里，悬置在家与工作、奋斗与奋斗、大陆与大陆之间。这个悬置，在我的记忆里栩栩如生，正契合着这个国度当下的命运。

1979

曼哈顿

作为一个道德理念、一个抽象概念，曼哈顿在世界各地每个人的心中都有一个位置。曼哈顿代表机会、资本的权力、西方帝国主义、魅力、贫穷——因着各人的世界观而异。曼哈顿是一个概念。曼哈顿也实际存在。在曼哈顿的大街上，初来乍到的游客目瞪口呆，他惊讶于自己以往想象力的能量与脆弱。从这个惊讶里衍生出一个悖论。它们既像是梦境中的街道，同时又是他所见过的最为真实的街道（所是背后一无所有）。

我能够攫取一些细节：没有轮胎的汽车遗弃在无数客厅的窗下，好像被抛弃在荒凉的沙滩；蒂凡尼橱窗里LOVE式样的钻石胸针；哈莱姆区街道拐角处的人物，带着挑衅的神情守卫他们黑色身躯的空间和安宁，因为这空间和安宁是他们仅有的、剥夺不去的。这里没有象征性的细节。你所见的即是你见到的，此外别无他物。意义是你的所在之处。这里没有隐秘的重要性，没有内在的意义。我想起洛尔迦（Lorca）关于曼哈顿的诗：

人生不是梦！小心哪，小心哪，小心哪！
我们滚下楼去吃那潮湿的
泥土
或者我们爬过白雪皑皑的山峰
那里长着大片大片凋谢的大丽花。
但既非梦亦非遗忘：
而是野蛮的肉体。

街道像室内的墙壁那般污损。台阶、扶栏、消防栓和街道镶边石，不是由于长期的使用而衰老。它们的破损是由于一代又一代人的粗暴施工，就像公共卫生间的洗水池、监狱的门、公寓的床。每条人行道散发着极亲密的气息。在曼哈顿的马路上，隐私和公共事件之间没有任何区别（这样的区别在战场也同样消失）。

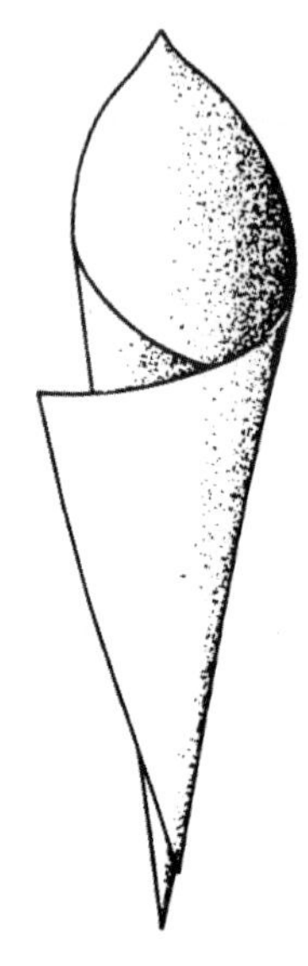

空间里也没有任何障碍。界限，只要是可触及的，便无人遵守。只有红绿灯在闪烁，此外再无别的城市传统。在受打击之后、绝望之时，将人们关在门外（或者门内）的是锁。鲍威利区（Bowery）和华尔街之间，或者鲍威利区和麦迪逊大街之间，游客们走过一条又一条无形的绳索，这些无形的绳索穿过腰际的开放空间。这些绳索隔离无家可归的人。他们由他们的绝望制成。他们的绝望不是秘密：它存在于尘土冲洗的砖石，砸碎了的窗户，围着栅栏的商店前门，破败的门道角落，他们捡来的衣服，他们的没有性别、没有年龄。

世界上许多地方，城市和村庄，贫穷的人远多于曼哈顿。但是，曼哈顿的流浪汉一无所有，甚至于无法做出无声的恳求。他们所拥有的就是他们让人们看到的样子。他们只是废弃。

摩天大楼设立标准。人眼倦于分辨垂直和水平；直角不再是 90 度；原本向着地平线水平消失的，如今向上消失，以模棱两可的角度耸入天际。地平线的原理被打破。如果将其他城市所经验的空间想象为一张四边多少是挺直的纸，那么在曼哈顿，这张纸被卷成了漏斗。为了补偿感知里所遗失的最基本的直角，方形被大量地应用——门、窗、墙、台阶、格栅。纸漏斗由印着正格的坐标纸卷成。纸上布满了面孔、语言、汽车、瓶子、树木、布料、机器、计划、楼梯、手、威胁、承诺、来自世界各地的报道。在曼哈顿中心，每平方英里有一百万人在工作。在人口如此密集的地方，很难找到能看透的空间。要寻找空间，必须往上看。曼哈顿的珠宝店，多过我所到过的任何城市。柜台里的戒指跟居民一样多。

人们随时随地在吃。菜谱来自世界各地。但是在这里，食物是你放在嘴里的东西，此时此地——吃。它不是任何别的东西。移民们一定花费了很长一段时间学习这一点。在这里，吃是私人的获取。

到处在说话。说话。说出来。与任何一个暂时走出人群的人说话。在人群里，跟任何一个有空的人说几句。独处时，大声地跟自己说话。说，直接对应于大脑那个时刻的想法。里面的想法立即在外面用词语建立起来。而这起着某种保护作用。

说话是如何起着保护作用的？不是以明显的方式。它不请求同情或者请求特别的体谅。更恰当的问法是：说话抵抗什么？抵抗第一个人和第二个之间的空间。这是希望所创造的空间。他人和自己的希望。这是一个垂直的空间，一个陡峭的降落。

像电梯一样，希望也需要垂直升降井，以便往上攀升。从升降井降落是很容易的。降落到遗忘里。说话是遗忘的反作用剂。没人会在与他人说话时降落。词语抓住升降机井，托起说话者上升。降落发生在沉默里。

我们期待发生在内部的，在曼哈顿却发生在外部。这里没有内在性（interiority）。也许有反省、内疚、幸福、个人损失；但是所有这些都浮在表面，表现为词语、行动、习惯、抽搐，它们成为每个街区每个楼层上演的事件。这不是说所有一切是公开的，因为这样便暗示着没有孤独。确切地说，每个灵魂都将里层翻出，从而保持孤单。

再回到街上。百分之七十的房屋至少建于五十多年前。包着木头绝缘层的水箱装在屋顶外。离行人头顶一英尺处的人行道旁，防火梯像抓钩似的置在房子外，因而街道成了镂雕金属之间的狭窄通道。垂直防火梯的平台上，女人们坐着，孩子们睡着，好像待在自家的客厅。每个事件都有其特定的历史（城市供水系统和水压，十九世纪城市消防条例，没有空调的夏天的城市温度）；但是，在每个事件里，为了更大的利润和扩展，历史是缩减的成本之一；最后，在每个事件里，别处通常置于内部的，被翻将到外部。夜晚灯火辉煌的玻璃幕墙摩天大楼演示的正是同样的原理，并且将其升华为神话：在整个岛屿外的夜间环境里，大厦内的灯光最为抢眼。

这个原理既是物质的，也是精神的——或者更确切地说，通过否认内在性，这个原理在物质范畴内部建立起一个精神范畴。从人们的脸上可以看出这一点。

在别处，经验在脸上留下的痕迹，是人的内在需要或意图与外在世界的要求或给予之间会合（或争斗）的痕迹。以另一种方式说：人们脸上经验的痕迹是两个模具间的接缝；两个模具都是社会的产物，但是一个包含着自我，另一个包含着历史。

相反的，在这里，经验只是作为直接影响在大多数脸上烙下印记。这些印记不是两种力量斗争的结果。它们的关键不是自我，也不是历史。这些印记完全是由外来事件所烙印或强加——正如一辆车子制造时被冲压，或者碰撞后凹陷、弯曲。

这并不意味着居住在曼哈顿的人们是被动的，或者迟钝的。这意味着在这里意志总是能够找到猎物，然后将自己的权力植入猎物体内。目标不再是向导，而是磁石。这个目标——极少是另一个人——成为被爱者，承诺着激情的实现。然而，为了创造被爱者这个目标，爱人掏空了自己。于是，在创造目标过程中遇到的所有障碍都被认为是打击。我在人们脸上所看到的正是这些打击。

要说曼哈顿是现代资本主义最纯粹的处所是不对的。在曼哈顿，从事生产的人口不到五分之一。不过，曼哈顿是生理反射、思维模式、焦虑症、资本主义的逆反心理最纯粹的处所。资本主义所有不倦的能量、冷酷和绝望都能在这里找到。十七世纪的阿姆斯特丹一度有过这样的历史地位。那时候，人们称纽约为新阿姆斯特丹。

今天，西海岸的城市能够宣称比纽约更加摩登。但是这些城市缺乏历史元素——资本主义所创造、所要求的能量的基本刺激。曼哈顿鬼魂出没。马路上，除了站在市中心的橱窗前（在那里，人们可以梦想未来），人们踩着过去的淤泥和尘埃。资本家对于无休止的经济扩张的渴求，需要主观的恐惧：若不赶紧向前，过去会卷土重来，向我们报仇；它要求工人们带着恐惧回想过去。

新移民的目光越过泻湖，眺望着海面，想象着地平线上白云的线条是陆地的轮廓。我知道那样的云是如何形成的，它常常出现。他一次次地提醒自己，那不可能是陆地，东方的地平线不期许希望。即便如此，印象仍然不顾他的逻辑推理，囿于先见。当他最终看云是云，而且只有云的时候——如果他永远不能达到这个境界，他的儿子会——他就成了美国人，写信叫堂兄弟来。

每个人都希望离开自我或者抓住自我，以便带着自我与它一道垂直向上。绝大多数人永远看不到他们的希望实现。但是如同他们的祖先无法回到他们离开的土地，他们发现自己不再拥有召回自己意志的权力。在曼哈顿生活的人们，每日心甘情愿地被自己的希望出卖。于是他们学会了无懈可击的机智、愤世嫉俗，以及所谓的现实主义。

然而，现实主义不被地点本身肯定。物理环境的中立状态或“客观性”已经消失。物理环境被施加了过多的人为。这个岛屿上的每一寸土地，不论是什么形状，不论是怎样破落，都被希望或者失望打上了成见。这个岛屿就像一个美梦或者噩梦，同时被每个居民梦见。我曾提到，在这里，没有什么是象征性的。而梦的象征性只是作为醒后思索的对象。梦里没有象征，一切都是其本身。只是本身。

而且在梦里，一切都面对梦者——它尽可能直接地向梦者说话，好像它是一种内在感觉。在这个意义上，在曼哈顿找不到没有面孔（face）的外部。因此，也没有能够确定的外部。在来自欧洲的艺术品、物什和建筑的表面——又一次将自我和历史区分的表面——百万富翁寻找确定的替代物。而那些不是百万富翁的人们，在外面，无处居留。

这是曼哈顿无情的矛盾。物质的公平被剥夺。自我向外移居。但丁所形容的炼狱是以基督教的道德律令为基础而建立的惩戒之所，在这里，迷失的灵魂找到自己。曼哈顿不是地狱，而且但丁时代的道德律令早被推翻。

站在约一千英尺高的帝国大厦上，可以看到整个岛屿的形状。每一个美国学校的学童，有条件的都会被带到这里："看街上的人，看，他们小得跟蚂蚁似的。"四周的摩天大楼像印刷机里的印版一样匀称，耸立在临近的高度。五十英尺下，工人们正在为一幢新大楼铺混凝土。这一千英尺是一英尺一英尺地铺就、建造的。帝国大厦南首，新落成的世贸大厦比这还要高。

在资本主义的发展史里，曼哈顿是为那些被诅咒的人们保留的岛屿，因为他们的希望太多。

1975

冷漠剧院

我要讲一个故事，一个农民从偏僻山村来到城市生活的故事。一个老掉牙的故事。但是，二十世纪末的城市改变了故事的意义。我认为，这样一个城市，最典型的是白色的、北方的。气候在公共和私人之间的摩擦中起着略微的调节作用。地中海的城市，或者美国南部的城市，有着稍微不同的特征。

这样的城市，在其最典型的形式上，是如何让这个农民震惊的？如果要公正地对待他的印象，我们必须了解给他留下印象的是什么。我们无法接受城市自身提供的版本。正如他对城市的第一印象有着很多错觉，城市对于自身至少也有着同样多的错觉。

他对看到或听到的绝大部分事物感到陌生：建筑物、交通、人群、灯火、货物、词语、透视。这种新奇既让他吃惊，又让他兴奋。它强调这个句子的难以置信：我在这里。

然而，他必须很快在人群里找到自己。一开始，他假定他们是城市的传统元素：跟他和他父亲认识的男男女女多少是相似的。使他们显得特别的是他们所拥有的，包括他们的思想，但是他们之间的人情关系总是差不多的。他很快发现事情不是这样。在他们的表情、话语、肢体动作以及眼神里，涌动着一种神秘而永恒的交流。他问道：这是怎么了？

如果讲故事的人将自己置于与城市和农村等距的位置，他也许能够提供描述式的答案。但是发问者不能立刻理解这个答案。经济需要迫使农民来到城市。而一旦置身于城市，他的意识形态转变便始于他的问题不被回答。

一个穿过马路或酒吧的年轻女人，动用身上的每个部位，她的嘴、她的眼睛宣告她的性成熟。（他判断她不要脸，但这是就他自以为她那无法满足的性欲而言。）两个年轻男人假装打斗，以吸引女孩的注意。像两只雄猫围着彼此打转，他们从不结实地挥出一记拳头。（他判断他们是对手，带着刀子。）女孩带着厌烦的神情看着他们。（他判断她过于害怕而不敢流露感情。）警察来干预。两个男人立即停下。警察们的脸上没有表情。他们的眼睛扫过人群，然后走开。（他判断他们的无动于衷是公正。）卓别林早期作品的虚构特征和感染力正在于他生动地演绎了这种对于城市的“天真的”误解。

这是农民第一次看到漫画，不是画在纸上的，而是真实的。

平面漫画最早出现在十八世纪的英国，之后在十九世纪的法国风行一时。今天，平面漫画已经消失，因为人生比漫画更加精彩。或者更准确地说，讽刺只有在道德准则还存在时才是可能的，而如今这些道德准则已经消耗殆尽。我们习惯于被自己所惊讶，以至于欣赏不了漫画的意味。平面漫画的传统原本蕴含着乡村对城市的批判。它的黄金时代是在大片农村被新城市所归并，而城市的标准还没有来得及被农民自然地接受之际。与生活的所谓“平常”相比，平面漫画的夸张到了荒诞的地步。生活的漫画暗含着前所未有的激烈、危险和希望的人生；对于外来者，漫画的荒诞之处便在于被这种夸张的“超级人生”拒之门外。

平面漫画具有社会典型性。它们的典型性考虑到社会阶级、气质、性格和体质。它们的内容触发阶级利益和社会正义。生活的漫画只是当下境遇的创造。它们没有连续性。它们是行为主义者。它们是表演的漫画，而非人物的漫画。社会阶级可能影响角色的表演。（以那种特殊方式穿过马路或酒吧的女孩，可能属于小布尔乔亚，而不是上层布尔乔亚；警察很可能是工人阶级；等等。）但是，当下处境的偶然事件隐藏着最本质的阶级条件。同样的，生活的漫画所要求的判断也无关乎社会正义，它只要求评判个人表演之优劣。这些表演的总和产生一个整体。但是，这个整体是剧院整体。这是冷漠的剧院，而不是某些批评家所认为的荒诞的剧院。

城市的绝大部分公共生活属于这个剧院。不过，有两个活动却例外。一是生产劳动，一是真实权力的实施。此两者已经成为隐秘的、非公共的活动。在这个意义上，生产线与总统的电话一样隐秘。公共生活关注无关紧要之物，并诱导大众将他们的希望寄托其上。然而，真理可没那么容易被驱逐。它卷土重来，将公共生活转变成剧院。如果谎言被当作真理，真实的真理便把这个虚假的真理转变成剧院的真理。

如今，公共生活的凝聚力充满戏剧色彩。戏剧色彩常常扩展到家庭生活。不过，对于新来的农民，这一点是不明显的。在公共场合，没有人能逃离剧院，每个人都被迫成为旁观者或者表演者。有些表演者表演的正是他的拒绝表演。他们扮演微不足道的“小人物”，或者人数众多时，他们可能扮演一群“沉默的大多数”。从表演者到旁观者的转换几乎是瞬间的。也有可能同时既为表演者又为旁观者：对于周遭处境是表演者，对于更广大的范围则是旁观者。比如说：在火车站或者在餐馆。

旁观者和表演者之间是冷漠。观众和演员之间是冷漠。每个表演者的经验——也就是说每个人——使他相信，表演一开始，观众就会离席，剧院就会空了。同样的，每个旁观者的经验也使他期待，另一个人的表演与他本人的处境毫不相干，无关痛痒。

表演者的目标是好歹留住个把观众。他害怕的是独自一人在空荡荡的剧院里表演（即使在稠人广坐，这样的心情也是有的）。这里有个数字的反比。如果一个表演者拥有一百个观众，在某种意义上，他离空剧院的担忧要远些。然而一百个观众可能会在几秒钟内离开。如果他只有三个观众，那么他至少可以拉住其中一个，停留更长的时间——直到这个人被迫表演厌倦或冷漠。

在冷漠的剧院里表演，必然导致表演者采用、培养夸张的表情。包括表现得毫无兴趣、独立和冷淡。这也导致了日常生活的做作表演。暴力是最后用来挽留离席观众最常用的方式。这暴力可能采取词语（诅咒、威胁、叫嚷）、鬼脸或者行动的方式。目前有些犯罪行为是最纯粹的剧院表情。

夸张和暴力成了积习。暴力在夸张的表达之中。在这个意义上，女孩所表演的性成熟与瞄准的枪口一样暴力。夸张的习惯逐渐地成了表演者身体的一部分。在他的表演里，他被性情抑或处境所迫使，成了表达的生活漫画。

即使剧院里没有第二个人，也就是说，演出的最低要求（两个人）不被满足的时候，剧院也能使人们感觉其存在。孤独糅合着冷漠的胜利，使得它成为完全的消极。空剧院成了沉默自身的形象。独自一人沉默，也就是无法留住一个观众。因而便产生继续走的强迫性需要：到街角便利店买份晚报；到俱乐部喝半品脱啤酒。这些行为定义城市老年人所特有的痛苦。

冷漠的致命对手只有一个：明星表演。每个旁观者的压抑加诸明星。明星是现代城市偶像的唯一形式。明星使剧院爆满。明星承诺冷漠不是终点。

效仿明星的榜样，从运动到犯罪再到政治，明星在每个壮观活动中出现，每个人都向往能够成为某个场合的一颗小星。比如说，一家店里六个顾客，通过在场多数人的意见，其中任何一个顾客都有可能被当作明星。在短暂的一刻，由于一句话、一个反应、一个姿势，而被捧到明星的地位。乘电梯的人群，红灯前等着过马路的行人，售票口排长队的人们，都有这样的机会，让任何一个人暂时为剧院填空，就好像中头彩。在那一刻，一种纯粹的都市愉悦掠过这个临时明星的脸。一种出乎意料的、忸怩的快乐，交织着谦逊和自负，似乎是意外做了好事而受到表扬的孩子的快乐。

冷漠的剧院不应当被归并到城市生活的人工性范畴（the artificiality of city life）。因为冷漠的剧院是一个新现象。就其高度形式化而言，农村的社会生活也是人工的。比如说，农村的葬礼比现代城市任何公共社交活动更加（而非更少）形式化。冷漠剧院的反面不是自发的简单性，而是戏中主角和观众有着共同兴趣的戏剧。

冷漠剧院的历史前提是：在生活的大多数场合，每个人都是有意识地、无助地依赖于他人的意见和决定。以象征性的方式表达：剧院建立在公共集会的废墟之上。公共集会的前提是民主的失败。当个人幻想被隔离在任何实际社会行动之外时，个人幻想便不可避免地偏离，从而导致了冷漠。冷漠诞生于个人幻想的过多变动与社会政治的停滞不前之间的平衡。

在冷漠的剧院里，外表隐藏失败，词语隐藏真相，符号隐藏所指。

农民无法想象冷漠的剧院。他从未见过人们制造这许多过剩的表达，它远远超过他们的表达需要。于是他认定，他们的私生活与这些戏剧性的表达一样丰富而神秘。他贬低自己，因为他还不能看到那不可见的——在他的想象里，那些一定是他们的表达和行为的根源。他相信城市里所发生的超出了他的想象，超出了他从前的梦想。可悲的是，他是对的。

1975

两 个 梦

TWO DREAMS

卢卡斯·凡·莱顿，《罗得和他的女儿们》（细节）

所多玛城

图片中的细节，取自于卢卡斯·凡·莱顿（Lucas van Leyden）的作品《罗得和他的女儿们》，画面显示的是所多玛城之毁灭。乍看之下，其写实精神着实令人吃惊。我们许多人都曾见过像这样燃烧的城市，建筑物被疯狂的火焰烧成空壳。被火光照亮的水面呈电光蓝，显得异常现代，而这竟然出自十六世纪的画家之手。然而，卢卡斯·凡·莱顿所想象的上帝之愤怒，从根本上说还是中世纪的。它根据两个自然对立的原理而构思：秩序，即上帝的理性，对立于无秩序，即人类世界的混乱。人类之城不但在燃烧，而且倾入大海；人在街上跑，犹如顺着一艘正在沉没的船的甲板往上爬行。撞碎在港口的船桅，反衬前景的树。树属于自然，为上帝所创造，相对的，它还不曾被人类的干涉所腐化。在整幅画里，城市的比例像个玩具，一个不听话惹怒了父亲的孩子的玩具。这父亲的权力不仅在于能够在城市上空降火，而且更在于空中火焰的形式。火焰是对称的、有秩序的、清晰的——像一朵盛放的菊花最完美的部分。这是人类未能理解，却逃脱不掉的正义秩序的一部分。也许这个形象至今仍能震撼人心——如果我们给它以时间——的原因可以在这样一个事实里找到：在我们的梦里，在我们的无意识里，更高秩序的观念可能依然存在。就此而言，“父亲”这个词是强有力的，而被大火毁灭的场景通常有着——如果我们自己不处于直接的危险——某种梦的性质。

1972

大洪水

世界毁灭这个观念，远在人类掌握毁灭它的方式之前便存在。如果不知道这幅水彩画所作的日期，我们可能会以为这是原子弹毁灭世界时的情景。这幅画作于 1525 年。至于这幅画由来的故事，用丢勒自己的话说最好。

> 在星期三和星期四之间的晚上，圣灵降临节（白色星期天）后的那个星期，我在睡梦里看到这个景象——无数巨大的水流从天堂倾注下来。第一注水流砸在离我只有四英里的地上，声势浩大得可怕，冲裂了整块大地，淹没了原野。我害怕极了，甚至从梦中惊醒。然后，又有许多水流冲下来，俯冲的力量非常强大，很多很多水，

阿尔布雷特·丢勒,《大洪水》

有些离我很远，有些离我很近。它们从高高的天上落下，看起来似乎很缓慢。但是当第一注洪水即将触及地面时，它又是那么迅捷，挟着狂风和呼啸。我害怕极了，当我惊醒的时候，我的身体颤抖，久久不能平静。早上起床后，我照着梦里所看到的，把它画下来。愿上帝感召万物向善（god turn all things to the best）。

作这幅画时，丢勒五十四岁。

多年前，年轻的丢勒制作了一系列木刻版画，描绘《圣经·新约·启示录》中所预示的世界末日。版画上充满了传统中世纪的符号和人物。这个梦却不同。梦的恐惧并非来自某个教义或者处方，它是丢勒无意识的自我梦境的自发创造。与很多梦魇一样，丢勒的噩梦也有这些元素：广阔的空间、无限的水、令人窒息的巨大重量。无论这些元素是对诞生时创伤的模糊记忆，抑或是对死亡的预感，这不重要。重要的是，它们预示着可怕的终结。然而景象本身几乎是无害的。我们最深层的恐惧就栖居在日常生活和陈年往事背后。洪水的涓流，像是顺着玻璃窗流下的水滴，我们透过玻璃窗望着远方的风景。突然间，比例产生了可怕的变化。画面中间的水柱离我们只有四英里远，显得极为庞大。洪水的颜色是苍白皮肤透出的血色，是瘀痕的颜色，世界自我毁灭的打击所留下的颜色。

1972

爱情入门

LOVE'S ABC

头　巾

早上
印着野花的头巾折叠着
浣洗熨平
占着抽屉的一角。

抖开
她将它裹上头。

晚上，她扯下它
任由它掉落在地上
还打着结。

在一方棉头巾上

在印花丛里

一个劳作的日子

写下了它的梦。

1985

戈雅：穿衣服和不穿衣服的玛哈

首先，她穿着华丽的服饰躺在长榻上：她被称为玛哈正是因为这套服饰。稍后，同样的姿态，同样的长榻，她赤裸着。

自本世纪初这两幅画首次在普拉多博物馆展出起，人们便开始询问：她是谁？阿尔巴（Alba）公爵夫人？几年前，阿尔巴公爵夫人的尸身被掘出，尸骨被丈量，以便证实这两幅画的模特不是她！但是，若不是她，会是谁？

我们容易轻巧地将这个问题作为宫廷的流言蜚语，避而不谈。但是当我们看着这两幅画时，它们确实暗示着一个令人向往的神秘。然而，问题的提法总是不对。这不是谁的问题。我们永远不会知道，而且即便知道了，我们也不会因此长见识。这是为什么的问题。如果我们能够回答这个问题，那么我们也许能够对戈雅（Goya）多一分了解。

我本人的解释是，没人为裸体版本做模特。戈雅借助第一幅画，虚构出第二幅画。根据面前穿衣服的版本，他在想象中褪去她的衣衫，在帆布上画下他的想象。看看这些证据。

两幅画上的姿态相似得离奇（除了后面的腿）。只有理念才能产生这样的结果："现在我要想象她没穿衣服。"在真实的条件下，不同时刻所摆的相同姿态，总是有显著的差别。

更重要的是那幅裸体的玛哈中，她身体的形式被视觉化的方式。看看她的乳房——如此圆润、高耸，每只乳房朝外。人物那样躺着时，没有乳房会呈现这个形状。在穿衣服的版本里，我们找到了解释。紧紧地裹在胸衣里的乳房，确实暗示着这样的形状，因为被支撑着，所以即便人物是躺着的，乳房也是高耸的。戈雅为她褪去丝绸，露出皮肤，却忘记揣度形状的变化。

上臂也是如此，尤其是前面的胳膊。在裸体画上，这只胳膊肥胖得可笑——如果这也可能——它几乎跟大腿一般粗壮。同样的，我们可以在穿衣服的版本上找到答案。戈雅得从鼓鼓囊囊、打着褶皱的外套去猜测。他没有重新估计形状，而只是将其简单化，于是导致了失衡。

跟穿衣服的版本相比，裸体画上后面的腿被略微转动，移向了我们。如果不这样做的话，两腿之间便会空出一块，她也不会再有那像船身一般的身体。于是，荒谬的是，裸体就会不那么像穿衣服的版本。然而，如果模特这条腿果真往前挪了的话，那么她臀部的位置也应当有相应的变化。而使得裸体的臀部、肚子和大腿犹如在空间漂浮——因而我们无法确定它们与长榻的角度——的是，虽然后面的腿移了位置，但是前面的臀和大腿绝对仍是直接按照穿衣服的身体所画的，好似遮在身上的丝绸是一层雾，突然被掀开。

确实，从腋窝到脚趾，她的身躯与枕头床单接触的整个轮廓线，在裸体画上是如此失真，而在第一幅画上却是那么真实。在第一幅画里，枕头与长榻时而迎合身体的形式，时而推挤身体的形式：两者相会的线条像是一条线缝——针脚消失又重现。然而，在裸体版本里，这条线缝像图案的破损边缘，它没有现实中的物体及其周遭环境所建立的“给予—接受”的关系。

裸体的脸从身体跳将出来，这不是因为它被作了修改，或者是后来添加的（有些批评家这么认为），而是因为它是被看见的，而非画家虚构的。越是看着这张脸，我们便越感到裸体格外模糊，格外不真实。乍看之下，红光焕发的

弗朗西斯科·戈雅,《穿衣服的玛哈》

弗朗西斯科·戈雅,《不穿衣服的玛哈》

弗朗西斯科·戈雅，《箴言录》

肉体诱使我们以为，这颜色便是肉体的光泽。但是，它是否更接近于幽灵之光？她的脸是可触及的，而身体却不能。

戈雅是极有天赋的绘图员。他能够飞快地画下运动中的人像和动物，想来他是用不着参考模特的。与葛饰北斋（Hokusai）一样，戈雅几乎本能地知道事物的形状。他对事物形象的谙熟蕴含在他绘画时的手指和手腕动作里。那么，缺少模特怎能使得这幅裸体画如此不真实、如此虚假？

我想，答案应当在他作这两幅画的动机里寻找。这两幅画很可能是新兴的、令人反感的错视画（trompe-l'oeil）订单——眨眼间，女人的衣服不见了。但是，那个时候的戈雅，已经不再是默默无闻的画家，不可能随便接受其他男人愚蠢的订单。因此，如果这两幅画是订单，那么戈雅接下订单必定有着自己的主观理由。

那么戈雅的动机是什么？是乍看之下似乎很显然的那样，对一桩风流韵事的忏悔或者庆贺？如果我们愿意相信裸体画是照着模特所画，这一点就更能使人信服。夸耀一个实际并没有发生的关系？这又跟戈雅的性情不合，他的艺术罕见地不掺入一点矫饰。我认为穿衣的版本是朋友（或者可能是情妇）随意的肖像画，但是当他画着这幅画的时候，一个念头突然抓住了他，当她穿着华丽的服饰躺在那里看着他时，他想象着她可能没穿衣服。

为什么会被这个念头“抓住”？男人总是用他们的眼睛脱掉女人的衣服，这是他们假装的一个随意形式。可能他被这个念头抓住，因为他害怕自己的性欲？

戈雅有一种将性和暴力联系起来的潜在倾向。巫婆的诞生部分也是由于这个倾向。他反对战争的恐怖，人们通常认为他的抗议是由于他亲眼目睹了半岛战争那地狱般的战场。这是事实。在他所有的良知里，他认定自己是受害者。但是他也绝望、恐惧地在刑讯者里发现一个可能的自我。

在吸引着他的女人的眼睛里，同样的潜流变成了冷酷的骄傲。在有着丰满、松弛嘴唇的几十张脸上，包括他自己的，这股潜流变成了嘲讽的挑衅。他正是以极度的厌恶描绘裸体的男子，他们的裸露总是伴随着兽性——就像疯人院里有疯子，印第安人吃人，牧师嫖娼。这股潜流出现在记录暴力狂欢的所谓“黑色”绘画里。但是最为昭然的是他描绘人体的方式。

这一点很难用词语来解释。然而，也正是这一点，在戈雅几乎每幅肖像画里烙上他的印记。肉体有其本身的表情——正如其他画家所画的肖像有其面貌特征。肉体的表情因模特而异，但是它始终因应着同一个要求变化：要求之于肉体，就像食物之于食欲。这不是修辞的隐喻。事实是如此。有时候，肉体像果实一样泛着光泽。有时候，肉体充满兴奋与喜悦，似乎饥肠辘辘，随时准备吞食。通常——这是他强大的心理洞察力的轴心——它同时暗示两者：吞食者与被吞食者。戈雅所有畸形的恐惧在此被召唤。他最恐怖的画面是撒旦吃人。

在《屠夫的肉案》那幅普通的画上，我们甚至可以看到同样的挣扎。像此画这般如此地强调一块刚刚还活着、有感知的肉，如此地融合"屠宰"这个词的情感和字面意义的静物画，就我所知，世上再也找不到第二幅。这幅画——由一个享受了一辈子肉的人所作——可怕之处在于：它不是静物画。

如果我没有弄错的话，要是戈雅画这幅裸体玛哈，是由于他被自己想象她裸体这一事实所折磨——也就是说，想象她的肉体及其所有挑衅——我们就能够解释此画如此虚假的原因。他作此画是为了驱魔。就像蝙蝠、狗和巫婆，她是"理性的睡眠"所释放的众多妖魔之一。但是，跟其他妖魔不同，玛哈是美丽的，因为她会激起性欲。然而，将她作为魔鬼般驱逐，用她适当的名字召唤她，他必须尽可能地将她画得像穿衣服的画像。他不是在画一个裸体。

他是在画一个穿着衣服的女人体内的裸体幽灵。这便是他用不同寻常的克制力约束非凡的创造力，从而如此忠实于穿衣版本的原因。

我不是要说戈雅意欲我们这般解释这两幅画。他期望它们的表面价值为人所识：穿衣服的女人和不穿衣服的女人。我要说的是，第二幅画，裸体版本可能是虚构，而且因为试图驱逐自己的欲望，戈雅有可能想象地、动情地沉浸在它的“假装”（pretence）里。

这两幅画为什么会如此令人叹为观止地现代？当我们理所当然地认为她同意为这两幅画作模特时，我们认定画家和模特是相好。但是它们的力量，如同我们现在所看到的，正是来自于它们之间微弱的发展。唯一的差别在于她没穿衣服。这一点应当改变一切，但是，实际上它所改变的只是我们看她的方式。她本人还是同样的表情、同样的姿态、同样的距离。过去所有伟大的裸体画都是邀请观者分享她们的青春年华；她们裸着身体，是为了引诱我们，改变我们。玛哈裸露而冷漠。她好像没有意识到有人正在看她——我们好像正从锁眼里偷看。或者更确切地说，她好像不知道她的衣服已经“不见”了。

在这一点上，正如在许多别的方面，戈雅是先知。他是第一个将裸体画成陌生人、将性与亲密分开、以性美学代替性能量的艺术家。打破常规是能量的本质，正如建立常规是美学的功能。正如我前面所说的，戈雅也许有着他自己害怕能量的理由。在二十世纪下半叶，性的唯美主义有助于保持消费社会的长期兴奋、强烈竞争和无餍欲望。

1969

勃纳尔

自 1947 年他八十岁时辞世后,皮埃尔·勃纳尔(Pierre Bonnard)声名渐起，约在过去五年里，简直可谓煊赫。现在有人称他是本世纪最伟大的画家。二十年前，他不过被认为是个二流大师。

他的声誉起伏与某些知识分子从政治现实和信念的普遍引退相应。勃纳尔的作品极少表现 1914 年之后的世界。画面几乎波澜不惊——除了不自然的和平。他的艺术是私人的、沉思的、优越的、隐僻的。这是照料自家园囿的艺术。

提及这些是很有必要的，因为只有如此，才能够将近年来人们对勃纳尔更为极端的评论放置到历史的上下文中。从本质上说，勃纳尔是保守的艺术家——虽然也富有独创精神。他被称为“纯粹的画家”这一事实更是强调了这一点。这纯粹性表现在他能够接受他所发现的世界。勃纳尔比布朗库西（Brancusi）更伟大么？更不消提起毕加索、贾科梅蒂（Giacometti）。每个时代都是依据自身的需要衡量所有在世艺术家。更令人感兴趣的是，为什么勃纳尔肯定会流传下去？最为传统的答案是，他是伟大的色彩画家。诚然，这个答案规避了问题的本质。他的色彩有何用处？

勃纳尔画风景、静物，有时候也画肖像，偶尔也画神话故事、室内、餐桌和裸体。在我看来，他的裸体画无疑是他最优秀的作品。

在1911年后的所有作品里，勃纳尔运用色彩的方式极为相似。在此之前——以雷诺阿、德加、高更为楷模——他一直以色彩画家自居；1911年之后，虽然他仍不遗余力地提高自己，但这是一个顺着已建立的方向的提高。典型的成熟勃纳尔风格偏好这样的色彩：大理石白、品红、柠檬黄、釉蓝、陶土红、银灰、绛紫，所有色彩融合协调，犹如牡蛎内壳的反光。这个偏好为他的风景画渲染出神话般，甚至仙境般的气氛；为他的静物画里的水果、玻璃杯、餐巾蒙上一层丝绸的光泽，似乎它们是从神话里极耀眼、

皮埃尔·勃纳尔，《床上瞌睡的女人，或者，慵懒的女人》

极顺滑的丝线编织的挂毯上裁剪下来的；而在他的裸体画里，同样的色彩偏好似乎增添了真实性。这是通过勃纳尔的眼睛看女人的方式。色彩证实女人。

那么，通过勃纳尔的眼睛看女人是什么意思？在一幅作于 1899 年的油画上——远在他使用典型的勃纳尔色彩之前——一个年轻女人慵懒地躺在长榻上，一条腿垂到地板上：除这条腿外，她平躺在榻上。这幅画的标题是《床上瞌睡的女人，或者，慵懒的女人》（*L'Indolente: Femme assoupie sur un lit*）。

画的标题、姿势、新艺术（Art Nouveau）风格的褶皱和阴影显示着一种精致的性冲动所体现的世纪末颓废（fin de siecle），这与勃纳尔后期作品的坦率迥异。然而，这幅画——也许正因为它不会将我们卷入——为我们提供了一个清楚的线索。

继续凝视画面，女人开始消失——或者说，至少她的存在变得模糊。她右侧身体和肋下的阴影与床上的投影难分彼此。光线照着肚子和左腿，将它们融入罩着金光的床。那些阴影勾勒出贴着大腿的小腿肚的形状，私处的曲线向下延伸，隐示股沟，搁在胸前的胳膊形状——乳房的旋涡和起伏与床单、床罩褶皱的节奏一模一样。

作为颇为传统的裸体画，这幅画确实名副其实：这个女人继续存在。但是我们很容易看出，这幅画是如何被导向另一个截然不同的形象：空床上女人印记的形象。叶芝：

> ……山上的野草
> 不由自主地，保持这个形状
> 在山兔躺过的地方。[1]

诚然，我们可以通过另一个逆向过程描述同一个事态：一个女人的形象抛弃了她的物理边界，溢出每个表面，与周遭的环境重叠，直到她恰如其分地成为整个房间的精灵（genius loci）。

在观看 1966 年伦敦皇家艺术学院举行的勃纳尔展览之前，我便模糊地意识到勃纳尔作品里这种介于在场和缺席之间的模糊性，我给自己的解释是，他主要是怀旧艺术家：似乎绘画是他从流逝的光阴里所能挽救的唯一东西。如今这个解释显得过于拙劣。在这幅《床上瞌睡的女人》里，便没有任何怀旧的成分，此画是勃纳尔在三十二岁时

---

1 《叶芝诗集》，伦敦，麦克米兰，1951 年，页 168；纽约，麦克米兰，1951 年。

所作。我们必须走得更远。

在勃纳尔的作品里，遗失的危险似乎不是距离的一个因素。远方似乎总是无害的。我们只消将他的海景画与库尔贝的作个比较，便能理解内中差异。将勃纳尔消融的正是接近（Proximity）。特征遗失在近处，而不是远方。这不是因为事物离得太近，以至于眼睛无法聚焦的视觉问题。这亲近还须得从温柔和亲密这些情感角度去衡量。因此，“遗失”成为一个不恰当的词，怀旧成了一个不恰当的范畴。真实的情形是，身体非常接近地——在这个词的每一个意义上——成为被观看的一切事物的轴线；所有可见的都与它相关联；它要求一个栖息的领地；但是，正是由于这个缘故，它必须失去它自己在时空里准确的固定位置。

这个过程也许听起来复杂，但是它实际上与一个普通的经验相关，这个普通的经验就是陷入爱河。勃纳尔重要的裸体画，是司汤达著名的爱情“结晶化”过程的视觉化表达。

> 男人用千种至善、万般至美来装饰他已赢得其芳心的女人，从而感到其乐无穷；志得意满地让幸福的细节在脑海里反复重演。这就好像夸大一件刚刚落到我们手

里的贵重财产的魅力，虽然这财产是何物尚属未知，但是我们笃定对这物什的拥有。……在萨尔茨堡（Salzburg）盐矿，人们将一根冬日脱叶的树枝扔进盐矿荒凉的底层；两三个月之后，再将它捡出来，树枝上布满了闪闪发光的结晶；跟山雀爪子一般大小的最细小的嫩枝，被数不清的钻石点缀得光彩夺目，熠熠发光；原来的树枝已辨认不出来了。[1]

当然，许多画家将他们所画的女人理想化。但是，坦率的理想化实际上变得很难区别于奉承或者白日梦。它决不会公正地对待陷入爱河的心理状态所牵连的能量。勃纳尔的独特贡献在于，他以绘画的语言展现被爱之人的形象是如何压倒性地从她身上向外发散，以至于她真实的物理存在最终变得无关紧要、无法定义（如果它能够被定义，它就会变得庸常）。

勃纳尔自己说过类似的话：

---

1 司汤达，《爱情论》，巴黎，克里尼版，1938 年，页 43（作者译）。参考司汤达，《爱情论》，吉尔伯特・塞尔、苏珊・塞尔译，哈芒斯沃斯，企鹅经典丛书，1975 年，页 45，维京企鹅出版公司。

> 通过灵感的诱惑，画家达到普遍。正是诱惑决定了主题的选择，正是诱惑完全与绘画相通。如果这个诱惑，也就是灵感消失了，那么所剩下的是……侵犯、主宰画家的对象。[1]

勃纳尔在两次世界大战之间所画的裸体画都证实了——视觉地，而非感性地——这个意义的诠释。在沐浴题材的裸体画上，躺在浴缸中的女人被俯视，仿佛通过天窗被观看。水面在画面中同时具有两个功能：其一，水面模糊了她整个身体的形象，而她的身体，同时又是容易辨认的、性感的、女性的，犹如日落或者北极光那般变幻莫测、壮观；其二，水面将身体封锁起来。只有从身体散发的光透过水面反射到浴室墙上。因而，除了这里，她可能存在于任何地方。她遗失在近处。同时，周围的瓷砖，或者漆布，或者毛巾的几何图案，在结构上约束着这些画，防止它们的存在变得如同她的存在那般模糊。

在其他站立的裸体画里，真实的表面起着类似水面的功能。在这里，她的大半个身体乃至全身好像没有被画出，

1 转引自《皮埃尔·勃纳尔》，伦敦，皇家艺术学院目录，1966 年。

只留着帆布的纸板棕色（事实并非如此：这是精心安排色彩和色调才能做到的）。她周围所有的物体——窗帘、随手丢在地上的衣服、洗手池、灯、椅子、她的狗——将她框在光线和色彩里，就好像海洋框住岛屿。如此一来，它们压向我们，又退回深处。但是她一直被固定在帆布表面，既是缺席者，又是在场者。每一个色彩笔触都关联着她，而她却又不过是一个衬着色彩的阴影。

在一幅作于1916—1919年间的美丽作品上，她踮着脚尖站立。这是一幅非常高的画。一束长方形光束从上方落到她身上。在这束光线旁边——与它平行的、色彩类似的——是一方贴着墙纸的墙壁。墙纸上是粉色的花。在这束光线里，是她的乳头、一根肋骨的投影、膝盖下花瓣状的微弱阴影。那束光线的表面时而限制着她，将她淡出；时而让她无处不在：墙纸上的图案是她身上的花。

在1924年的《蓝色的大裸体》（*Grand Nu Bleu*）里，她弯下身子去擦一只脚，她的身体几乎占满整个画面。这一回，没有了限制她的表面或光束。但是，她身体的极端绘画方式本身将她模糊。这幅画一如既往的温柔：它的极端在于描绘远近之物的方式。抬起的大腿与重心所在的大腿内侧之间的距离——一只手臂的距离——来自色彩的力量，使人觉得这是风景的距离：站立着的右小腿肚朝我们隆起的角度，画得好似近处的一座白色小山，浮现在向着地平线消失的蓝色平原上。她的身体是她的居所——她和画家所居住的整个世界；同时，它是没有边际的。

这也可以从其他例子轻易得到举证：有镜子的裸体，有风景的裸体，在这些画里，她的脸如声音一般流逝。在一些裸体画里，她的身体像一只里子外翻的袖子。所有这些画——都是出自勃纳尔作为绘图员和色彩画家的精巧和技艺——确立了她的形象是如何从她身体向外发散的，直到除了在她物理存在的限制之内，可以在任何地方找到她。

现在，我们趋近了这个粗糙的悖论，我认为它是勃纳尔艺术的轴心。他的大多数裸体模特直接或间接是同一个女人。勃纳尔在她十六岁时遇见她，和她生活在一起，直到她六十二岁时去世。女孩变成了一个神经质的悲惨女人：受了惊吓似的离群索居，神经质，着魔般不断清洗、沐浴。勃纳尔一直忠心于她。

因此，这些裸体画的出发点是一个不幸的女人，她沉迷于梳洗，苛求，是一个半“缺席”的人。或是出于对她的深情，或是出于艺术家的精明，或是两者皆有，勃纳尔接受了这个事实，并且把日常生活转变为更深远、更普遍的真理：把一个只是半存在的女人，转变为一个被热爱的形象。

这是艺术如何在冲突中诞生的经典例子。在艺术里，勃纳尔说，必须撒谎（il faut mentir）。风景画、静物画和餐桌画的棘手之处在于——色彩泄露了它们的短处——周遭世界的冲突被忽视，个人的悲剧被暂时搁在一边。也许这听起来有些冷酷，然而似乎正是由于他的悲剧——迫使勃纳尔去表达，并绝妙地庆祝一个共同的经验——确保了他作为艺术家的存在。

1969

莫迪里阿尼的爱情入门

照片上的人，契合他本人精辟的自我描述：出生于里窝那（Livorno）[1]，犹太人，画家。忧伤、朝气、桀骜、温柔，一个表里不一，企图在表面之下寻找真相的人。一个描画视若无睹的双眼的人——眼睛经常是关闭的，即使眼睑开着，也没有虹膜和瞳孔，然而眼睛却仍在缺席里诉说。一个其隐私总要穿越千里万里的人。一个也许喜欢音乐、礼物，却仍与可见之物保持距离的人。而且他还是个画家。

与凡·高一样，莫迪里阿尼可能是最令人注目的现代艺术家之一。我取的是“注目”的字面意义：看的人最多。

1 意大利西部港口。——译注

此时此刻，有多少莫迪里阿尼作品的明信片钉在多少墙壁上？他尤其吸引年轻人，但又不仅仅是“年轻人”。是一代又一代的年轻人。

这个公众的名声不是由博物馆或者艺术专家鼓噪起来的。过去四十年里，艺术世界认可了六十年前谢世的阿梅代·莫迪里阿尼（Amedeo Modigliani）的成就，而后将他置于角落。在这个意义上，他甚至可能是二十世纪唯一独立赢得公众认可的画家。不倚靠文化掮客。越过批评家。为何这成为可能？

他的作品本身不需要讲解。事实上，它们强索一种沉默、一种聆听。分析的喧嚣在它们面前尤为自负狂妄。而问题的答案不得不从作品里寻找。大众趣味的社会学在这里派不上用场。所谓的“莫迪里阿尼神话”也不可靠。他那适于电影、煽情传记素材的人生经历，他那被供奉为蒙帕尔纳斯（Montparnasse）全盛时代典范（peintre maudit）的荣耀，他生命里的众多女子，他的贫穷，他的毒瘾，他的早逝，他最后的伴侣让娜·艾卜特儿（Jeanne Hebuterne）的自尽——如今安葬在拉雪兹公墓他的墓旁：所有这些已经广为人知，却与他的作品吸引如此之多的观众毫不相干。

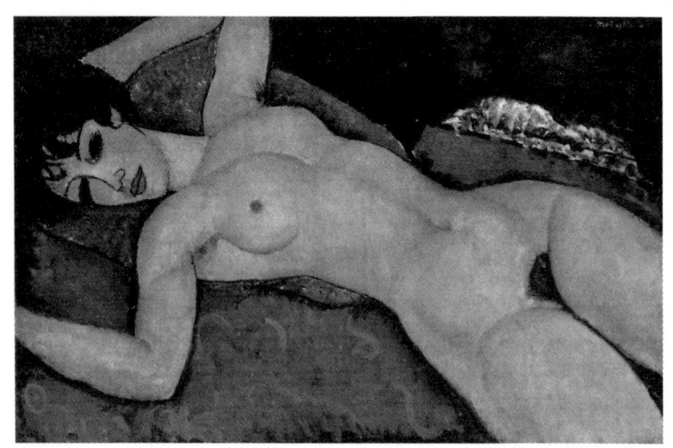

阿梅代·莫迪里阿尼,《斜倚的裸体》

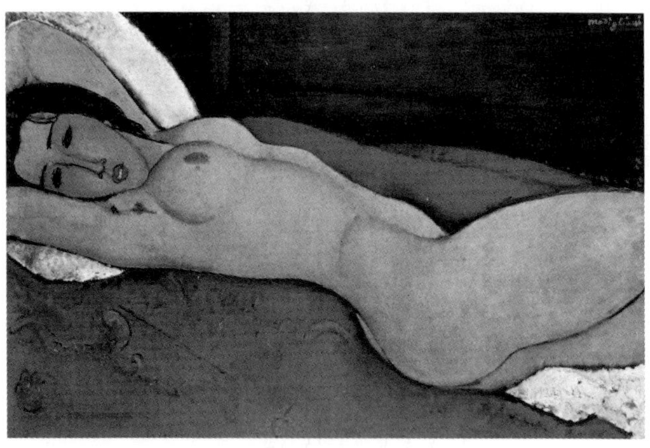

阿梅代·莫迪里阿尼,《斜倚的裸体》

在这一点上，莫迪里阿尼的情况与凡·高迥然不同。凡·高的人生传奇进入他的作品，这两股冲动是交织的。而莫迪里阿尼的作品却始终保持着一种深沉的无个性，虽然我们能够一眼认出他的作品。面对这些画，我们所遭遇的不是画家的踪迹或者挣扎，而是一个完整的形象，其完整性强索一种聆听，在观众聆听之时，画家悄无声息地走开，对象逐渐地通过形象靠近我们。

在艺术史上，许多肖像画宣告所画对象的存在——荷尔拜因（Holbein）、委拉斯开兹（Velasquez）、马奈（Manet）的画……另一些画家将对象召唤回来——弗拉·安吉里柯（Fra Angelico）、戈雅，莫迪里阿尼属于这个队伍。莫迪里阿尼的特殊魅力无疑与他作为画家的方法有关。这不是指他作为画家的技术方法，而是他的想象力将可见之物变形的方法。所有绘画作品，甚至超级写实主义，都要变形。

只有通过考量一幅画的方法，即变形的方式，我们才能够把握其形象的方向，把握形象朝我们走来、路过我们的方向。绘画从遥远的地方来（许多画不能抵达我们），但是，我们只有眺望着它们趋近的方向，才可能完全迎接到一幅画。这正是观看一幅画与观看一个物象如此不同的原因。

一个平坦表面所画的一根曲线——不是直线——已经是在把玩绘画形象的特殊魔力了。曲线停留在表面，像个手写字母 C，同时它可以离开表面，填充上一个近似的体积，也许是一颗卵石、一个桔子、一个肩膀。

莫迪里阿尼从曲线开始他的每幅作品。眉毛、肩膀、脑袋、臀部、膝盖、指节的曲线。经过几个小时的创作、修改、精简、寻找，他希望提炼、保留这些曲线的双重功能。他希望找到的曲线，是字母，同时也是血肉，能够为熟悉此人的人们构成某种如同人名的东西。这个名字是词，同时也是身体的存在。安东尼娅（ANTONIA）。

在立体主义及其拼贴画时期，画家在绘画作品里运用手写词语，甚至单个字母是很寻常的。因而，我们不应当在此对莫迪里阿尼的同样举动作过多文章。然而，当莫迪里阿尼使用字母时，他总是拼写模特的名字：正如绘画以其方式所做的，这些字母以它们的方式——召回此人。

然而在莫迪里阿尼的绘画里，意义更深远、更重要的是，当画面上没有词语的时候，他落笔的曲线是二维的，像书写；同时也是三维，像脸颊或乳房的线条。正是这一点赋予莫迪里阿尼画中的几乎每个人物一种剪影的性质——虽然实际上这些人像色彩鲜艳，而且在其他的方面，它们恰与剪影相反。但是，剪影同时是物质（substance）和二维的符号（sign）。剪影同时是书写（writing）和存在（existence）。

现在，让我们来考量这个漫长且通常是激烈的过程。在这个过程里，他从最初的曲线达到最后生动的静止形象。通过这个过程，他在直觉地寻找什么？他在寻找一个虚构字母、一个花押字、一个形状，将他所看到的短暂的生命形式写成永恒。

这样一个形状经过无数次修改、简化才能实现。与许多艺术家不同的是，莫迪里阿尼从简化开始，勾勒是任由生命形式将其复杂化的过程。他的杰作，如《穿着白衬裙的裸体》（*Nu Assis à la Chemise*，1917）《站着的裸体：埃尔韦拉》（*Elvira Assise*，1918），《坐在沙发上的裸体》（*La Belle Romaine*，1917）或者《柴姆·苏丁》（*Chaim Soutine*，1916），简化和复杂之间的辩证成为催眠：我们眼睛所看到的像是钟摆，在这两者之间不停摇摆。

正是在这里，我们发现莫迪里阿尼非凡的视觉独创性。他发现了新的简化。或者更准确地说，他允许模特在那个生命里、那个姿势里，为他提供新的简化。这种时候，形状——虚构字母的简化部分——代表支在桌上的胳膊、搁在臀部的手肘、交叉的腿，这个形状在绘画创作之初及不寻常的过程中被裁剪出来，像一把钥匙在锁里转动，揭示出所画四肢的秘密。

虚构的字母、花押字、名字、钥匙的轮廓——这里的每个比较都强调莫迪里阿尼作品的图章标记特征。那么它们的色彩呢？他的色彩与他的线条、曲线运用一样独特，一样了不起。至少在两个世纪内，无人画出如此容光焕发的肉体。如果将他与提香或者鲁本斯作比较，那么他运用色彩的独到之处就会更清晰。莫迪里阿尼的色彩是我们刚才所讨论的素描的补充。

莫迪里阿尼的色彩感官地、神秘地（他如何达到那般明艳和红润？）连接着存在，连接着可感知之物，连接着空间里的扩张之物，而且它还是标记性的。身体的光辉成为亲密的标记领域。身体和身体的光环被另一个人深情地感知。我这么说，是因为另一个人不一定非得是性意义上的情人。莫迪里阿尼所画的身体比提香或鲁本斯的更为超然。它们也许与波提切利（Botticelli）的某些人物共通，但是波提切利的艺术是社会的，其象征手法和神话是公共的，而莫迪里阿尼的艺术则是孤独的、私人的。

谈论莫迪里阿尼所受的艺术影响时（当达到真正的独

立时，他年届三十，还有七年的生命），批评家们提及意大利原始主义、拜占庭艺术、安格尔（Ingres），图卢兹–劳特累克（Toulouse-Lautrec）、塞尚、布朗库西、非洲雕塑。非洲雕塑对于莫迪里阿尼的雕塑有着非常直接的影响，而在我看来，这些雕塑作品远不及他的绘画。他的雕塑始终只是个壳子：对象的灵魂从未解放出来。我们上文所考察的视觉辩证很难应用到他的雕塑作品上。

纵然如此，我一直认为，如果莫迪里阿尼的艺术与另一类艺术有着亲密关系的话，那么这类艺术应当是俄罗斯圣像——虽然可能不是直接的影响。这种深层的亲密不是风格上的。也许人物的“轮廓”有时有一种表面的相似，但是，一般来说，圣像人物更为流畅，少一丝紧张；它们的慈悲是种赠予，而且不需要时刻寻找特殊的方式激发观者的情感，因为观者理所当然地承认慈悲是圣像本该具有的。两者的相似在于人像存在的特征。

他们是侍从。他们被召回，他们在等待。他们等得如此耐心，如此冷静，以至于我们几乎可以说他们自弃般地在等待，而他们所放弃的是时间。他们静止得像是永不止息的海洋静止的海岸线。他们在等待所有人事的了结。这个距离——不是优越感的问题，而是跨度的问题，从房子的屋顶跨度这个意义上说——意味着在他们的存在里，有一种缺席的特征。所有这些都是最表层的讨论。其次，一旦进入观者的心灵——他们所等待的正是这个时刻——他们变得比眼前之物更直接。

显然，这种亲密关系不能被推得太远。一头是传统信仰的宗教形象；另一头是寂寞狂躁的现代生活里痛苦扭曲的世俗形象。然而，莫迪里阿尼对马克斯·雅克布（Max Jacob）的神秘诗歌极为倾倒，他大多数的阅读以及某些作品的题目提醒我们，至少这个比较对于他可能不是陌生的。

在试图回答我开头所提出的问题之前，让我们回到迄今所讨论的话题。莫迪里阿尼想让他的作品命名他的对象，想让它们拥有符号的恒定——像花押字或姓名首字母。同样地，他想让它们拥有肉体的易变、喜怒无常和感知力。他想让他的作品召唤模特的存在，散播模特的存在。不过这种散播只作为光环在他和观者的想象或记忆里张扬。

莫迪里阿尼想让他的作品与肉体，也与灵魂交流。在他的最好作品里——通过他作为画家的方法，而非简单的怀旧或者渴望——这正是他想要实现的。

他的绘画作品之所以得到如此广泛的认可，是因为它们的主题是爱情。通常是直露的性爱，有时候不是。许多画家描绘情人的形象，另一些画家——像毕加索——描绘被他们自己的欲望所分裂的形象，但是莫迪里阿尼所画的形象仿佛是爱人企图描绘被爱者的形象（当他和模特之间没有柔情的时候，他会失败，只能制作出习作）。

由于他出乎寻常的苛刻，莫迪里阿尼通常能够不带感伤地实现这一点。他懂得其中的奥秘在于发现与揭示一些结构法则和完形欲，它们是爱人想象被爱者的某些方式。他所感兴趣的是浪漫爱情和诱惑；他画中的形象与坠入爱河（fall in love）有关。这些形象，比如说，与伦勃朗谙熟而灵交的爱情形象截然不同。

不仅如此，撇开他的浪漫主义，莫迪里阿尼排斥常见的符号、姿势、微笑或者表情所制造的浪漫捷径。也许这正解释了他经常抑制眼神的原因。莫迪里阿尼最厌恶互爱的直白符号。他所感兴趣的只是爱人如何占有、传递自己所想象的被爱者形象。这形象又是如何聚拢、张扬、突显，它是符号，同时也是存在，像一个名字，安东尼娅。

一切始于皮肤、血肉、身体的表面、灵魂的外壳。身体是否穿着衣服，皮肤的边缘是否与毛发、衣领、躯体或腰部的轮廓接壤，这些都无关乎大体。身体是男性或女性毫无关系。唯一紧要的是，画家是否穿越了生发于远处的无尽温情那亲密想象的边界。绘画的精神性始于画家如何描绘皮肤以及皮肤的轮廓，一切也在这里完成。沿着那个轮廓线，聚集着莫迪里阿尼艺术的关键。

关键是什么？远古——如何远古？——在有限和无限之间相会。就我们所知，那个相会，那个再现的期约只发生在人类的思想和心灵里。它极为复杂，同时又极为简单。被爱者是有限的。而被爱者所激发的感情被感知为无限。唯有爱的信念与熵的法则相抗衡。但是，如果真如此，那么便不会有轮廓，只有这两者的混合与融合。

被爱者也是单数的、独特的、孤立的。姑且不提任何给予的价值，我们的定义越是接近，我们便爱得越亲密。有限的轮廓是其对立面，这轮廓包含着情感激发起的无限。这是莫迪里阿尼经常拉长人像和面孔的最深刻理由。拉长是为了尽可能接近定义，为了靠得更近。

那么无限呢？正如在圣像画里，莫迪里阿尼作品里的无限抛弃空间，进入时间的王国，进而试图超越时间。无限寻找一个符号，一个标记：它将自己依附在归属于语言的名字上。与身体不同，语言是经久的。安东尼娅。

我不会道出莫迪里阿尼艺术的所有秘密，或者他作品所述说的所有秘密。它与陷入爱河的秘密相同。而这两者之间确实有些共通之处。也许正是这一点，艺术理论家没有抓住，而那些房间里钉满阿梅代·莫迪里阿尼作品明信片的人们却没有错过。

1981

哈尔斯的谜

故事浮现在脑海里，是给人讲述的。有时候，绘画作品也是如此。我会努力将它描述清楚。不过，像专家们通常所做的那样，首先我要把它放到艺术史中。这幅画是弗朗斯·哈尔斯（Frans Hals）所作。我揣测它可能作于1645—1650年。

1645年是哈尔斯作为肖像画家的事业转折期。当时，他年过六旬，才开始受到器重，接到大量订单。而此后，迄至二十年后穷困潦倒地谢世，哈尔斯的名声江河日下。命运的转变与一种另类的自负相契合。

现在我要描述这幅画。这是一幅横幅大油画——宽1.85米，高1.30米。斜躺的人体略小于真人尺寸。作为哈尔斯的作品——他草率的工作方式经常导致颜料开裂——这幅画保存良好；如果这幅画出现在拍卖行，它能够售得——鉴于其主题在哈尔斯的全部作品里独一无二——二百万到六百万美元。我们应当牢记，从此此画的赝品便可能出现。

迄今为止，模特的身份是个情理之中的谜。她裸着身子躺在床上，看着画家。显然他们之间有着某种同谋关系。像哈尔斯如此迅速的绘画速度，她这个姿势定是只摆了数个小时。而她的神情仍然交杂着赞许和怀疑。

她是哈尔斯的情人？是订这幅画的某个哈勒姆（Haarlem）市民的妻子？若是如此，这位顾客打算将画挂在何处？是恳求哈尔斯为其作画的妓女——也许她打算挂在自己的房间里？是画家自己的女儿？（这是我们欧洲艺术史家拓展前途远大的侦探事业的良机。）

房间里发生着什么？这幅画给我的印象是，画家和模特的眼里都只有他们的当下行为，正是这些为着自己之故而接手的当下行为才使它如此神秘。她躺在画家眼前零乱床上的行为；他以那样一种方式审视与描绘她的行为，让她的形象很可能比他们两人本身更为持久。

除了模特，画面下方三分之二的空间被床所占据，或者说被凌乱的床单所占据。上方的三分之一是床后的墙。空空如也的墙壁是淡褐色的，亚麻籽或纸板箱的颜色，一如哈尔斯常用的背景色。女人的头靠在左边，斜躺在床上。床上没有枕头。她双手支起头，以便看着画家。

她扭转着躯干，好让她的胸部尽量朝着画家，她的臀部朝着天花板，双腿伸向靠墙壁的床的另一边。她皮肤白皙，有几处呈粉色。左肘和左脚打破了床的轮廓线，印在棕色的墙壁。她的头发漆黑，乌鸦的黑。艺术史传统在我们头脑如此根深蒂固，以至于当我们在这幅十七世纪的作品里看到她的阴毛时，我们震惊了，一如在现实里，我们若发现她没有阴毛的惊讶。

你如何能够轻易想象哈尔斯所画的裸体？我们必须抛开所有包裹着沧桑的面容与紧张的双手的黑衣，然后想象以同样强烈、精炼的观察力所描画的身体。不是严格的对形式的观察——哈尔斯是最反对柏拉图的画家——而是观察所有经验在这些真实形式上所留下的痕迹。

他描绘她的乳房，好像它们是完整的脸。后面的乳房是侧像，前面的乳房是四分之三像。两肋画得犹如指头隐没在腹下黑色毛发里的双手。一只膝盖画得如此生动，好像它能够像下巴一样表达她的反应。画面的效果令人惊惶，因为我们不习惯观看以这样的方式描绘的世俗肉体。大多数裸体画都是天真得像无法企及的目标。我们惊惶，是因为存在另一个有待确定的理由，也是因为画家的注意力全在于描绘她——她，再无旁人，也无对她的幻想。

也许床单最直接地表明了这幅作品出自哈尔斯之手。除他之外，无人能够如此激烈而张狂地描绘床单——似乎在他的经验中，他无法容忍熨得平整的白色床单所暗示的天真。他肖像画里每只袖口都透露手腕的习惯动作。而这里一切都昭然若揭。挤作一团、乱糟糟的床单褶皱，像是灰色的小树枝所编织成的窝，床单上的高光像是瀑布，毫不含糊、生动地述说着方才发生在床上的事。

床单、床与如此安静地躺在上面的人物之间的关系更为细腻。这个关系里有一种凄楚。这凄楚与画家的自我中心没有瓜葛（确实，也许他根本没有碰过她，床单的生动演出只是一个花甲老人的回忆）。两者的色调关系是微妙的，偶有几处，身体几乎与床单一样的白。这倒让我想起了马奈的《奥林匹亚》——马奈对于哈尔斯敬慕至极。但是在纯视觉层面，这两幅画之间毫无相似之处。因为在《奥林匹亚》中，倚在床上的女人，旁边一个黑人女仆侍候着，显然是安逸享乐的。这使得我们相信，哈尔斯所描绘的躺在零乱床上的女人，稍后要起身铺床，清洗熨烫床单。作品所传达的凄楚正存在于这个循环的重复里：彻底放荡的女人，扮演清洁者、折叠者、整理者的女人。如果她脸上呈现出挖苦的神情，那么它便是假装。这是女人令男人不解的众多事情之一——男人得意于自己的一致性（homogeneity）。

她的脸出人意料。因为当身体裸露时，根据裸体画的传统，脸上的表情应当是纯粹的邀请或者掩饰，而绝不应当像一丝不挂的身体那般坦诚。而在这幅画里，情形更糟糕，因为身体也和脸一样，被描绘得对自己的经历丝毫不加掩饰。

然而，哈尔斯没有意识到，或者毫不关心诚实的实现。他的画里蕴含着一种我起初无法理解的绝望。笔触的能量是性欲的，同时也是极端急躁的发作。为什么急躁？

在想象里，我将这幅画与伦勃朗的《拔示巴》（*Bathsheba*）[1]作了个比较。《拔示巴》作于1654年（如果没有记错的话），与哈尔斯创作此画的时间相近。这两幅画有一个共同点。两个画家都不曾想把他的模特理想化，

---

1 大卫王曾在屋顶上偷看拔示巴沐浴，遂谋杀其夫而娶了她；大卫与她生了所罗门。——译注

这意味着他们不想区别——在观看的意义上——所描绘的脸与身体。除此之外，这两幅画不但是不同的，而且还是对立的。但是伦勃朗作品的对立有助于我理解哈斯尔的画。

伦勃朗的拔示巴是一个形象制作者所爱的女性形象。她的裸露是原始的。在穿上衣服与世人相见之前，在众人对她作出判断之前，她就是她。她的裸露是她存在的一个功能，散发着她存在的光芒。

拔示巴的模特是伦勃朗的情妇亨德丽奇（Hendrickye），纵然如此，画家仍然不愿意将她理想化，这不能简单地以他的激情来解释。这里至少须得考虑另外两个因素。

其一，十七世纪荷兰绘画的现实主义传统。它与另一个“现实态度”不可分离。这个现实态度是荷兰商业和商人资产阶级独立、纯粹世俗权力膨胀的道路上最基本的意识形态武器。其二，与此矛盾的是伦勃朗的宗教世界观。这两者辩证地结合，促使或者刺激年迈的伦勃朗比任何荷兰画家更为激进地将写实方法应用到个人经验的题材上。在这里，重要的不是他所选择的《圣经》题材，而是他的宗教观念为他提供了救赎的信念。正是这一点，使得他能够坚定不移地，带着微弱企盼地注视着经验的残骸。

伦勃朗后半生所画的所有悲剧人物——哈拿（Hannah）、扫罗（Saul）、雅各布（Jacob）、荷马（Homer）、尤利乌斯·西维里斯（Julius Civilis）以及自画像——都是侍者。他们的悲剧非但没有被隐匿，而且正在被描画允许他们等待。他们所等待是的意义，赋予他们全部经验的最终意义。

哈尔斯所画的躺在床上的裸女与拔示巴完全不同。她的姿势不是穿上衣服之前的自然状态。她刚将衣服褪去，躺在床上是她未曾修饰的经验，刚从亚麻籽色房间之外的世界带进来的经验。她没有拔示巴所散发的存在光芒。发光的只是她沁着汗发红的皮肤。哈尔斯不相信救赎的信念。对他来说，没有可与写实方法相抗衡的东西，只有他追求真实的鲁莽和勇气。她是否是他的情妇，爱或不爱，这些都无关紧要。他以他所知道的唯一方式将她画下。也许他著名的绘画速度，部分是为了唤起必要的勇气，为了尽快完成这样的表情。

当然画里面有快感。这快感不是内嵌于绘画的行为之中——像韦罗内塞（Veronese）或莫奈——而是画面涉及快感。这不仅是因为床单所讲述的历史（或者像讲故事的人那样假装讲述），而且也因为从躺在床单上的身体里可

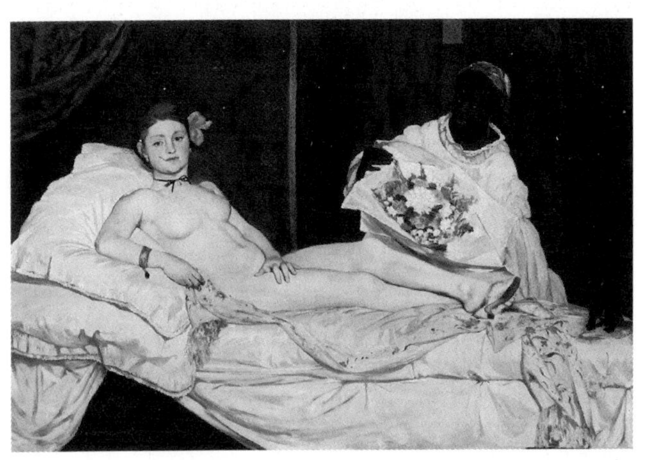

爱德华·马奈，《奥林匹亚》

伦勃朗·凡·莱因,《拔示巴》

弗朗斯·哈尔斯，《吉普赛女孩》

弗朗斯·哈尔斯,《裸体》

以发现的欢愉。

如发丝般细密的颜料裂缝，绝不是对画面的破坏，似乎反倒加强了女人皮肤的光泽和温暖。正是画面上几处这样的温暖才将身体和床单区分开：床单衬托在温暖的身体下，几乎呈现出冰一样的淡绿色。哈尔斯的天才正在于以赋予肉体一种表面性的方式去描绘它。在画里，他似乎在渐渐地接近他的对象，直到与她们脸颊摩挲。而在这种肌肤相亲之时，欢愉自然生发。此外，裸露能够将我们降为两个公分母[1]，这种简化产生了某种慰藉。

我知道我没有恰如其分地形容画面的绝望。我要再试一次，这一次我要抽象地开始。带着自信与绝望，长硬了翅膀的资本主义时代在十七世纪的荷兰拉开序幕。前者——崇尚个性、航海、自由企业、贸易、证券交易所——是为人们所接受的历史的一部分。绝望，或者如同帕斯卡尔（Pascal）的绝望，一直被忽略，而被用其他术语表达。不过，这种绝望部分最为惊人的证据，还是哈尔斯十七世纪三十年代以降所画的一幅幅肖像画。我们可以从这些男人（而不是女人）的肖像里，看到一个全新的社

1 男人和女人。——译注

会群体的类型学，和个人不同情况下的一种新的焦虑或绝望。如果我们相信哈尔斯的话——如果我们不相信，那么他便什么都不是——那么今天的世界便不是欢喜地得来的。

从画上躺着的女人脸上，我第一次理解了哈尔斯可能在何种程度，又是如何分担他经常在模特身上发现的绝望。潜在的绝望内在于他的绘画实践。他描绘表象（appearance）。因为可见之物呈现（appears）我们错误的认定——所有绘画作品都是关于表象。直到十七世纪，大多数绘画都在虚构一个可见的世界。这个虚构的世界大量地借用现实世界，却排除现实里的偶然。它画出——在这个词的所有意义上——结论。十七世纪以后，许多绘画关心的是掩饰外表；新兴艺术学院的任务是传授掩饰的技巧。哈尔斯的开端和终点都是外表。他是唯一一个深远地预言了摄影的画家，虽然他的绘画作品没有一幅是“照相般的”。

对于作为画家的哈尔斯，从表象开始和结束意味着什么？作为一个画家，哈尔斯不是将一束花、一只死去的山鹧鸪、街上遥远的行人降低为它们的表象。他是要把仔细观察得到的经验降为表象。这个练习，跟将每个价值系统降低为金钱的价值一样无情。

三个世纪以后的今天，经历了数个年代的大众传媒和消费主义，我们可以看到资本最终是如何掏空一切，只留下表象的碎片的。我们现在能够看到这一点，是因为我们有着政治的选择。哈尔斯没有选择，正如他没有救赎一样。

当他画那些至今佚名的男人肖像时，他的绘画与他们当时的社会经验等值，这也许充分地为他和他们——如果他们有着足够的先见之明——提供某种满足。艺术家不能改变或者创造历史。他们仅能做的是剥去历史的伪装。剥去历史伪装的方法有许多，其中包括展示无情。

然而，当哈尔斯着手描绘这个躺在床上的女人时，情况又不同了。裸露的部分权力在于它似乎是非历史的。许多世纪、许多年代都被剥去衣裳。裸体似乎将我们遣送回自然。似乎，是因为这个概念忽视社会的关系、情感的方式和意识的偏见。但是它并非完全虚幻，因为人类性欲的权力——成为激情的能力——依赖于对一个新开端的许诺。这个新不但被认为是指涉个人的命运，而且同样地指涉宇宙的命运，在这样一个时刻，它以某种奇怪的方式充满历史并超越历史。我之所以这么说，是因为它们在各国的爱情诗里重复出现——即便是革命时期，它们是宇宙的隐喻。

在这幅画里，作为一名职业画家的哈尔斯，与他的对象是不可能等值的。因为他的对象——无论多么早熟，多么怀旧——负载着一个新开始的潜在承诺。哈尔斯以他最纯熟的技艺画出床上的身体。他将它的经验描绘成表象。然而他描绘这个有着乌鸦般黑色头发的女人的行为，却无法回应她的形象。他想象不出任何新的东西，他站在表象的最边缘，绝望。

然后呢？我想象哈尔斯放下画笔和调色板，在一张椅子上坐下。此时，女人已经起身离开，床空空如也。哈尔斯坐着，阖上双眼。他阖上双眼，不是为了休息。闭着眼睛，也许他会看见，像盲人那样看见，其他时期的其他作品。

1979

最后的照片

THE LAST PICTURES

在一个莫斯科公墓

雪一周前已经融化，大地刚刚露出来，像一个醒得太早的人，蓬着头。嫩草一撮一撮地茁起，不过大多还是旧年的枯草：稀疏、了无生气、几近白色。醒得太早的大地蹒跚地走到窗前。无边无际的天空是白的，闪着光，很机灵的样子。天空不泄露秘密，不开玩笑，让人无从捉摸阴晴。大地和天空总是一对。

天空和大地之间，刮着风。东北风转东风。寻常的、司空见惯的风。刮得人们扣上大衣，女人裹紧头上的方巾。风刮过平原，却吹不皱那无数的小水洼。大地已经在自己的肩上围上土黄的披肩。

寒鸦和乌鸦在泥泞的地面上空低飞，任凭风将它们吹偏了方向。既然雪已经融化，虫子就要钻出来。载着沙砾的卡车行驶在泥泞的路上。两幢建筑的工地前，一架起重机正将混凝土托梁吊举到空荡荡的第四层。那第四层还只是个结构平台。在天空和大地之间，没有什么能够彻底完成。

人们来来往往。一些人开汽车来，大多数人乘卡车或老公交车来。举眼望不见城市。然而可以感觉到城市就在不远处：这是声音的问题。在这里，沉默仍然很稀薄，没有海洋般的深渺。

一辆公交车上下来二十个人，最后四人抬着一口棺材。他们的脸——像其他人们的脸——是关闭的，但又不是锁着。每张脸都将门关上——关在里面，每个人都在与一个古老的必然对话。

他们抬着棺材，踩过苍白的草丛，走向一个木质构造，颇像将军检阅军队时为使每个部下能看到自己时所占据的高台。一个原先在小棚屋里避风的女人走出来，脖子上挂着相机。她是最后照片的临时专家。棺材摆在木高台的底层台阶上，盖子已经移开，面朝着摄影师，可以看到棺材里的妇人。她应该年届七十。家属和朋友在高台的其他台阶上站好位置。

摄影，总是戏弄死亡，因为它将生命之流定格，但是最后照片的临时专家只关心将这群人一个不落地纳入镜头。照片是黑白的。棺材四周装饰的黄色水仙，印出后会变成浅灰色，只有天空几乎仍然显影真实的颜色。摄影师示意右边的人们靠近。

她从取景器里看到的不是悲伤过度的图像。每个人都知道悲伤是私人的、漫长的，而且从来不会放过任何人，而他们所定制的照片，却是没有悲伤余地的公共记录。他们盯着照相机，好像棺材里的老妇人是个新生儿，或是一只被猎人狩猎的野猪，或是他们这支队伍赢得的战利品。这正是通过取景器所呈现的。

公墓很大，但是之于大地，它是这么的卑微，所以很不起眼。只有这一次，亡人的平等是可感知的事实。这里没有显眼的纪念碑，没有绝望的陵墓。当嫩草生长的时候，它长在所有的墓前。有些墓前围着低矮的栏杆，不高于枯草。栏杆内摆着木制的小桌凳。整个漫长的冬天，这些桌凳给埋在雪里，就像古埃及的镜子和珠宝，与王室的死人们一起埋在沙里。唯一不同的是，在这里，积雪融化后，这些桌凳可以为活人服务。

公墓按着一英亩一块墓地划分，每块墓地标着数字。数字模印在木板上，木板钉在木桩上，木桩插在地上。冬天里，这些数字也被埋在雪里。

一些墓碑上镶嵌着玻璃的椭圆形相框，照片是深褐色的。我们区别这人与那人的方式是奇怪的。相对来说，外表可见的差别是如此微妙，如同两只麻雀之间的差别，然而，正是凭着这些差别，我们区别一个存在，就像它的独特对于我们犹如天空一般巨大。

掘墓人——他们的玩笑在世界的每个角落都一样——已经挖出了几个土堆，土壤是酸性的。

这个公墓始建于二十世纪六十年代，数字最小的墓地是最早建造的。坟墓里躺着夭折的，也躺着享尽天年的。而在最早的墓地里，死于中年的更多。这些男人和女人逃过了战争、经历了整肃。他们活过了青春年华。所有疾病都是医学的，有的也是历史的。

白桦树长得极快，已经在墓间茁壮成长。不久，它们就会抽出嫩芽，然后长出血红色的柳絮，挂在枝头，像是一簇簇的绒毛，最后落入酸性的泥土。在所有树木里，桦树可能最像草。矮小、纤细、适应能力强。如果它们承诺某种永恒，那也跟坚固、长寿无关——像橡树和椴树那样——而是因为它们繁殖、扩散的速度之快。它们的生命短暂而重复——像词语，像大地和天空之间的对话形式。

树木之间，可以瞥见人影，活着的人影。刚拍过照的家庭提着花环，水仙花的黄色与哀恸一般响亮。

哦，也许，耶稣，请把你的双脚
放在我的膝头
我俯下身来拥抱
十字架的方尖头，
当我把你
抱在怀里
为你抹上香膏的时候
失去了意识。

帕斯捷尔纳克（Pasternak）

棺材的盖子最后一次被阖上，钉住。

近旁，一位中年妇女跪在地上清洗一个老墓，仿佛清洗她厨房的地板。地面泥泞，她站起身时，宽大的膝盖被雨水浊污成黑色。

远处，牵引车拖着装满沙砾的拖车；起重机正往第五个楼层吊送混凝土板；寒鸦们，在没有什么能够彻底完成的地方，任由着风将它们吹偏了方向。

一对夫妇坐在木桌前。女人拿出网袋，报纸里包着一瓶酒、三个玻璃杯。丈夫斟满杯子。他们与躺在地下的人干杯，将属于他的那杯伏特加倒在草丛里。

最后照片的专家拍了还不到一打。一个同事刚给她打来电话——在她的小棚屋里，告诉她运河大桥附近的店里刚进了一批雨衣。晚上，她回家时会顺道去看看是否有她儿子的尺码。她从取景器里看到的棺材很小，里面躺着的孩子不到十岁。

在最早的墓地里，一个穿雨衣的孤独男人，靠着一棵白桦树啜泣。他的双手捏成拳头，深深地插在口袋里。一些水洼倒映着天空的云；一些水洼的泥浆混浊，看不见倒影。男人带着似曾相识的神情看了看天空。他们是否在某个同醉的夜晚，一起回忆往事？

带着问题和部分答案，公墓里的送葬者和参观者都试图理解死者和自己的人生，正如死者以往所做的。想象力这份工作——万物万事芸芸众生都在为它建构——永远不能彻底穷尽，不论是在莫斯科城南二十英里处的科耶斯各伊（Khovanskoie）公墓，还是在世界上任何地方。

1983

恩斯特·菲舍尔：一个哲学家与死亡

这是他生命的最后一天。当然那个时候我们还不知道——直到晚上近十点钟。我们三人与他一起度过这一天：罗（Lou）（他的妻子）、安雅（Anya）和我。我现在所能写下的只是我自己当天的经验。如果我试图描述她们的经验——虽然不论是在当时还是日后，我对她们的经验都是那么熟悉——很可能会写成小说。

恩斯特·菲舍尔（Ernst Fischer）总是在斯代丽亚（Styria）的一个小村子消夏。他和罗住在一家三姐妹的房子里。他们是故交。1930 年，三姐妹、恩斯特和他的两个兄弟同是奥地利共产党员。现在料理这幢房子的是三姐妹里最年轻的一个，她曾因为藏匿、帮助政治难民而被纳粹关入监狱。她当时的爱人也由于类似的政治原因被斩首。

讲述这些背景是很有必要的。因为只有这样，稍后我所形容的花园才不会让人产生错觉。花园里繁花似锦，树木参天，青葱的溪畔衬着修剪齐整的草坪。一条小溪由一根木桶般粗壮的木管引导着流过花园。它径流过花园，穿过田野，流进邻居的发电机。花园的每个角落都听得到水声，轻柔绵长。花园里有两个喷泉：一个是针尖般的喷雾，从木管的小洞里嗞嗞地挤出；另一个喷泉的水注入一个十九世纪的游泳池（三姐妹的祖父所建造），又从泳池中不断流出：泳池四周长满了草，池底也长了苍苔，鳟鱼在里面游着，偶尔跃出水面，飞溅起水花。

斯代丽亚多雨，要是你住在这房子里的话，有时候就算雨停了，因为花园里的水声，你会觉得雨仍然在下。但是花园里并不潮湿，绿莹莹的，点缀着各色的花。这个花园是某种庇护所。而若要把握其全部意义，我们必须记着，正如我说过的，三十年前，男人和女人躲藏在花园的户外厕所，受着三姐妹的庇护；现在，三姐妹正在往花瓶里插花，在夏天把房间租给几个老朋友，聊以维持生计。

我早上抵达的时候，恩斯特正在花园里散步。他癯瘦却挺拔，步履轻快，仿佛他的体重从不完全在地上扎根。

他戴着一顶灰白相间的宽边帽，罗最近给他买的。他戴着那顶帽子，就像他穿戴的其他所有衣服一样，轻巧、优雅，而又不刻意。他很挑剔——不是关于穿着的细节，而是关于外表的自然。

通向花园的门很难开启，但是他知道窍门。像往常那样，他在我身后扣上门。昨天，罗觉得身体不舒服。我询问她的病情。“她好多了。”他说，“你只消看她一眼就知道！”他带着年轻、无拘束的快乐说。那时他七十三岁。在弥留之际，与他素不相识的医生说他显老，却丝毫没有老年人的暮气。他接受当下快乐的全部表面价值，而且这种能力决不会因为政治的失望，或者1968年以来各地纷至沓来的噩耗而消弭。他是一个没有痕迹的人，脸上没有一丝辛酸的皱纹。我想，也许有人会因此说他天真，那他们就错了。他拒绝遗弃或削弱他极高的信仰商（quotient of belief）。相反的，他重新调整信仰商的对象以及它们的相对次序。最近他相信怀疑主义。他甚至相信《启示录》的预言是必要的，希望它们能够起着警省的作用。

正是他信念的笃定与坚固，如今使得他的死亡显得如此猝然。他禀赋最弱，经常抱病。最近他的视力衰退得厉害，只能用高倍放大镜看书——通常是罗读给他听。然而除此之外，任何一个认识他的人都不可能想到他正慢慢地死去，他激烈的生命力年复一年地衰竭。他是真真地活着，因为他是真真地确信。

他所确信的是什么？他的书、他的政治干预、他的演说都可以回答这个问题。或者，它们的答案不够完全？他深信资本主义最终会摧毁人类——或者被人类推翻。他知道残酷的统治阶级无处不在。他认为我们缺少一个社会主义的模式。中国正在发生的变化给他留下深刻的印象，他对此非常感兴趣。但是他不相信中国模式。他说，困难在于我们被迫倒退，去建构新的理想模式。

我们朝着花园尽头走去，那里柳荫下有一小块草坪，草坪边围着灌木。他以前常常躺在那里，姿势生动地谈天。手指比划着，双手挥舞着——好像正从他听众的眼睛里纺出羊毛。他说话的时候，肩膀随着他的手势向前弓起；他聆听的时候，脑袋随着说话者的词语前倾（他知道如何调整折叠躺椅的靠背角度）。

如今，折叠躺椅堆在厕所里，这同一片草坪弥漫着沉重、令人窒息的空虚。一个人独自走过花园而不打寒战，比一次次地掀开床单看他的脸更难。俄罗斯的信徒说，亡人的灵魂在他们熟悉的地方停留四十天。也许这是对哀悼阶段颇为准确的观察。无论如何，我相信，即便是一个陌生人意外地走进花园，也会留意到在花园的尽头，围着灌木丛的柳树下，是一片让人难以忍受的空虚。就像一所被遗弃的房子，在即将变成废墟的时刻。它的空虚触手可及，可又触摸不到。

下雨了。于是我们去他的房间小坐片刻，再出去吃午餐。我们四人常围着一张小圆桌坐着，说话。有时候，我面朝着窗户坐着，看着窗外的树，山上的树林。那天早上，我说起，透过装着纱窗的窗户看去，景色多少会平面化，一切显得那么宁静，我们过于重视空间。我接着说，与大多数风景画相比，也许波斯挂毯里有着更多自然。“我们乐意为你把山拿下来，把树推到一旁，把波斯挂毯挂上。”恩斯特说道。“去换条裤子，”罗说道，“反正我们是要出去的，何不去换上呢？”他去换裤子，我们继续说话。“看！”他说，嘲笑自己刚刚完成的任务，“是不是好多了？”“这条裤子很优雅，不过是同一条！”我说道。他笑了，被我的评论逗乐了。他开心，是因为这个评论强调了他换裤子只是为了满足罗的一时兴致，而这个理由对他来说已经足够了；他开心，是因为人们不注意细微的差异；他开心，是因为这个小小的玩笑囊括着一个小小的反存在阴谋。

伊特鲁里亚人（Etruscan）[1]将亡人葬在地下室，地下室四壁画着游冶和日常生活的景象，一如亡人生前所熟悉的。他们在顶壁凿出一个小洞，借着镜子将阳光反射到正在作画的墙壁。而我试图用词语来装饰他人生的最后一天，就好像这一天是他的坟墓。

我们准备到山上一家森林深处的膳舍（pension）吃午餐。我们的目的是去看看这个膳舍是否适合恩斯特九月或十月在那里工作。一开春，罗便开始向几十家旅馆和膳舍写信打听，这一家是最便宜的，听起来也蛮有希望。他们想借我有车子的光，先去那里看一看。

没有诟谇谣诼可以滋造，但是有些界线需要划清。他去世两天后，《世界报》（*Le Monde*）上刊登了一篇关于他的长文。“渐渐地”，文章写道，“恩斯特·菲舍尔成了最原创、最具影响力的异端马克思主义思想家。”他影响了奥地利整整一代的左翼分子。由于他深刻地影响了那群发起布拉格之春（Prague Spring）的捷克人，在生命的最后四年里，恩斯特不断地遭到东欧的谴责。他的书被译为世界上大多数语言。而在过去五年里，他却处处受着牵制，

1　Etruria，意大利西部古国。——译注

举步维艰。菲舍尔一家收入微薄，生活一直拮据。他们住在维也纳一个拥挤嘈杂的工人公寓。为什么不？我听到他的敌人质问。他比工人强么？不，但是他需要专业的工作环境。他自己从不抱怨。但是，公寓楼里，左邻右舍、楼上楼下的家庭纷争和收音机的吵闹永无休止，他发现自己不可能像希望的那样，像自己所能够的那样集中精力工作。于是每年他们都要在这个国家寻找一个安静便宜的去处——在那里的三个月意味着那么多章节可以完成。三姐妹的房子只能住到八月。

我们驱车驶过一条崎岖的森林小道，尘土夹道飞扬。途中，我操着生硬的德语向一个小孩问路，小孩听不懂，只是惊讶地把拳头塞进嘴里。他们三个嘲笑我。细雨迷濛：树木纹丝不动。我仍然清晰地记得当时在U形转弯处转动方向盘时的念头：如果我能够理解或者领悟树木的谦卑天性，我就会学到些关于人类身体的东西——至少，爱恋时的身体。雨水顺着树干流下来。叶子能够如此轻易地被打动。一丝风就够了。然而没有一片叶子动起来。

我们找到了膳舍。一个年轻女人和她的丈夫正等着我们。他们引我们到一张长餐桌前，几个客人正在进餐。房间很大，木地板上没有铺地毯，视线穿过大窗子，越过眼前陡峭的耕地，越过森林，直看到山脚的平原。房间颇像青年旅舍的餐厅，不过长凳上铺着垫子，桌子上摆着花，食物简单可口。餐后，我们被带去看房间，丈夫拿着建筑师的图纸走来。“明年这里要换个样子，”他解释道，“业主想多赚些钱。他们要装修房间，装上浴室，提高房价。不过这个秋天，你们还是照原来的价钱住顶楼那两个房间，那里没别人住，很安静的。”

我们爬上楼。两个一模一样的房间紧挨着，盥洗室在房间对面的楼梯平台处。房间很窄，挨着墙摆着一张床、一个脸盆架、一个简陋的橱子，门对面是一扇窗，窗外是连绵的风景。

“你可以在窗前摆张桌子，在那里工作。”

“对，对。”他说道。

“你会完成这本书的。”

“也许不能完成，不过能完成大半。”

“你该租下来。”我说道。

我想象他坐在那张窗边的书桌前，俯瞰着寂静的森林。这本书是他自传的第二卷，内容涵盖 1945—1955 年间——在这段时期，他在奥地利和国际政治舞台上非常活跃——特别是冷战的发展以及后果。我相信，在他看来，在后来被称为铁幕的西方与取得1945年人民胜利的俄国，冷战都是反革命的反应。我想象他的放大镜、记事本、一摞时事参考书搁在桌上，椅子被推到一旁。他坐乏了，而腿脚依然轻快，他已经下楼，去作午饭前的例行散步。

“你该租下来。”我又说道。

我们一道出去散步，以后他每天早上都会去树林里散步。我问他为什么自传第一卷有几种不同的写作风格。

“每一种风格属于一个不同的人。”

“属于你自己的不同方面？”

“不，更确切地说，属于一个不同的自我。”

“这些不同的自我是和平共处呢，还是一个自我在统治，其他自我离开？”

“他们同时存在。没有一个能够消失。有两个最强壮，一个是暴力、热情、极端、浪漫的自我，另一个是冷漠、怀疑的自我。”

“他们在你的头脑里对话么？”

“不。”（他说‘不’时，有一种特别的方式。就好像很久以前就开始考虑这个问题，经过仔细的研究得出这个答案。）

“它们监视对方，”他接着说，“雕塑家赫德勒克

（Hrdlicka）为我作了一个大理石脑袋，让我看起来比实际年龄年轻。但是你能看到这两个占优势的自我——每个自我与脸的一边相应。也许，一个有点像但丁，另一个有点像伏尔泰。”

我们顺着林间小路走着，我从一边绕到另一边，以便端详他的脸。我先看右边，再看左边。两只眼睛是不同的，这个不同又被两个嘴角的不同加强。右脸温柔而狂热，他提到但丁。我想倒更像动物：也许是某种山羊，腿脚轻快，也许是岩羚羊。左脸怀疑而且严厉：它作判断，但是只将判断留给自己，它带着坚定的确定诉诸理性。若不是被迫与右脸生活在一起，左脸会变得很顽固。我又转了一圈，以便确定我的观察。

“那么，它们相对的力量也总是一样么？”我问道。

“左边怀疑的自我越来越强壮了，”他说道，“但是，还有许多别的自我呢。”他看着我笑了，拉过我的胳膊，又说道，好像是要让我安心：“它的霸业还没完成呢。”

他说这句话的时候有些气喘，声音比平常略微深沉——他被感动时的声音，比如拥抱他爱的人时。

他走路的姿势很特别。臀部僵硬地挪动，但是除此之外，他走得像年轻人那般轻快，配合他沉思的节奏。“手头的书，”他说，“风格始终一致——超脱、理智、冷静。”

“因为它出现得迟？”

“不，因为这本书实际上不是写我自己。而是写一个历史时期。第一卷是写我自己，如果我用同样的口气写，我不可能说真话。没有一个自我可以超越与其他自我的斗争，也不可能公平地讲述故事。我们在经验的不同方面所划分的不同范畴——比如说，有人批评我，说我不应当在同一本书里讲述爱情和共产国际——大多是为了撒谎者的便宜而设的。”

“一个自我对其他自我隐瞒自己的决定么？”

也许他没有听到我的问题。也许他只说任何他想说的，并不去理会问题。

“我的第一个决定是，”他说道，“不要死去。那时我还是个孩子，躺在病床上，死神就在手边，我下定了决心，我要活着。”

我们从膳舍驱车回到格拉茨（Graz）。罗和安雅要去买些东西。我和恩斯特在河畔一家老旅馆的大堂坐下等她们。正是在这个旅馆，1968 年夏天去布拉格的路上，我来探访恩斯特，他给了我几个地址、一些建议、一些消息，为我总结了当下所发生事件的历史背景。我们对这些事件的评论不尽相同，但是，试图区别我们之间小小异议的努力，现在看来完全是没有意义的。这不是因为恩斯特已经去世，而是因为这些事件已经被活埋，我们现在所能看到的只是它们被堆积在地下的巨大轮廓。我们所持异议的具体方面已经不复存在，因为它们所指涉的选择已不复存在，它们再也不会以同样的方式存在，机会永不再来，而后它们的损失就像死亡。1968 年 8 月，当苏联的坦克开进布拉格的时候，恩斯特对于那死亡的预感是绝对透彻的。

在旅馆的大堂里，我记起四年前的情景。那时候他就担忧。跟许多捷克人不同，他认为这意味着勃列日涅夫（Brezhnev）很有可能会命令红军进驻布拉格。但是他仍然抱着希望。在这个希望里，包含着那个春天的布拉格所怀抱的所有其他希望。

1968 年后，恩斯特开始专注于过去。但是他仍然顽固地希冀着未来。他是为了更好的未来而审视过去——为过去所存贮的伟大或者可怕的转变。但是 1968 年后，他认识到任何革命转变的道路都注定漫长而曲折，欧洲社会主义不可能在他的有生之年实现。因此，对于他余下生命的最好使用，莫过于为过去作证。

在旅馆里，我们没有谈论这个，因为没有任何新的决定要作。重要的是完成他自传的第二卷，而且那个上午，我们找到了更顺利地完成这件事的办法。我们谈论爱：或者更确切地说，爱恋的状态。我们的谈话大概是这样的：

如今爱恋的能力被认为是自然的、普遍的——也是被动的能力（一见倾心［Love strike］，相思［Love-struck］）。然而，曾经有几个时期，却连爱恋的可能都没有。陷入爱河实际上依赖于自由和主动选择的可能性——或者，至少是表面的可能性。爱人选择什么？他选择拿整个世界（他的整个人生）赌他所的爱人。被爱的人集世界的所有可能性于一身，以此来实现爱她之人所有的潜在性。对于爱人而言，没有她，世界就没有价值（这世界不包括她）。严格地说，就其无限的广阔而言，陷入爱河是一种心境——它超越星辰；但是，它在发展过程中无法保持自己的本性，因而它又不能够持久。

性爱证明被爱的人和世界之间的等值。在爱人的心里，与被爱的人做爱，是拥有世界，也被世界拥有。在这个经验之外——无物存在。死亡自然也在其中。

这便激发了最深渺的想象。我们想要在爱的行动里利用世界。我们想要和游鱼、水果、山峦、森林、海洋做爱。

“而这些，”恩斯特说道，“都是变形（metamorphoses）！奥维德（Ovid）用的几乎都是这样的方式。被爱的人变成树木、溪流、山峰。奥维德的《变形记》不是诗意的幻想，它们真真切切地描述了世界与爱恋中的诗人之间的关系。”

我看着他的双眼。它们是苍白的（总因过度的阅读而湿润）。它们苍白得像是被阳光照得泛白的蓝色花朵。然而，尽管是湿润和苍白的，它们仍然反射着那使得它们褪色的阳光。

“我生命的激情，”他说道，“是罗。我有过许多风流韵事。有几桩就发生在这里，格拉茨，这个旅馆里，那时我还是个学生。我结了婚。与其他所有我爱过的女人在一起时，我们总是因为不同的兴趣争辩、对话。与罗在一起，我们没有争辩，因为我们的兴趣相同。不是说我们从不争论。当我还是个斯大林主义者时，她为托洛茨基（Trotsky）辩护。但是我们的兴趣——我们所有兴趣的基础——是一致的。我第一次见到她的时候，我说不。我清楚地记得那个晚上。第一眼看到她时我就知道，我对自己说不。我知道要是我与她发生关系，其他一切都得停止。我再不会爱上别的女人。我会安分地过一夫一妻的生活。我想我无法工作。除了不停地做爱，我们不会做别的任何事情。世界再不会是同一个模样。她也清楚这一点。在回家乡柏林前，她很冷静地问我：‘你要我留下么？’‘不。’我说道。”

罗从商店回来，买了芝士和酸奶。

“我们今天一直都在谈论我，”恩斯特说，“你也不说说你自己。明天我们要说说你。”

离开格拉茨的路上，我在一家书店停下，给恩斯特找了一本塞尔维亚诗人米奥德拉格·帕夫洛维奇（Miodrag Pavlovic）的诗集。恩斯特下午说起，他不再写诗，不再能看到诗歌的作用。“也许，”他又加了一句，“我对诗歌的看法过时了。”我想让他读读帕夫洛维奇的诗。我在车里把书递给他。“我有这本诗集。”他说道。但是他把手放在我的肩上。最后一次，没有痛苦地。

我们要去村里的餐馆吃晚餐。在他房间外的楼道里，恩斯特走在我后面，突然间，他低声叫了起来，我立即转身。他双手托着后腰。“坐下”，我说道，“躺下来。”他不理会我的话。他的视线越过我，看向远方。他的注意力在那里，不在这里。那时候我想着，也许是疼痛过度的缘故。但是，疼痛似乎很快过去了。他走下楼梯——与平常一样轻捷的步伐。三姐妹正在大门口等着，向我们道晚安。我们停下来聊了一会儿。恩斯特解释道，他的风湿捅了一下他的腰。

他身上有着某种奇怪的距离。也许他有意识地怀疑方才的背痛，也许他体内的岩羚羊，这只在他体内长得如此强壮的动物，已经弃他而去，去找寻一个僻静的处所死去。我质疑自己现在是否是事后聪明。不是。他已经去得遥远了。

我们边走边聊，穿过水声淙淙的花园。恩斯特打开花园的大门，再扣上，因为这扇门是很难开启的。最后一次。

我们在餐馆吧台的老位置坐下。有些人已经在喝餐后酒了。他们离开后，只对围猎和狩鹿感兴趣的老板，关掉两盏灯，出去为我们端汤。罗很生气，冲着他喊。他没有听到。她起身走到吧台后，又打开那两盏灯。“我也会这么做。”我说道。恩斯特朝着罗笑，又朝着安雅和我笑。“要是你和罗住一起，”他说道，“会是爆炸性的。”

第二道菜上来时，恩斯特吃不下了。老板过来询问是否菜肴不好。“菜做得好极了，”恩斯特说道，将没有碰过的菜端到老板眼前，“烹饪得极好，但是我恐怕吃不下。”

他的脸色苍白，他说腹部痛。

“我们回去吧。”我说道。他又似乎——对于我建议的反应——看着远方。“不急，”他说道，“稍等片刻。”

我们吃完晚餐。他站不稳，但是坚持要一个人站着。走向门口的途中，他把一只手搁在我的肩上——就像他在车上所做过那样。但是它所表达的意义却完全不同。而且手的碰触甚至更轻。

车开出几百米，他说：“我想我可能会晕倒。”我停下车，用胳膊托着他。他的头靠在我的肩上。他的呼吸急促。左边怀疑的眼睛直勾勾地看着我的脸。一种怀疑、质问、坚定的神情。然后他的神情变得视若无睹。晒褪了他双眸的光芒消失了。他的呼吸沉重。

安雅拦下一辆过路车，回到村子求助。她搭另一辆车回来。她打开我们的车门时，恩斯特挪动着脚试图下车。这是他最后一个本能的动作——被命令的、意志的、简洁的。

我们回到三姐妹的房子时，消息已经先于我们传到。花园里那扇很难开启的大门已经打开，我们可以把车开到前门。载着安雅从村子回来的年轻人把恩斯特背到房子里，背到他楼上的房间里。我走在后面，提防他的头撞到门框。我们把他放在床上。等待医生的时候，我们做着一些无用的事情忙碌自己。但是即便是等待医生也只是个借口。一切都是无用的。我们按摩他的双脚，找来一个热水瓶，搭他的脉搏。我抚摸他冰凉的额头。他棕色的双手搁在洁白的床单上，蜷曲着，但是没抓紧，看起来好像与身体的其他部分是不相干的。它们好像是被他的袖口切下。好像是从森林里发现的死动物上砍下的前足。

医生来了。五十多岁的男人。疲倦苍白的脸上淌着汗。他穿着一套农民西装，没有打领结。他倒更像个兽医。“我给他注射时，”他说道，“你按着他的胳膊。”他小心地把针头扎进血管，液体会像花园里的水流过木桶管子那样在血管里流动。这个时候，只有我们俩在房里。医生摇着头，问道：“他多大年纪？”

“七十三。”

“看上去更老些。”他说。

“他活着的时候显年轻。”我说。

“他以前有过梗塞么？”

“有过。”

“这次他逃不过了。”他说。

罗、安雅、三姐妹和我站在他的床前。他已经去了。

除了在墓室的墙壁上描绘日常生活的景象外，伊特鲁里亚人还在石棺盖子上雕刻真人尺寸的像，代表亡人。人像通常侧倚着，胳膊肘支着上半身，腿脚放松，像是靠在一张长榻上，但是头和颈项警觉着，因为它们凝视远方。这成千上万的雕像或多或少是照着一个模子仓促制就的。但是不管人像的其他部分是如何程式化，它们眺望远方的警觉却是惊人的。因为这个特定的情境，这远方应该是时间的远方，而不是空间的：这远方是死者生前所筹划的未来。它们望着那远方，似乎只要伸出一只手，它们就能够触摸到它。

我不会制作石棺雕刻。但是，对我来说，在恩斯特文章的字里行间，他的写作倚借了一种相同的姿势，实现了一种类似的期待。

1974

弗朗索瓦，乔治斯，艾米丽：挽歌三部曲

弗朗索瓦

弗朗索瓦（François）是在一个星期六晚上被害的。夜幕四合之际，一辆汽车从后面驶来，将他撞倒。年轻的司机——撞倒人后没有停车——很走运，因为验尸报告说他喝醉了。即便在验尸结果出来之前，村里也没有一个人认为会有别的结果。星期六晚上，弗朗索瓦若不在农场，他就在例行的周末散步和醉酒中。但是通常情况下，即使喝得很醉，他还是会很小心地过马路。

他七十六岁。除了身上穿的，马厩里还有他的一些衣服、一只口琴。警察在他身上发现一些钱，这些钱系在一

个塑料袋里，穿着绳子，挂在脖子上。

几近一无所有，他的快乐从何而来？大山、女人、音乐、红酒。这使得他听起来像是波希米亚人——然而，即便在最夸张的玩笑里，他也不吹嘘自己曾走出过那两条临近河流旁的山谷。

我为什么迟迟不描述你的葬礼？是因为葬礼后，你不曾一次出现在咖啡馆，给我们讲那个刚去世的人的故事？是因为我在等待下个夏天，那时候你别离的伤痛会更加剧烈？

门外，你拐杖敲门的声音，你不等回应就走进门来。你满是皱纹的脸展开笑颜。你给 B 一个热烈的亲吻，快乐的微笑。你穿过另一道门，走进另一个房间，似乎在这个阿尔卑斯山区的牧人小屋——你曾来这里接受人们祝贺你仍然活着——编造一个你所不能拥有的权利是超越人类智力的。

“那边刚死了个男人，跟我同名同姓。”你指着山谷那边的第二条河流说道，“有人以为是我。我死了！我？！”

你张大嘴巴，展开双臂，像是从玩偶盒子里突然跳出来的小丑，轰然大笑。

“为活着的人干杯！”我们碰了杯。你记得么？

送葬的人不多。因为没人想到在当地报纸上登个讣告，因为弗朗索瓦不是葬在村里，而是葬在他遭遇不测的小镇上。

没人知道他脖子上的钱哪去了。大概有七百镑。在农场时，他就把钱藏起来。你的钱可以随便放，我不会碰你的钱，我有钱。他对他的老板说。他干活是为了换食宿，不为工钱，因此他保有独立。有时兴起则来，有时兴起则走。

要是他还有什么亲戚的话，他们中却没有一个出现在葬礼上。如今小镇与殡仪公司有垄断的业务关系。这是镇长安排的。作为垄断的交换，殡仪公司同意每年为镇上提供一次免费葬礼。要是死了个乞丐，这就为社区省了一笔钱。殡仪公司给弗朗索瓦举行了免费葬礼，不包括鲜花。

他照看了一辈子动物，在山谷里，在山上。他习惯与它们为伴。在人群里——不是女人——他很疑惑。他们不一定认可他自诩的权威。

“我再也受不了他的牛群吃我的草了。”每年夏天，弗朗索瓦都要重新开始一场牧草口角。

“那压根就不是你的草。”柜台前一个年轻男子说道。

“要再让我看到他，我就一拳打扁他的脸。”

“你老得什么都打不扁了。”

“小小年纪，你懂什么。我做牧人都五十年了！”

疏落的人群跟着棺材，沿着马路走向公墓。当他们经过一家玻璃窗上蒙着雾气的咖啡馆时，六个男人从里面出来，加入队伍。他们半满的酒杯还留在柜台上，因为他们很快就会转回来。

弗朗索瓦年轻的时候喜欢跳舞。年纪大后，他喜欢让人们跳舞。不论什么时候，一听到哪里有庆典，只要有空，他就会带上他的口琴去。一个星期六晚上，在朋友的生日聚会上，他把口琴弄丢了。

他老板的老婆送他另一只口琴，代替弄丢的那一只，那时我也在场。我们三人坐在小屋外。水流入木制的饲料槽。几只鹅在我们脚边转着。几个跳伞人刚从山顶跳下，在山谷里飘落。他从盒子里取出口琴，仔细地检查，确保它没藏着他所不知晓的秘密。他试着把口琴举在手里，好像是要吹奏，但是他没有举到嘴边。他把口琴放回盒子，揣进口袋里。它不再是一件礼物。它是他的了。

我们这一小群人鱼贯走过棺材。他的棺材，正如他那已经完成的人生，也是他的了。

乔治斯

乔治斯（Georges）在芙蓉河（Foron）上的桥边干活

时被害。那是一个星期一下午。晚上挤奶时分，小伯纳德（Bernard）把消息带进马厩。兽医正在给小牛看病，这头牛犊自打出世以来，胃一直不好。

“他死了！”克莱尔（Claire）反抗似的嚷起来。她对马厩里的每个人嚷，“让娜（Jeanne），他死了！泰奥菲勒（Theophile），他死了！先生，他死了！”好像希望有人反驳她的话。

让娜什么也没有说，她的下巴紧绷着，眼里闪着泪花。三个男人沉默地站着，兽医将手里拿着的注射器靠在自己的胳膊上。

没人能抓住他，他被河水冲到下游，淹死了。

伯纳德——从没有担当过这般噩耗的传递者——沉重地走出马厩。稍后，兽医走了，沉默打破了。

“哪里还有正义？”

“他的手臂从岩石缝伸出来，他们才发现他。”

“我们这么累死累活的图个什么呢？”

“三个人在疏通下水道，然后没有预警，水通了。”

“没有任何预警？”

乔治斯二十八岁。三年前结了婚。夫妻俩还没有孩子。他的尸体布满伤痕，浑身是擦伤和切口，是被河流夹带的岩石碰撞的。但是原该出现的瘀痕却一处也没有，因为他死了。

人们把他的尸体抬到他妻子身边。他的头上包着绷带，那是最严重的伤口。他被放在大床上，亲戚和朋友来看他最后一眼。每个晚上，他的妻子玛蒂娜（Martine）躺在他身边。

“他一定是没盖好，”第一个早上，她说道，“我觉得他有点冷。”

第三天，该敛棺了，她说：“是时候盖上了，他可怜的尸体发臭了。”

这三天里，他的死亡也萦绕着整个村子。这是一个反常的死亡，像吞没他的大水一样，来得那么残酷，那么出乎意料。环绕着村子的河流和溪涧高涨着，泛着白色的泡沫。村子的每个角落都回响着谋杀了他的水声。他太年轻了，带走了太多的希望。星期四，一千个人来参加他的葬礼。

棺材从教堂抬出来时，乔治斯的两个兄弟扶着玛蒂娜。他们左提右挈，因为她的腿无力地拖着。她跟着棺材，哀号着：“乔，乔，不要！乔，乔，不要！”乔治斯，大家叫他乔，无法回应。

一千个男人女人默然无语地站着，见证着未亡人的挣扎，她用尽全身的力气战斗，不是为了呼吸，而是为了能够停止呼吸。

公墓上方的果园里，散落着被雪压断的苹果树枝。雪已经融化，涨满了河流。

接下来的两个星期，玛蒂娜抱着一线希望，也许在乔治斯去世前刚巧怀了孩子。可是经血又来了。

艾米丽

艾米丽（Amélie）一辈子没看过医生，直到临终前四天。可惜已经迟了。她八十二岁，她的肺充血，心脏衰竭。

她和早已是鳏夫的儿子住一起。她十七岁时生下这个儿子。她没能跟儿子的父亲结婚，因为儿子的父亲当时才十三岁。

每个人都知道艾米丽的故事。她是一个非常坚韧的女人。她和儿子每天在农场干活，直到第一次也是最后一次染病在床。像人们常说的，她是自然的力量。

儿子出生十五年后，她又怀了孕。还是未婚，跟她母亲住一起。那正是人民阵线（Popular Front）时期，佛朗哥（Franco）在西班牙打了胜仗，大屠杀逼近了。她母亲已经年迈，视力衰弱。于是这一回，艾米丽决定使她母亲免遭那些情感伤害；或者说，也为了使她自己免遭母亲的唠叨和诅咒？不管怎样，她瞒着怀孕这事。那时她身材高大，她将肚子紧紧地裹着，隆起也就不那么明显。

一个晚上，阵痛来了，她就爬上谷仓。夜里，她独自在那里生下孩子，是个女儿。这个女儿现在已是中年妇女，她靠着公墓的墙壁站着，看着前来吊唁的邻居和朋友。

公墓中央，艾米丽的棺材上装饰着床罩一般大的花环，红色和粉色的康乃馨。鲜血和青春的颜色。

五十年前，黎明时分，艾米丽乘火车到最近的城里，把刚出生的女儿留给一所房子里的女人，她早先跟她讲妥的。当天晚上，她回到家，在马厩里干活，好像什么都没有发生过，无论是她的身体，还是她的心。

艾米丽的母亲从不知道她有个外孙女。但是，有些邻居留意到了艾米丽的生理变化。当时，她们私下谈论她谋害了自己的孩子。

城里的警察到村里作官方调查。他们盘问艾米丽。艾米丽当众羞辱了警察。我所做的事情不犯法。她说道。你没有任何理由指控我，除了——说到这里，她阖上双眼——说我性子太好了。

一待她母亲过世，艾米丽就把女儿接回家。女儿念完村里的小学，她就送她到一个中学去。这样子就没人会说她是农民。如果，如果她有选择机会的话。

女儿没有接受这个选择。她嫁了个当地人，生了两个孩子。其中一个已是十七岁的年轻女人，也在葬礼上。六个月前，她生下一个孩子。孩子的父亲回他自己国家去了——他是个糕点工——她没有缠着他，强要他跟她结婚。她站在那里，长长的头发散在肩上，大胆而庄严地看着那些来埋葬她外祖母的人们。

村里的大多数葬礼，送葬的一般至少有二百多人。艾米丽的葬礼也不例外。他们来，是因为他们尊敬她；是因为他们最后能为她效劳的是为她祈祷；是因为他们若是不来，人们会注意到，因为当他们加入地下的人们——几个世代的人口，现在足够组成一个城市——的时刻来临时，每个人都希望从这个团结一致的姿态里受益。

不过，下午这个葬礼的尾声有些别样。牧师照常祝福了家族墓地，稍后，棺材就要放下。但是，一只鸟在一棵柏树上叫起来。没人知道这是什么鸟。它叫得那么响，那么刺耳，盖过了牧师的祷告声和两个唱诗班男童的阿门声。公墓里充满尖锐的鸟鸣和颤音。

那些站在二月阳光里的男人和女人，胳膊环抱在胸前，或者一双大手交叉在背后，几乎没有一个人不会想着：年来年去，世代相传，一股力量驱使着，就像正在上升的树浆，这股力量是难以抑制的、毁灭性的、繁衍的。它使得人们的嘴唇开启、眼睛燃烧、双手拽紧（像盯着装饰着红色和粉色康乃馨的棺材那样，他们盯着外孙女）。这股力量注定要工作，要牺牲，这股力量也杀人，也歌唱。即使在这样的时刻，它也在唱，永远不会停止。

1980

引向那个时刻

家父最近去世，我为躺在棺材里的他画了几幅像。他的面孔与头的画像。

我要先讲个故事，考考斯卡（Kokoschka）[1] 的人体写生课。课上学生们没有灵感。于是他对模特说了些话，指导他假装晕倒。模特晕倒在地上，考考斯卡冲过去，听了听他的心跳，向惊呆的学生宣布，他死了。片刻之后，模特站起身来，摆回原来的姿势。"现在，去画他。"考考斯卡说，"一如你意识到他是活着的，不是死的。"

我们能够想象到，经过这个戏剧性的经验，学生们落

1 考考斯卡（1886—1980）：奥地利画家、诗人、表现主义艺术家。——译注

笔更大胆了。然而画一个确实亡故的人，需要一种更急切的紧迫感。你所描画的对象，永远不能被你或任何人再看到。在逝去和待来的时光之流里，这个时刻是唯一的：最后一次描画那永远不能再见到的——那曾出现的，永远不会重现的。

因为视觉是持续的，形象的范畴（红、黄、暗、厚、薄）是固定的，无数东西似乎总是停留在一个位置上，我们很容易忘记形象总是来自那不可重复的、刹那间的遭遇。在任何给予的时刻，表象是先行之物的残骸上所浮现的结构。我认为塞尚的这几句话传达的正是这样的形象，这些话经常浮现在我的脑海：“这世界万物的每分钟正在逝去。如它所是地画下它。”

在父亲的棺材旁，我将我作为绘图员所有的技能，直接应用到手头的任务。我说直接，是因为在绘图时，技能通常会将自己作为风格表现，于是它在绘画里的应用就不是直接的。风格主义——笼统地说，而不是在艺术史的意义上说——来自创作吸引力的需要，描绘一幅“有吸引力的”素描的需要，而不是顺从于如其所是的吸引力。正如救生员用他作为泳者的更好技能去挽救生命，我在这里用我小小的技能存留一个肖像。人们谈论形象的新鲜感，第一眼的强度，但是我认为，最后一眼的强度更甚于第一眼。眼前我所见的所有，只是这幅图会存留。我是这幅肖像所画的真实脸庞最后的见证者。我一边啜泣，一边竭力以绝对的客观性去描绘。

当我画他的嘴、双眉、眼睑的时候，当它们的特殊形状在白纸的线条里浮现的时候，我感觉到那将它们塑造成这般模样的历史和经验。如今他的生命与这张长方形的画纸一样有限，但是在这张画纸上，他的性格和命运以一种比任何画像更为神秘的方式浮现。我在制作一个记录，而他的脸已然只不过是他人生的记录。每一幅画像都不过是一个告别的地点。

它们存留。我看着它们，觉得它们与我的父亲相似。或者更准确地说，它们与我死去的父亲相似。没有人会误以为这些画像画的是一个睡着的老人。为什么？我问自己。我想，答案是它们被描绘的方式。没有人会以这样的客观性来描画睡着的人。在这个性质里有一个目的。客观性是某物完成之后所余下的。

我选了其中一幅裱了框，挂在写字台前的墙上。逐渐地、不懈地，我父亲的画像与我父亲之间的关系变了——或者，对我来说，变了。

这里有几种方式可以形容这个改变。画像的内容增加了。这幅画像不再是标记告别的地点，而开始成为标记到达的地点。完成的形状，填满了。这幅画像成了我对父亲记忆的直接所在。它不再是被遗弃的，而是成为栖身之地。 对于每个形式而言，在铅笔线条与白纸之间，现在有一道门，人生的片段从这道门进来。画像不再只是单面的感知对象，它向前进，变成双面的，起着过滤的作用：它从后面拽回我过去的记忆；同时，它往前面投射一个形象，这个形象始终不变，而且越来越熟悉。我的父亲回来了，赋予他死者面具的形象某种生命。

如果现在看着这幅画像，我几乎看不出这是一个死者的脸。相反，我看到我父亲人生里的不同片段。但若是哪个村里人走进来，看到的仍然只是死者面具的画像，这是毫无疑问的。所发生的改变是主观的。然而，从更宽泛的意义上说，如果这样的主观过程不存在，那么画像也不可能存在。

照相机和电视的出现，意味着我们现在将画像（或绘画）定义为静态形象。正是由于这个静态，我们才经常忽略了画像的价值和功能。发明照相机、即时或者活动影像的需要，出于众多不同的原因，但是绝不是因为要改进静态形象。如果人们真要这么说的话，那也是因为静态形象的意义已经遗失。在十九世纪，社会变成直线的、矢量的、可购买的，瞬间（the instant）成为能够被捕捉或留存的最大极限。感光板照相机与怀表、反射式照相机与腕表是孪生发明。一幅素描或油画预设的是另一种时间观。

任何形象——如视网膜上所映射的形象——记录一个即将消失的表象。视觉是对不断变化的偶然事件主动反应的进化。视觉愈是进化，它从事件建构的表象便愈是复杂（事件本身是没有表象的）。认知是建构的最基本部分。此外，感知仰仗不时出现在无休止的消失之流中的再现形象。因此，在任何特定时刻，如果表象是一个从所有曾出现的残骸中浮现出的构造，那么这样一个构造引发出这样一个情理之中的观念：终有一日，万物都可被认知，消失之流停息。这个观念不只是一个人的梦想；它在很大程度上为人类文化提供能量。譬如说：故事战胜遗忘；音乐提供起源；画像挑战消失。

这个挑战的本质是什么？化石也“挑战”消失，但是这种挑战毫无意义。照片挑战消失，但是它的挑战又与化石或画像的挑战不同。

化石是机缘凑巧的结束。摄影是出于留存的甄选。绘画则蕴含着看的经验。一张照片是事件与摄像师遭遇的证据。一幅画像款款地询问事件的表象，而在询问当中，它提醒着我们，表象总是一个有历史的结构（我们对客观性的渴望只有通过主观意识才有可能实现）。我们利用照片的方式是让它跟随我们形影不离，在我们的生活里、在我们的争论里、在我们的记忆里；我们移动它们。然而，素描或油画迫使我们停下，进入它的时间。照片是静止的，因为它停止了时间。素描或绘画是静止的，却是因为它包含了时间。

也许我应当在这里解释一下我对素描和油画的某种区分。素描更为清晰地揭示本身的创作过程，本身的外表。油画的模仿经常担当着伪饰的功能，即油画所指涉的东西比指涉的原因更为动人。诚然伟大的绘画不以这种方式作伪饰。然而即便是三流的素描也揭示其自身创造的过程。

素描或者油画如何包含时间？它的静止里又蕴藏着什么？一幅素描不只是一件纪念物——一件勾起以往记忆的物什。我父亲的画像所提供的是让他回归的“空间”，与他的亲笔信、私人物什，或者他的照片（正如我前面所解释的）所提供的空间截然不同。此外，我所注视的画像是我本人所画这一点是次要的。即便是外人所画，这幅画像

约翰尼斯·维米尔，《代尔夫特风景》

也会提供同样的“空间”。

描绘就是观看，观察表象的结构。一棵树的素描所显示的不是一棵树，而是一棵正被观看的树。一棵树的视觉（sight）几乎在眨眼间就被锁定，然而对于一棵树（一棵正被观看的树）的视觉观察却不是一瞬间的，它不但要花费几分钟或者几个小时，而且还要牵连、衍生、指涉以往的观看经验。看到一棵树的瞬间，产生一个人生经验。这正是素描拒绝消失的过程，它举荐无数时刻同时存在。

每一眼的观看，素描召集起些许现实，但是这现实由许多能够被同时观看的现实组成。一方面，在自然界找不到如同素描或油画这样不变的视觉形象。另一方面，素描里所不变的是由众多聚集时刻所组成的，这些时刻所构成的是一个整体，而非片段。素描或油画的静态形象是两个动态过程相反相成的结果。聚集对立消失。为着图解方便起见，如果我们接受时光如流这个隐喻，那么素描是逆流而上，抵达静止。

维米尔（Vermeer）所描绘的运河对岸的代尔夫特（Delft）风景最好地展示了这一点，迄今为止还没有任何理论能够表达得像他这么好。这个被描绘的时刻，三个世纪以来（几乎）不曾改变模样，甚至于水里的倒影不也曾晃动。即便如此，当我们看着它的时候，这个描绘的时刻也具有一种世间罕见的丰盈和真实。我们将画面形象上所经历的当作绝对的瞬间。同时这个经验又可以在明天甚或十年后重复。要是认为这一点与绘画的准确性有关，那便是天真：代尔夫特不曾在任何时刻与此画相似。这经验跟维米尔观看的每平方毫米的密度有关，跟聚集时刻的每平方毫米的密度有关。

作为一幅素描，我桌子上方的这幅画像是不足为道的。但是依循数千年来引导人们绘画的同样希望和原理，它也是起作用的。它起作用，是因为它已经自告别的地点变成了抵达的地点。

日复一日，我父亲的生命越来越多地回到我面前的画像里。

1976

未述说的

我的书桌上
一摞书信
不曾回复
最早的日期
是三年之前。
一个晚上我决定
是时候将它们处理。
诗人的来信
比我更抒情
请我提些意见
社团院校来的信

邀我去作讲演
谈谈交流
或者艺术的作用……
保险公司寄来的信
提醒我忘了支付
对抗自然灾难的
固定保险费
一张生日卡片。

在未回复的信件里
有两封
来自亲密的朋友。
他们的字迹
一个粗犷，一个细腻
不易辨认。
然而这些年来
我如饥似渴地阅读
在其中寻找鼓励。

如今他们都已去世

他们最后的书信

遗失在信堆里

他们都是自杀的

一个用枪

一个投河。

1985

艺术的“工作”

THE ‘WORK’ OF ART

论德加的一个舞者铜像

你说她的腿支撑着身体
难道你不曾见着
脚踝像是颗种子
身体从那里长出？

你说（如果你是大桥建造者
我想你是的）每一个姿势
必须有自然的平衡
难道你不曾见着
舞者那顽固的肌肉
有着不自然的一面？

你说（如果你正如我所希望的
那般理性）两足动物的进化
很久以前便实现
但是难道你不曾见着
那仍然是奇异般的迹象[1]
髋骨向内些许
预言九寸以下
身体就要分叉？

那么让我们一起看看
（我们俩都知道
光是空间和时间
的媒介）
让我们一起看着这个人像
以证明
我是女神
你是压力。

1 肚脐眼。——译注

以桥梁的术语思考
看，腿与脊梁的路
连接着臀部和肩膀
稳稳地撑在手掌和脚跟
单腿犹如桥墩
膝盖之上的大腿
悬臂的一跨。

以桥梁的术语思考
在人们称之为忘川的河流之上
看，我们所穿越的那个寻常躯体
脆弱、被栖息、温暖
也经受着张力
死亡之路，生活之路
以及纵向阻力。

那么让桥梁这个舞者为我们架起长弧
经受所有古老偏见的张力
那么让我们再次证明

你是我的女神

我是压力。

1960

立体主义的时刻

献给巴巴拉·妮文（Barbara Niven）

很久以前，在克瑞旅馆路（Cray's Inn Road）旁的一家茶馆，她激发了我写这篇文章的灵感。

有些人是山
立得比另一些人高
他们瞻望的遥远未来
即使在眼前也没那般好

即使已成过往也没那般明晰。[1]

纪尧姆·阿波里奈尔（Guillaume Apollinaire）

我和毕加索

在那些年里对彼此说过的那些

永远不会再提起

即使它们被提及

也不再有人懂得

这就好像

一起被拴在一座高山上。

乔治·勃拉克（Georges Braque）

1 译者不识法文，译自英文版
Some men are hills
Rising higher than other men
The distant future they descry
Better than if it were at hand
More clearly than if it had passed by
Calligrammes. Poems of Peace and War (1913–1916), (Translated by Anne Hyde Greet, Introduction by S.I.Lockerbie) Los Angeles, London, Univ.of California Press Berkeley,1980, p. 84
感谢麦克麦斯特大学法语系的（加拿大，汉密尔顿）Anna St. Leger Lucas 教授为译者自提供此诗出处。——译注（此篇未标明处均为作者原注）

> 历史上只有一些快乐的时刻，
> 却没有快乐的时期。
>
> 阿诺德·豪泽（Arnold Hauser）

> 因此，艺术作品
> 只是过程中的一个停顿
> 而非其自身的一个固定目标。
>
> 埃尔·利西茨基（El Lissitzky）

我发现最极端的立体主义作品都诞生于五十年之前，这让人难以置信。诚然，我没有指望它们是今天所作。相对于现今的作品，它们既过于乐观，又过于激进。也许在某种程度上，我是惊讶于它们竟然在那时诞生了。而在我看来，更有可能的倒是它们有待诞生。

我将事情不必要地复杂化了？或者说：立体主义的几幅杰作诞生于1907—1914年间。为了限制这一点，也许应该加上稍后的胡安·格里斯（Juan Gris）的几幅作品。这样直截了当地说是不是更好些？

不过，无论如何，在我们的日常生活已经被立体主义的表面效果所围绕的时候，却去设想立体主义还不曾出现，真是个荒谬至极的想法。若没有立体主义的最初典范，所有现代设计、建筑、城市规划都将难以想象。

纵然如此，我必须强调我面对这些作品的感觉：当我看着它们的时候，这感觉将我与作品俘获，禁锢在一个封闭的时间里，等待着被释放，去继续一场始于 1907 年的旅行。

立体主义是发展极快的一类绘画风格，它的不同阶段可以另外加以定义。[1] 更有立体主义诗人、立体主义雕塑家和后来所谓的立体主义设计师和建筑师。立体主义的某些原创风格特征还可以在其他一些运动的先锋作品里看到：至上主义（Suprematism）、构成主义（Constructivism）、未来主义（Futurism）、旋涡主义（Vorticism）和新风格运动（De Stijl movement）。

问题在此浮现：将立体主义定义为风格（style）足够充分么？似乎不太可能。立体主义也不能被定义为规则（policy）。从来不曾有过任何立体主义的宣言。即便在他们的作品有着许多共同特征的时期，毕加索、勃拉克、莱歇（Léger）、胡安·格里斯的观点与见解也不尽相同。难

1　约翰·戈尔丁，《立体主义》，费伯和费伯出版社（Faber & Faber），1959 年，纽约，哈珀和罗出版社（Harper & Row），1971 年。

道立体主义的范畴包涵那些如今普遍被认同并归纳其下的作品还不够么？对于画商、收藏家、打着艺术史家旗帜的编目者来说，这是足够了。但是我相信，对于你我，是不够的。

即便是那些满足于风格范畴的人们，也总是说立体主义造成了艺术史的革命性变革。稍后我们会仔细地分析这个变革。自文艺复兴以来便存在的绘画观念被推翻。艺术是自然面前举着的一面镜子的理论成为怀旧：它是一种消耗而非诠释现实的方式。

如果我们严肃地使用“革命”一词，而不只是将之作为这个时代新奇事物的雅号，那么这个词暗示着一个过程。没有哪一场革命只是个人独创性的成果。这样一种独创性实现的极致是癫狂：癫狂是囿于自身的革命性自由。

立体主义不能根据拥护它的天才来解释。这一点尤其体现在这些天才放弃立体主义之后，这之后他们中的大多数便不再属于深刻的艺术家。即便是勃拉克和毕加索，也不曾超越他们立体主义时期的作品：他们后来的作品大多是次等的。

从绘画及其主要倡导者的角度讲述立体主义产生的故事，属于老生常谈。即便是倡导者们自己也发现——不论是当时还是后来——解释他们行动的意义极为困难。

对立体主义者来说，立体主义是自发的。对我们来说，立体主义是历史的一部分，却是一个奇怪的未完的部分。立体主义不应当被认为是风格的范畴，而是有些人所经历的时刻——即使这个时刻持续了六七年之久。一个不可思议地被搁置的时刻。

在这个时刻，未来的承诺比当下更为实在。除却1917年之后数年间的莫斯科先锋艺术家，立体主义者的大胆在艺术家中无可匹敌。

康维勒（Daniel-Henry Kahnweiler）是立体主义者的朋友和经纪人。他写道：

> 在1907—1914年这至关重要的七年里，我和我的画家朋友们生活在一起……只有认识到一个新纪元正在诞生——在这个新纪元里，人们（实则所有人类）经历着比任何历史时期所发生的变动更为激进的转变——我们才能够理解当时的造型艺术所发生的变化。[1]

---

1 D. H. 康维勒，《立体主义》，巴黎，布劳恩图书（Editions Braun），1950年。

这个转变的本质是什么？我在别处——《毕加索的成败》——概述过立体主义与这个时期的经济、技术和科学发展之间的关系。在这里似乎没有必要重复：我倒想把这些发展和巧合的哲学意义的定义再向前推进。

帝国主义互相扣连的世界体系；与之对立的第二国际（socialist international）；现代物理学、生理学、社会学的确立；电力使用的增加、收音机和摄像机的发明；大规模生产的出现；报纸的大量发行；钢铁和铝的普及所提供的新结构的可能性；化工工业的迅速发展和合成材料的生产；汽车和飞机的诞生：所有这些意味着什么？

也许这个问题显得过于庞大，只会让我们生出绝望。况且配得上这样一个问题的历史时刻也是罕见的。这是汇聚的时刻，在这些时刻里，无数发展在分道扬镳进入各色各样的新时期之前，一同进入类似的质变阶段。经历过这一历史时刻的人们，没有几个能够完全理解正在发生的质变的意义。但是每一个人都意识到时代正在改变：未来，不再是时间之流的延续，好像正朝着他们走来。

在 1900—1914 年的欧洲，事情确实是如此——虽然研究这个现象的时候，我们必须记着，很多人假装忽视自己对此改变的意识。阿波里奈尔是立体主义运动最伟大、最具有代表性的诗人，他一再地在诗里提到未来：

我的青春陨落的地方
你看到未来的火焰
你必须知道我今天的述说
向着整个世界宣告
先知的艺术终于诞生了

二十世纪初欧洲所聚集的种种发展，改变了时间和空间的意义。所有一切——以不同的方式，有些是无情的，有些充满承诺——提供了当下、缺席和在场之间严格区分的解放。场的概念——法拉第解决“远处行动”问题（如传统术语所定义的）时最早提出——如今不知不觉地进入所有规划和计算模式，甚至进入许多感觉模式。人们的能力和知识在时空里发生了惊人的扩展。作为一个整体，世界破天荒地不再是一个抽象概念，而是可实现的。

如果说阿波里奈尔是最伟大的立体主义诗人，那么布莱斯·辛德拉（Blaise Cendrars）是第一个立体主义诗人。他的《纽约的复活节》（*Les pâques à New York*）（1912）对阿波里奈尔有着深刻的影响，为他展示了一个人竟能够如此激进地与传统决绝。辛德拉这个时期的三首长诗都是关于旅行的——一个全新意义上的旅行，穿越一个可实现的星球。在《巴拿马，或者，我七个叔叔的冒险》（*Le Panama ou Les Aventures de Mes Sept Oncles*）里，他写道：

诗歌自今日起纪年
河汉绕着我的颈项
两个半球是我的双眸
全速前进
不会再有故障
要是我有时间省下些钱，我会
在飞行表演里驾驶飞机
我预订了第一列火车头等车厢的车票
穿越英吉利海峡的隧道
我是第一个独自飞越大西洋的飞行员
九万万。

九万万可能是当时的世界人口总数。

理解这个转变的结果的哲学影响力有多么深远，以及这个转变又是为何能够被看作质变是很重要的。它不只是更快的交通，更快的信息传递，更复杂的科学词汇，更大的资本积累，更大的市场和国际组织等。世界的世俗化过程终于完成。反对上帝存在的争论成就微薄。而如今人类能够将他自己无限地扩展于当下之上：他占据了曾经假设上帝所居住的时空领域。

《地域》（*Zone*）是阿波里奈尔在辛德拉的直接影响下所写的诗歌，诗里有以下几行：

基督双眸的瞳仁
世代以来的第二十个瞳仁知道
这个世纪是如何变作一只鸟儿，像耶稣那样上升
地狱里的魔鬼抬头仰望
他们说他模仿朱迪亚的魔术师西蒙[1]
如果它会飞翔，我们就称它为飞翔者
天使飞过它的吊架

1 Simon Magus of Judea，出自《圣经·新约·使徒行传》第八章，能够随意飞翔，他被视为后世一切异端的开端。——译注

伊卡洛斯[1]、伊诺克[2]、伊莱亚斯[3]、提亚纳的阿波罗尼乌斯[4]

绕着第一架飞机盘旋

时而分散让牧师通过

当他们承奉着圣餐

亘古地上升，举拥圣体……[5]

第二个后果是关于自我与世俗化世界之间的关系。个体和群体之间不再有任何本质的中断。上帝和三位一体不再介入个人和世界之间。被放置到世界上这个想法越来越不可思议。人是世界的一部分，而且是与世界不可分割的。在一种完全原始的意义上——仍然是现代意识的基础——人是他所继承的世界。

1 Icarus，出自希腊神话，代达罗斯的儿子，父子二人被流放在克利特岛。父亲用蜡和羽毛为二人制作了翅膀飞离克利特岛。——译注

2 Enoch，《圣经》中有数个伊诺克，阿波里奈尔这里所提及的都是会飞的人物，想来是乘马飞上天堂的那位。——译注

3 Elias，源自希腊太阳神赫利俄斯（Helios）的名字，先知伊莱亚斯乘坐火马拉着的战车飞上天堂。——译注

4 Appollonius of Tyana，来自小亚细亚的毕达哥拉斯学派哲学家，被认为具有超自然力的无畏圣徒，死后升入天堂。——译注

5 在企鹅版的翻译里，有几行误译，很不幸地颠倒了整首诗的含义。——译注

阿波里奈尔也表达了这一点：

> 自那时起，我便熟悉世界的醇香
> 我已沉醉，因为饮尽了整个宇宙

以往所有宗教和道德的精神问题，如今越来越集中于人将世界的存在状态作为他本人存在状态的态度选择。

与世界相对的是，如今只有在他自己的意识之内，他才能够衡量自己的地位。拔高或是贬损，取决于他对世界拔高或者贬损。他的自我与世界分离，他的自我偏离其全体背景——所有存在的社会背景的总和——不过是个生物学的意外。世界的世俗化提供一个选择的特权，同时也索取代价，比历史上其他时期更不含糊。

阿波里奈尔：

> 我无处不在，或者更应当说我从任何地方开始
> 正是我，始创了这个继往开来的世代

一旦不止一个人或说出，或感觉，或渴望感觉到它——我们须得记着，观念和感觉是无数物质发展并冲击

芸芸众生的结果——一旦这样的事情发生，世界统一就会被提出。

“世界统一”这个词可能被罩上危险的乌托邦光环——不过只有当人们认为这个词适用于当前世界政治之时。世界统一的一个**必要条件**是消除剥削。对于这个事实的回避，才使得这个词笼罩上乌托邦色彩。

同时这个词还有其他含义。自 1900 年起，世界的许多方面（人权宣言、军事战略、交流等）被当作单一的单位。世界统一开始得到实际的认可。

我们今天知道世界应当统一，正如我们知道所有人应当拥有平等的权利。如果某人否认这一点，或者默许对于这一点的否认，那么他所否认的是他本人的自我统一。这就解释了帝国主义国家严重的心理疾病，也解释了他们知识的内在腐败——当知识被用来否认知识的时候。

在立体主义时刻，否定是不必要的。那是一个预言的时刻，不过这个预言是一个真正的转变发生的基础。

阿波里奈尔：

我听到远处传来朋友尖锐的嗓音
他与你同游欧洲

同时却从未离开美洲……

我不是要暗示一个兴高采烈的普遍乐观主义的时期。这是一个贫穷、剥削、恐惧和绝望的时期。大多数人关心的只是他们的基本生存条件，而数百万人无法存活。但是对于那些提出问题的人们，新力量的存在似乎确保了新的、积极的答案的可信度。

欧洲社会主义运动（德国社会主义运动与美国的工会运动除外）深信它们正处于革命的前夕，深信这场革命会扩展为世界革命。甚至那些不赞成政治手段必然性的人们——工会组织主义者、议会党人、共产主义者和无政府主义者——也共享这个信念。

一个特殊的苦难将要终结：绝望和挫败的苦难。现在人们相信胜利，如果不是为了他们自己，那么就是为了未来。在条件最为艰苦的地方，这个信念最为坚定。每一个受剥削受压迫而仍有余力质疑惨淡的人生目标的人，都能够听到宣言般的回声，就像意大利无政府主义者卢切尼（Lucheni）在 1898 年将锥子捅进奥地利皇后的胸口时说："一个全新的太阳平等照耀所有人的日子不远了。"或者像卡尔雅埃夫（Kalyaev）在 1905 年因刺杀莫斯科行政长官而被判死刑时告诉法庭的："学着用眼睛直接去看那滚滚向前的革命。"

终结就在眼前。无限，迄今为止始终提醒人们希望的不可企及性，突然之间变成了激励。世界成为一个起点。

立体主义画家和作家的小圈子没有直接卷入政治。他们不用政治术语思考。然而他们关心世界的革命性转变。这如何可能？ 我们又一次在立体主义运动的历史性时刻找到了答案。那个时候，政治选择不是一个人知性正直的必要条件。当众多发展聚集起来经历同一个质变时，它们似乎共同承诺着一个焕然一新的世界。这个承诺是全面的。

"一切皆有可能，"另一位立体主义诗人安德烈·萨尔门（André Salmon）如是说，"任何事件在拥有任何东西的任何地方都有可能实现。"

帝国主义开始了统一世界的进程。大规模生产最终承诺世界的丰饶。报纸的大量发行承诺信息的民主。飞机承诺实现伊卡洛斯的梦想。这个聚集所产生的可怕矛盾还不曾浮现。它们于1914年开始出现，1917年的俄国革命是其第一次政治分裂。埃尔·利西茨基是俄国革命艺术——直至这艺术被压制——伟大的革新者之一，他在一则传记式笔记里暗示政治选择的时刻如何在立体主义时刻的环境下诞生：

1926年前埃尔的人生电影[1]

诞生：我的年代已经诞生

数十年的光阴

在伟大的十月革命之前。

先辈：数世纪之前，我们的祖先拥有这个幸运

踏上探索的伟大旅程。

我们：我们，哥伦布的后代，

正在创造最为辉煌的发明时代。

它们将我们的星球缩小，

但是已经

扩展了我们的空间

坚固了我们的时间。

感觉：我的人生伴随着

前所未有的感觉。

不到五岁，我就有一个橡胶耳塞

爱迪生发明的留声机插在耳朵里。

1 《埃尔·利西茨基》，德累斯顿，艺术出版社，1967年，页325（安雅·博斯特克译）。

八岁，

我在斯摩棱斯克（Smolensk）追赶第一辆有轨电车，

这恶魔般的力量

把农民的马赶出了城。

物质的浓缩：蒸汽机引擎摇晃我的

摇篮。

同时，它重蹈鱼龙的覆辙。

机器不再

肥肠满腹。

我们早有了压缩的头颅

装着电动大脑的发电机

物质和精神

通过机轴直接传送

并且因此而工作

地心引力和惯性正被超越。

1918年：1918年的莫斯科，在我的眼前

短路电线闪着火花

将世界劈成

两半。

电击把我们的现在击破

像一个楔子
在昨天和明天之间。
我的工作
也
构成一个部分，把这个楔子
更深地
插入
一个人属于这里或那里：
没有中间道路。

立体主义运动在1914年的法国结束。由于战争，一种新的苦难诞生。人类第一次被迫面对完全的恐惧——不是对地狱或者诅咒的恐惧，也不是对失败的战斗、饥荒或者瘟疫的恐惧——而是对阻碍他们前进之物的完全恐惧。此外，他们出于自己的责任感被迫面对这恐惧，而非出于公开宣战的敌人之间的那种简单对抗。

浪费、无理性，以及人们能够轻易被说服和被迫去否认自己兴趣的程度，使得人们相信存在一股难以捉摸的、盲目的力量。不过，由于这些力量不再与宗教为伍，又由于没有能够接近或者安抚它们的仪式，每个人都只得尽自己所能，在自己之内与这些力量共存。在他之内，它们毁灭他的意志和信心。

在《西方无战事》的最后一页，英雄想着：

> 我很安静。让那岁月来吧，它不能从我这里拿走任何东西，它不能拿走更多东西。我是如此孤单，如此绝望，我能够毫不畏惧地面对它。这些年里造就我生命的，仍然在我的手心和眼底。我是否征服了它，我不知道。但是只要它在那里，它终会寻着出路，我那粗忽的意志。[1]

这种新的苦难是一种颠倒的苦难，它诞生于 1914 年，在今天的西欧依然存在。人们为了事件、身份和希望的意义在与自己斗争。这是自我与世界新关系之间内在的消极可能性。他们所经历的人生，在他们之内成为混沌。他们在自己之内迷失。

他们消极地顺从这个新境况，而不是去理解（以任何简单直接的方式）那个将他们的命运和世界的命运等同起来的过程。也就是说，尽管世界是他们不可分离的部分，

---

1 埃里希·马里亚·雷马克，《西方无战事》，A. W. 维尔译，伦敦，普特南出版公司，1929 年；纽约，五月花 / 戴尔平装版，1963 年。

却在他们的思想中恢复为与他们相分离、相对抗的旧世界：好似他们被迫吞食了上帝、天堂和地狱，只得让它们永远与体内的残骸共生。这确实是一个新的、可怕的苦难形式，它与普遍、蓄意地将虚假意识形态宣传作为武器的方式相符合。这种宣传维护人们感觉和思想的陈旧结构，同时又给人们强加新的经验。它将人们变成傀儡——同时，转变所引发的大多压力被作为不可避免的迷茫的挫折，保持着政治上的无害。这种宣传的唯一目的是使得人们否认进而抛弃自己的经验所能创造的自我。

《漂亮的红头发》（*La Jolie Rousse*）是阿波里奈尔最后一首长诗（他于1918年谢世），经历战争之后，他对未来的洞见不但是希望的源泉，而且更是苦难的源泉。他如何能够协调他亲眼目睹的与他曾预言的？此后，再也没有非政治性的预言。

我们不是你的敌人
我们想要控制辽阔陌生的土地
在那里，娇艳的神话有待采撷
在那里，火焰和色彩从不曾为人眼所见
不可计数的幻影

该当赋之以真实
我们希冀奔赴善的广阔领地探险
在那里，万物沉寂
我们甚至可以追赶时间，或者将它带回
怜悯我们，不息地争战在
无限和未来的前线
怜悯我们的过失，怜悯我们的罪孽。

残酷的夏天来了
我的青春像春天一样死去
现在，哦太阳，是灼烈的季节
那么笑吧，嘲笑我吧
人们从各处来，尤其从这里来
因为有许多事，我不敢对你讲
许多事，你不允许我讲
请给我怜悯。

我们现在能够开始理解立体主义的主要矛盾。立体主义的精神是客观的。这就解释了立体主义艺术家的冷静与相对的匿名。这也解释了立体主义技术预言的准确性。我居住在一个五年前建造的卫星城市，当我写作的时候，抬眼望见窗外建筑物的构成特征可以直接追溯到1911年和1912年的立体主义作品。然而对于今天的我们，立体主义的精神显得异乎寻常的遥远、超脱。

这是因为立体主义者不像生活在其衰落之后的我们这般关注政治。与他们饱经沧桑的政治同辈一样，他们没有想象到也没有预见到，为了实现那明显可能并且因之变得紧迫的目标，卷入政治斗争所要遭受的深重弥久的苦难。

立体主义者想象的是一个转变了的世界，而不是转变的过程。

立体主义者改变了绘画形象和现实之间关系的本质，如此一来，它表现了人和现实之间的一种新关系。

许多作家指出立体主义所标志的艺术史上的飞跃，足以与文艺复兴之超越中世纪艺术相比拟。这不是说立体主义可与文艺复兴相提并论。文艺复兴的信念大约持续了六十年之久（大概从1420—1480年）；立体主义大约持续了六年。然而，文艺复兴始终是理解立体主义的出发点。

在文艺复兴早期，艺术的目的是模仿自然。阿尔贝蒂（Alberti）简洁地表达了这个观点："画家的职能是在一块给予的画板或墙壁上，通过线条和色彩，描绘任何物体的可见表面，使得绘画从一定的距离，一定的角度，以浮雕的形式出现，如同看着物体本身。”[1]

当然，事情不是真有这么简单。其中便有阿尔贝蒂本人解决的直线透视的数学问题。还有选择的问题——也就是说，艺术家选择最能够代表自然的典型物体，公平地对待自然的问题。

不过艺术家与自然的关系，与科学家与自然的关系类似。与科学家一样，艺术家运用理性和方法研究世界。他观察世界，有条理地组织他的观察所得。莱奥纳多是这两个学科并行的明证。

在这个时期，绘画职能的隐喻模型是镜子。可惜这个隐喻后来总是被滥用。阿尔贝蒂认为那喀索斯（Narcissus）在水里看见自己的倒影时，他便成为了第一个画家。镜子映现自然的表象，同时将它们传送给人。

重新建构过去的态度是极困难的。依据新近的发展以及这些发展所引发的问题，我们更愿意消除问题形成之前便已存在的模棱两可。比如说，在文艺复兴早期，人文主

1　转引自安东尼·布朗特，《意大利的艺术理论，1450—1600》，伦敦、纽约，牛津大学出版社，1956 年；牛津大学出版社平装版，1962 年。

义者的观点和中世纪基督徒的观点仍然可以轻易地结合。人与上帝平等，但是双方都保留着他们的各自传统地位。阿诺德·豪泽尔（Arnold Hauser）谈到早期文艺复兴时写道：“上帝坐在中央，天体围绕着他的宝座旋转，地球是物质宇宙的中心，人类本身是一个自满自足的小宇宙，可以说，围绕着它的是整个自然界，恰如天体围绕着那颗固定的星辰——地球。”[1]

因此，人能够从每个角度观察围绕着他的自然界，同时他所观察的以及他自己的观察能力得到提升。他不需要考虑他是自然界不可或缺的一部分。**人是使得现实被观看的眼睛**：理想的眼睛，以文艺复兴透视视角观察的眼睛。人双眼的伟大之处在于其反射和蕴涵的能力，就像镜子。

哥白尼革命、新教教义、摧毁文艺复兴地位的反宗教改革，这些破坏产生了现代主观性。艺术家开始着重关注创造。他自身的天才取代了自然作为奇迹的位置。他所禀赋的天才、“灵魂”、“美德”使得他宛如神祇。同时，人和神之间的平等完全被摧毁。神话进入艺术，强调着不平

1 阿诺德·豪泽尔，《风格主义》，伦敦，罗德里奇出版社（Routledge），1965 年；纽约，克诺夫出版社（Knopf），1965 年；对于任何一个对当代艺术的棘手本质，及其历史根源感兴趣的人来说，是一本不可或缺的书。

等。在阿尔贝蒂宣称艺术和科学是并行行为的一百年后，米开朗琪罗不再是模仿自然，而是模仿基督："为了在某种程度上模仿我们主的神圣形象，仅仅作为一个画家，一个才能卓越的大师是不够的；为了祈求圣灵激发我们的理性，我认为我们必须是纯洁的生命，若有可能，甚至是圣徒。"[1]

如果我们要追溯自米开朗琪罗以来的艺术史——风格主义、巴洛克、十七和十八世纪的古典主义，我们就会离题太远。与我们的意图相关的是，从米开朗琪罗到法国革命，绘画职能的隐喻模型变成了剧院舞台。同一个模型同时应用于幻想家埃尔·格列柯（El Greco），禁欲主义者普桑（Poussin）（他确实先为自己的绘画作品建造舞台模型），中产阶级说教者夏尔丹（Chardin），这似乎有些不可能。不过，这两个世纪的所有艺术家有着某些共同的假设。对他们而言，艺术的所有力量在于其人工性（artificiality）。也就是说，他们所关注的是构造某种无法在现实生活里通过这样一种狂热、尖锐、崇高或者意蕴丰富的方式出现的真理的复杂模型。

1 转引自安东尼·布朗特。

绘画成了图解艺术。画家的任务不再是表现或者模仿已存在的事物：艺术总结经验。现在，自然成为人的赎身之处。艺术家不但只对传递真理的方式负责，而且还对真理本身负责。因而，绘画不再是自然科学的分支，而成了道德科学的分支。

在剧院里，观众目睹于己无关的事件；也许他会在情感和道德上受到影响，但是他的身体与眼前所发生的事件是不相干的、被保护的、分离的。正在发生的事件是假的。代表自然的他——而非艺术作品。同时，如果他必须从自身救赎自己的话，那么这正表现了预言地或真实地主宰着这两个世纪的笛卡尔分类法的矛盾性。

卢梭、康德和法国大革命——或者说所有这些哲学家的思想和革命行动背后的发展——使得人们无法继续相信想象的秩序可以反对自然的无秩序。隐喻的模型又改变了，而且这个新模型再次被应用于一个漫长的时期，尽管在这个时期艺术风格发生了显著变化。这个新模型是个人叙述。艺术家在探索自然时，自然不再证实或者提升他。艺术家也不再关心创造“人工的”例子，因为这些例子依赖于人们对于某些道德价值的共同认可。现在，他孤单地被自然所包围，他自己的经验又将他与自然隔离。

自然是他通过经验所看到的东西。因此，在十九世纪的所有艺术里——从浪漫主义者的“情感误置”到印象派的“光学”—— 对于艺术家的经验在何处停止，自然在何处开始这个问题相当混乱。艺术家的个人叙述便是试图通过与他人交流自己的经验，将自己的经验变得与自然一样逼真，他永远不可能做到。十九世纪大多数艺术家所遭受的相当的苦难，正是从这个矛盾生发：因为他们与自然变得生分，他们需要将他们自己作为自然呈现给他人。

演讲，作为叙述经验以及将经验变成真实的方式，是浪漫主义者所惯用的。于是便有了绘画和诗歌之间无休止的比附。热里科（Géricault）的《梅杜莎之筏》（*Raft of the Medusa*）是有意识地以目击者叙述为基础的第一幅描绘当代事件的作品。他在 1821 年写道：“我多么希望能够向我们最聪明的画家展示几幅肖像画。它们与自然是如此相似，它们自在的姿势完美无缺，我们所能指责的只有一点：它们缺乏说话的能力。”[1]

德拉克洛瓦（Delacroix）在 1850 年写道：“我对自己说过几百次，绘画——也就是说，那叫做画的物质——不

1 《艺术家论艺术》高华德、齐维斯编，纽约，万神殿丛书，1945 年；伦敦，约翰·默里出版社，1976 年。

过是托辞，是画家的思想和观看者的思想之间的桥梁。”[1]

对柯罗（Corot）来说，经验远没有浪漫主义者的浮华，它更是谦恭的事务。尽管如此，他仍然强调个人及其相关经验对于艺术是如何不可或缺。他在 1856 年写道：“现实是艺术的一部分：感觉完成艺术……在任何地方任何对象之前，任凭自己沉湎于第一印象。如果你确实被感动，那么你才会向他人传达你的真切情感。”[2]

印象主义者的第一个捍卫者左拉，将艺术作品定义为“通过一种性情所看到的自然的一个角落”。这个定义适用于整个十九世纪，也是以另一种方式描述了同样的隐喻模型。

莫奈是印象派艺术家中最为理论化的，也是最迫切地想要打破那个世纪的主观性障碍的。对他（至少在理论上）来说，他将性情的角色降低为感知过程的角色。他谈及与自然“亲密地融合”（close fusion）。无论这个融合的结果是多么协调，在某种意义上仍是无力——这暗示着，失去了主观性，莫奈没有任何东西可以填补它的空档。自然不再是研究的主题，自然变成了一股势不可当的力量。无论

1 同上。

2 《艺术家论艺术》高华德、齐维斯编，纽约，万神殿丛书，1945 年；伦敦，约翰·默里出版社，1976 年。

怎样，十九世纪的艺术家与自然之间的较量是不平等的。占上风的要么是人心，要么是伟大的自然。莫奈写道：

> 我已经画了半个世纪，不久就要度过六十九岁，但是我的感知没有随着岁月减弱，反倒更加敏锐。只要与外面世界的不断接触能够保持我那炽热的好奇心，只要我的双手仍然是我感知的灵巧忠实的仆人，对于衰老，我就无所畏惧。我唯一的愿望是与自然亲密地融合，我不向往其他的人生（歌德的话），我只想要与她的规律和谐地工作与生活。站在她的伟大、她的能量、她的无情旁边，人类不过是颗卑微的原子。

我深刻地理解这段概论的图解本质。在某种意义上，德拉克洛瓦不正是十八和十九世纪之间一个过渡型人物么？难道拉斐尔不也是混淆这些简单范畴的过渡型人物？然而，这个图解足以帮助我们理解立体主义所代表的变化本质。

立体主义的隐喻模型是图表（diagram）：图表是不可见的过程、力量、结构之可见的、象征的体现。图表不需要回避表象的某些方面：但是这些表象也会被象征性地当作符号而不是当作模仿或者再创造。

图表模型与镜子模型的不同在于，它关注不自明的东西。它与剧院舞台的不同在于，它无须努力创造高潮，却能够揭示连续。它与个人陈述的不同在于，它旨在普遍的真理。

文艺复兴艺术家模仿自然；风格主义者和古典艺术家重构从自然得来的例子，以便超越自然；十九世纪的艺术家体验自然。立体主义者认识到他对自然的意识即是自然的一部分。

作为现代物理学家的海森堡（Heisenberg）如是说："自然科学不是简单地描述、解释自然；它是自然和我们自己之间相互影响的一部分：它描述自然对于我们的提问所作的回应。"[1] 类似的，与自然的正面交锋在艺术里已经不够。

立体主义者如何表达他们对于人和自然之间新关系的模仿？

1. 通过他们对空间的使用。

立体主义打破了错觉艺术家的三维空间，这个三维空间自文艺复兴以来便存在于绘画之中。不过立体主义并没

---

1 维尔纳 · 海森堡，《物理和哲学》，伦敦，艾伦和厄文出版社，1959 年，页 75；纽约，哈珀和罗 / 火炬，1959 年。

有毁灭它，也没有压制它——如高更和阿旺桥画派（Pont-Aven）所做的。立体主义只是打破了三维空间的连续性。立体主义者的画面仍然存在空间。在这个空间里，可以推导出一个形式是位于另一个形式之后的。但是任何两个形式之间的关系，并不能为画面上所有形式的所有空间关系建立规则，这与错觉艺术家的空间相反。因为画面的二维表面总是在那里担当着不同主张的仲裁者、问题解决者，所以才有可能避免不愉快的空间变形。在立体主义者的作品里，画面担当着常量的作用，使得我们能够理解变量。在我们的想象力袭击立体主义绘画的晦涩空间及其交织关系的前后，我们发现我们的目光停留在图画表面，再一次意识到二维的木板或者帆布上的二维形状。

这使得我们不可能直面立体主义作品的对象或者形式。这不仅因为众多的视点——比如说，一个桌面的视角结合着俯视、仰视和侧视——而且也因为所描绘的形式从来不曾表现为一个整体。整体性是图画的表面，那表面是所有观看的源泉与总和。文艺复兴透视的透视点——是固定的、在画面之外的，但是画面所画的一切都依据着它——是视觉集中的领域。

毕加索和勃拉克花了三年时间才实现这个惊人的转

变。在他们 1907—1910 年间的大部分作品里，仍然存在着向文艺复兴空间妥协的地方。妥协的后果是将对象变形。在他们的绘画里，人物或风景变成了结构，而不是作为绘画的结构表达观者和对象之间的关系。[1]

自 1910 年之后，所有对于表象的指涉都变成符号出现在画面上。圆圈表示瓶口，菱形表示眼睛，字母表示报纸，旋涡表示小提琴头，等等。拼贴艺术是同一个原理的扩展。对象的部分真实或者模仿的表面粘贴到画面上，作为符号指涉对象的表象，而不是模仿。稍后，绘画从拼贴艺术借来这个经验，比如说，将一个“假装”画在白纸上的图贴在画面上，表示两片嘴唇或者一串葡萄。

2. 通过他们看待形式的方式

立体主义者这个名号正是由此而来。他们被认为将一切画成立方体。后来，这又与塞尚的评论联系起来：“以圆柱体、球体、圆锥体看待自然，一切便在适当的透视里。”此后，误解便继续着——甚至被立体主义者当中一些次要角色的混淆主张鼓励着。

---

1 对于立体主义的类似的分析，参见马克斯·拉斐尔三十年前出版的伟大著作《艺术的要求》，伦敦，罗德里奇出版社，1968 年，页 162；普林斯顿，普林斯顿大学出版社，1968 年。可惜本文作者在写作时不曾注意。

这个误解是立体主义者想要简化——为简化而简化。在毕加索和勃拉克1908年的一些作品中，情况似乎是这么回事。在找到新视角之前，他们不得不抛弃传统的复杂性。但是他们的目标是画出比以往绘画所实现的复杂性更为复杂的现实形象。

为了理解这一点，我们必须丢弃几个世纪以来养成的习惯：将对象或者物体当作完成的，并且这种完成将所画对象与其他对象或者物体区别开来。立体主义者关注的是对象之间的相互作用。

他们将形式减至立方体、圆锥体、圆柱体——甚至后来减至扁平地连接的雕琢画或者尖角的平面排列——因此，任何一个形式的元素都可以与另一个形式的元素对换，不论是山丘、女人、提琴、饮料瓶、桌子或者手。于是，与其空间的断续相反，立体主义者创造了结构的连续。然而，当我们谈论立体主义者的空间断续时，我们只是为了区别它与文艺复兴的直线透视传统。

空间是在其中的事件连续性的部分。空间本身也是一个事件，足可与其他事件抗衡。空间不只是一个容器。寥寥几幅立体主义杰作所显示的正是这一点。对象之间的空间与对象本身一样是结构的一部分。形式只是简单的颠倒，比方说，头顶是一个凸面元素，而没有填充的临近空间是一个凹面元素。

立体主义者创造了艺术揭示过程而非表现静止实体的可能性。他们艺术的内容由各种相互作用的模式组成：同一事件的不同方面之间的相互作用，空虚与充满的空间之间的相互作用，结构与运动之间的相互作用，观看者和被观看者之间的相互作用。

对于一幅立体主义作品，与其问：这是真的么？抑或这是真诚的么？倒不如问：它继续么？

在今天，这一点是显然的。自立体主义以来，绘画变得越来越图解化。即便在没有受到立体主义者直接影响的领域——比如说，超现实主义。伊迪·沃尔夫朗（Eddie Wolfram）在一篇关于弗兰西斯·培根的文章里写道："今天的绘画直接起着哲学概念活动的职能，艺术的对象只是作为指涉可触摸的现实的密码。"[1]

这是立体主义者所预言的部分。不过只是一部分。沃尔夫朗的定义也许同样适用于拜占庭艺术。为了完全理解

1　伊迪·沃尔夫朗，见《艺术和艺术家》，伦敦，1966年8月。

立体主义者的预言，我们必须先考察他们的艺术内容。

就我们的眼睛一次又一次地回到表面而言，立体主义者的作品是二维的，比如毕加索作于1911年的《瓶子和杯子》。我们从表面出发，顺着形式的秩序，我们被引入画面，然后突然回到表面，将新获得的知识寄存在表面，再进行另一次突袭。这正是为什么我将我们在立体主义的画上所能看到的源泉总和称为图画表面（picutre-surface）。在这个二维空间里，没有任何装饰性的东西，它也不只是为分离的形象提供并列可能性的表面——如最近的新达达主义或者波普艺术。我们从表面出发，但是由于画面的每一处都回指表面，因此我们从结论出发。然后我们寻找——不是如同我们面对有单一、显著意义的形象（笑的人、山、躺着的裸体）时去寻找解释，而是寻找对事件布局的理解，这些事件的相互作用正是我们作为出发点的结论。当我们"把新获得的知识寄存在表面"，实际上，我们是在寻觅我们方才所发现的迹象：这个迹象一直就在那里，只是我们先前不懂得如何阅读。

为了把这一点说得更清楚，将立体主义作品与文艺复兴传统作品进行比较是很有必要的。让我们来看看安东尼奥·波拉约洛（Antonio Pollaiuolo）的《圣塞巴斯蒂安的殉难》(*The Martyrdom of St. Sebastian*)。在波拉约洛这幅作品之前，观众完成这幅画。除却证据所提供的片段——弓箭手、殉难者、远景的平原等——之间的审美关系，观众得出结论，观众推断所有一切。观众通过阅读画面确定其完整的意义。作品展现在他面前，我们几乎有这样的感觉：圣塞巴斯蒂安之所以殉难，是因为只有这样，他才能够解释这幅绘画。形式的复杂性与所描绘空间的比例加强了成就感、领悟感。

在立体主义者的作品里，结论和相互关系是被给予的。它们造就作品。它们是作品的内容。观看者必须在这个内容之中发现自己；同时，形式的复杂和空间的"断裂"提醒着他，他从他的位置所看见的注定是片面。

这样的内容及其职能是预言性的，因为它与新自然科学观拒绝简单的因果关系以及单一、永恒、统观一切的视角是一致的。

海森堡写道：

> 可以说，人类的理解力在某种意义上可能是无限制的。但是，现存的科学概念所涵盖的只是现实非常小的一部分，而那不曾被我们理解的部分是无限的。当我们从已知探索

未知的时候，我们可以期望理解；但是同时我们可能得学习理解这个词的新含义。[1]

这个观念暗示着研究和发明的方法论改变了。生理学家 W. 盖瑞·沃尔特（W. Grey Walter）写道：

> 正如我们所看到的，古典生理学的公式只容许一个未知的量——在任何实验里，一次只允许一个研究对象……我们不可能从传统方式抽取一个独立的变量；我们总是得处理许多未知数和变量的相互作用……在实践中，这意味着一次实验里所进行的不是一个，而是许多——尽可能多——的观察，彼此相互比较，只要有可能，运用一个简单的已知变量修正多个复杂的未知数，因此，才有可能对这些未知数的可能性和互相依赖性作出估计。[2]

1910 年、1911 年和 1912 年，最好的立体主义作品是上述研究、实验方法持久而精确的模范。也就是说，它们

---

1 维尔纳·海森堡，页 172。

2 W. 盖瑞·沃尔特《活着的大脑》，伦敦，达科沃斯出版社，1953 年；哈芒斯沃斯，企鹅丛书，1961 年，页 69；纽约，诺顿出版社，1963 年。

迫使观者的感官和想象力根据一个与科学观察所用的方式非常相似的图式去计算、遗漏、怀疑、总结。差异是吸引力的问题。因为看画的行为不如科学观察那样集中注意力，图画能够吸引观者更广阔多样的经验领域。艺术关注记忆，而实验关注预测。

在现代实验室之外，不断调整自己以适应当前整体的需要——而不是在波拉约洛的作品之前罗列清单，或者提供一个先验的意义——是现代经验的一个特征。现代经验通过大众传媒和现代信息交流系统影响每个人。

马歇尔·麦克卢汉（Marshall McLuhan）是个疯狂的夸大狂，但是他确实透彻地看到了某些真理：

> 在这个电气时代，我们的中枢神经系统被技术性地扩大，它将我们卷入整个人类，将整个人类并入我们，我们需要深入地参与到每个行动的后果中……我们的时代渴望整体、移情、意识的深度，这是电力科技的自然附属。先于我们的机械工业发现，个人观点的激烈主张是表达的自然模式……我们时代的标志是其反对强加模式的革命。我们突然迫切地想让事物和人们

一齐宣告他们的存在。[1]

立体主义者是最早试图描绘整体而非聚合（agglomeration）的艺术家。

我得再次强调，立体主义者并没有意识到我们现在从他们的艺术里所读到的这些。毕加索、勃拉克和里格尔保持沉默，因为他们知道，也许他们所做的超过他们所知道的。次要立体主义者倾向于相信他们与传统的决裂，将他们从表象的束缚里解放出来，因此他们就有可能接触到某些精神本质。他们的艺术与某些新的科学和技术的发展成果相应这一点被肤浅地提及，但是没有被透彻地思考。亦没有证据表明他们认识到世界正发生的质变。正因为如此，我总是称转变了的世界是他们的暗示：不过是个暗示。

我们无法解释立体主义取得最大成就的准确时间。为什么是1910—1912年，而不是1905—1907年？我们也无法解释为什么某些艺术家，恰在同样的时候，达到完全不同的世界观。这些艺术家包括勃纳尔、杜尚（Duchamp）、德·基

1　马歇尔·麦克卢汉，《理解媒介》，伦敦，罗德里奇和科干·保罗出版社，1964年；纽约，麦格罗·希尔出版社，1964年，页45。

里科（De Chirico）。要解释这些，我们需要对每个艺术家的个人发展有着非同寻常程度的了解（在这个非同寻常里——这是绝对的不寻常——隐含着我们得自宿命论的自由）。

我们只得将就片面的解释。因为有着六十年的后见之明，在我看来，我在立体主义与余下的历史之间所建立的这个相关性，似乎是毋庸置疑的。连接的确切路径仍然是未知的。这些连接没有向我们提示艺术家的意图：它们没有确切地解释立体主义为何以这样的方式产生；不过它们确实有助于揭示立体主义在最宽泛可能前提下的持续意义。

还有两点保留。因为立体主义代表艺术史上这样一个根本性的革命，我不得不如同对待一个单纯理念那般探讨它。只有这样，我才能够将其革命性的内容讲清楚。但是，自然地，立体主义并不是纯理论。它不像纯理论那么整洁、一致、简约。立体主义某些作品充满反常、惊异、不必要的温柔以及混乱的亢奋。我们可以从它所暗示的结论看到开端。但是它只是一个开端，一个夭折的开端。

由于他们洞识表象和自然正面的不充分，立体主义者把这样的表象作为他们指涉自然的方式。在他们新结构的旋涡里，他们与激发他们的事件之间的瓜葛，以简单到近乎天真的指涉展示出来，比如一根插在“模特”嘴里的管子、一串葡萄、一个水果盘，或者一份日报的报名。即使在一些最为“隐逸的”作品里——比如勃拉克的《移民》（*Le Portugais*）——我们也能够发现对于对象表象细节的自然主义暗示，比如说音乐家外套上的纽扣，完好无缺地隐藏在结构里。只有在极少数几幅作品里——比如毕加索作于1912年的《模特儿》（*Le Modèle*）——这样的暗示才被完全丢弃。

这些困难可能既是理智的，也是情感的。为了给转变的判断提供一个标准，自然主义的暗示似乎是必要的。也许立体主义者也不情愿放弃表象，因为他们怀疑，在艺术里，表象可能被永远地改变了，细节被作为纪念物夹带进来，隐藏起来。

第二个保留是关于立体主义的社会内容——或者更确切地说，它缺失的社会内容。诚然，我们不可能指望在立体主义者的绘画里看到勃鲁盖尔（Brueghel）或者库尔贝（Courbet）的作品所包含的社会内容。大众传媒和新型的公众的产生深刻地改变了美术的社会角色。然而，立体主义者——在立体主义的时刻——丝毫不关注他们行动中感性的个人与社会意味，这倒是事实。我认为，这是因为他们必须简化。他们面对的问题是如此繁琐，他们陈述这个问题的方式，他们解决这个问题的努力，占据了他们的全部精力。作为革新者，他们想在尽可能简单的条件下进行实验。因此，他们就地取材，尽可能地减少需求。这些作品的内容是观看者和被观看者之间的关系。这个关系只有在这样一个事实下才有可能：观看者继承了一个确切的历史、经济和社会的形势。否则的话，这些作品是毫无意义的。它们不是图解个人或者社会的形势，它们设定这个形势。

我前面提及立体主义的连续意义。在某种程度上，这个意义已经改变，而且会随着目前的需要再改变。我们在立体主义的帮助下确定的方向感随着我们的位置而改变。现在的坐标是多少？

“现代传统”开始于阿尔佛雷德·雅里（Alfred Jarry）、杜尚和达达主义者的这个呼声越来越迫切。这个呼吁赋予新达达主义、自动解构艺术（Auto-destructive art）、偶发艺术（Happenings）等流派以正统性。这个呼吁暗示着，二十世纪的典型艺术通过容纳无理性、社会绝望、极端的主观性以及被迫依赖存在的经验，将它与以往所有世纪的艺术区别开来。

达达主义者的最早发言人之一汉斯·阿尔普（Hans Arp）写道："文艺复兴使得人类理性的傲慢提升。借着科学和技术，现代社会将人类变成妄想狂。我们这个时代的混乱正是来自于对理性的高估。"

另一处："机会的法则，蕴含着所有其他法则，对于我们如同所有生命的起源那般深邃，只有彻底地臣服于无意识，才能够理解它。"[1]

在今天，阿尔普的主张被当代愤怒艺术（Outrageous art）的所有辩护者重复，只是词汇略加修改（愤怒在这里作形容词使用，而不是贬义词）。

在过渡期间，超现实主义者、毕加索、德·基里科、米罗（Miró）、克利（Klee）、杜布菲（Dubuffet）、抽象表现主义者，还有其他许多流派，都可以被拉到同一个传统之下：这个传统的目的是剥夺世界浅薄的胜利，揭示它的痛苦。

立体主义的榜样迫使我们认识到，这是对于历史的片面诠释。愤怒艺术有着许多先驱。在怀疑和转变期间，大多数艺术家倾向沉湎于怪诞、难以驾驭、恐怖的东西。在当代艺术家当中，更过激的极端主义源自他们没有固定的

---

1 转引自汉斯·里希特，《数据》，泰晤士和哈得逊出版社，1966年，页55；纽约，牛津出版社，1978年。

社会角色；在某些程度上，他们能够创造他们自己的社会角色。历史上不乏这样的精神先驱：异端宗教、炼金术、巫术等。

与传统真正决裂，抑或真正地改革那传统，是与立体主义本身一同发生的。现代传统——以人和世界之间所建立的一种性质上不同的关系为基础——开始于肯定，而非绝望。

不论它的精神如何遭到拒斥，立体主义为后来的所有运动提供了自我解放的基本方式。这个事实是立体主义客观性角色的明证。也就是说，它再创了艺术的语法，使得艺术能够容纳现代经验。一件艺术作品是一个新的对象而不是其主体表达的主张，一幅画是允许时空以不同模式同时存在的结构，一件艺术作品囊括无关的对象，以形式的错位揭示运动或变化，并使用表象的图解化综合迄今为止分离、独特的媒介——这些都是立体主义的革命性创新。

低估后立体主义的艺术成就是愚蠢的。不过，若说后立体主义时期的艺术总体上是焦虑、高度的主观性，倒是公正的。立体主义的证据应当阻止我们得出这样的结论：焦虑和极端的主观性构成现代艺术的本质。在意识形态极端混乱和政治颠倒挫折的时期，它们才会构成艺术的本质。

这个世纪的第一个十年，一个转变了的世界在理论上成为可能，而且变革所不可或缺的力量已在眼前。立体主义是反映这个转变了的世界的可能性以及它所激发的信心的艺术。因此，在某种意义上，立体主义是迄今为止最现代的艺术——正如它也是最具有哲学复杂性的艺术。

立体主义时刻的幻想仍然与技术上的可能相符。然而，世界四分之三的地区仍然营养不足，世界人口可预测的增长超过食物的生产。与此同时，数百万有特权的人们被禁锢于自身日益增长的无助感。

政治斗争在其范围和持续时间上都将会是巨大的。改变了的世界不会像立体主义者所想象的那样来临。它会诞生于更漫长、更可怕的历史。我们看不到眼前这个政治颠倒、饥荒和剥削时期的终结。但是立体主义的时刻提醒我们，如果我们是我们这个世纪的代表——而不只是其被动的生物——那么，实现那个终结的目标，必须不断地晓喻（inform）我们的意识和决心。

一段音乐开始之际的那个时刻为所有艺术的本质提供了一个线索。与先前无数难以察觉的沉默相比，那个时刻的不和谐是艺术的秘密。那个不和谐以及伴随它的震惊意味着什么？这意味着需要在现实世界和渴望世界的区别之中寻找。所有艺术都企图定义这个区别，使得这个区别不自然。

很长一段时间以来，人们认为艺术是自然的模仿和颂扬。这个混淆之所以出现，是因为自然这个概念本身是渴望世界的投射。既然我们现在已经澄清对于自然的观念，我们知道艺术是我们表达由于给予之物之不充分而生发的感觉——对于给予之物，我们没有义务满怀感激地接受。艺术斡旋于我们的幸运和失望之间。有时候它甚至成为恐怖，有时候它赋予短暂以永恒的价值和意义，有时候它描绘渴望的世界。

因此，无论艺术的表达方式如何自由、如何无政府主义，它总是请求更强大的控制，艺术总是这样一个关于控制的绝佳范例——在“斡旋”的人工限制之内。艺术家灵感的理论都是这些思想的投射，人们将艺术家的作品对我们所产生的效果投射回艺术家身上。唯一存在的灵感是模仿我们自己的潜能。灵感是历史的镜中形象：通过镜子，转身背对着它，我们能够看到过去。音乐开始的瞬间也正是如此。当我们的注意力集中在随之而来的包含着渴望世界的曲调与和弦之时，我们突然开始意识到先前的沉默。

立体主义者的时刻正是这样一个开端，创造仍未满足的渴望。

1969

克劳德·莫奈的眼睛

人们对塞尚的著名评论耳熟能详：如果莫奈是只眼睛，那是一只多么了不起的眼睛！如今也许更重要的是承认、探究莫奈眼里的忧伤。这种忧伤从一张张的照片里溢出。

人们极少关注这忧伤，因为它在寻常探讨印象主义意义的艺术史里没有一席之地。莫奈是印象主义最执著、最不妥协的领袖，而印象主义是现代主义的发端，它如同一道凯旋门，欧洲艺术由此走进二十世纪。

这个版本的艺术史确实指出了一些真理。印象主义确实标志着与以往欧洲绘画史的决裂，而大量后继的风格——后印象主义、表现主义、抽象主义——可被认为是部分地由这首个现代运动所引发。即使在半个世纪以后的今天依然如此，莫奈的后期作品——尤其是睡莲——如今看来似乎预示了许多艺术家的作品，如波洛克（Pollock）、托比（Tobey）、萨姆·弗朗西斯（Sam Francis）、罗思科（Rothko）。

正如马列维奇（Malevich）所说的，莫奈在1890年代早期所作的二十幅不同时间、不同气候下观察的卢昂大教堂正面，最终无可非议地证明了绘画的历史再不会蹈袭过去。此后，历史只得承认表象可被当作变异，可见性本身应该被视为变迁。

此外，如果我们思考十九世纪中叶布尔乔亚文化的幽闭恐惧症，就自然能看到印象主义是作为一种解放而出现的。在户外主题面前直接绘画；根据光线在可见领地建立的适当霸权，直接进行观察；将一切颜色相对化（因而一切都闪着光芒）；抛弃尘封传说和所有直接意识形态的绘画；在广大市民的经验之内述说日常的表象（一个假日、一次郊游、船、阳光下微笑的女人、旗帜、树上的花——印象主义的形象词汇是大众梦想的词汇，被等待、被爱着、世俗的星期天）；印象主义的单纯——在它废除绘画的秘密这一意义上说，一切在光天化日之下，没有什么是可隐藏的，业余爱好者容易模仿——所有这些，怎么可能不被认为是种解放？

我们为何无法忘记莫奈眼底的忧伤，抑或为何不简单地认为这是个人的：早年的贫穷、第一任妻子的逝世、年迈时衰退的视力？不管怎样，我们不是冒险地将埃及的历史解释为克莱奥帕特拉（Cleopatra）微笑的结果么？那让我们来冒这个险。

在画卢昂大教堂正面的二十年前，莫奈（那时三十二岁）画了《印象·日出》，批评家卡斯坦尼亚里（Castagnary）从这个题目杜撰出印象主义这个词。这幅画所描绘的是莫奈孩提时代生活的勒阿弗尔（Le Havre）港口。前景是一个男子的微小轮廓，他站着，与另一个人一同划着小艇。越过水面望去，桅杆和石油钻井架在晨曦里隐约可见。画面上方，低空中是一个小小的桔色太阳；画面下方，是太阳在水里燃烧的倒影。这不是黎明的形象（奥罗拉），而是一天悄然退去的形象。这感觉是在追忆波德莱尔的《清晨的朦胧》（*Le Crépuscule de matin*），在这首诗里，波德莱尔以刚睡醒的人的呜咽比拟即将到来的一天。

可是，究竟是什么构成这幅画的忧郁？为什么类似的风景画，比如透纳的画，就不会引发如此的情绪？答案是绘画方法，确切地说是那种将被称为印象主义的技巧。稀

克劳德·莫奈，《伞》

薄颜料的透明感表现水——透过颜料可以看到帆布的纹理，碎麦秆似的轻快笔触暗示帆桅的波动，阴影部分的皴擦，水里投射的倒影，光学的真实，客观的模糊，所有这些营造起临时、陈旧、破败的景色。这是无家可归的形象。正是它的不真实性，使得在其中不可能建立庇护所。看着它，你会联想起一个男人，试图在剧院舞台上寻找回家的路。波德莱尔发表于1860年的《天鹅》（*La Cygne*）里的诗句，属于在与这个景色若即若离之前的惊诧。

……城市的形式
唉！变得比
人心更快

如果印象主义是关于“印象”，对于被观看者和观看者之间的关系而言，这个改变意味着什么（观看者在这里兼指画家和观众）？对于非常熟悉的景物，你对它们没有印象。印象或多或少是短暂的，因为景色已经改变或者消失，印象是余留的。知识可以和未知共存；而印象，却只能独自娉婷。不论印象在当时是何等激越地、何等经验地被观察，它随后便无从验证，如同记忆（终其一生，莫奈在一封又一封的书信里抱怨自己从未能够将一幅已经开始的画画完，因为天气的变化，从而对象和主题也无可挽回地改变了）。如今景色和观看者之间的新关系是：景色比观看者更加难以捉摸，更加梦幻。由此，我们发现自己又回到了波德莱尔的诗句："城市的形式……"

让我们考察另一幅更为典型的印象主义作品所提供的经验。在作《印象·日出》同一年的春天，莫奈为他在亚嘉杜（Argenteuil）的花园里的一棵丁香树作了两幅画。一幅画的是阴天的丁香树，另一幅画的是晴天的丁香树。两幅画树下的草地上都躺着三个人，轮廓模糊得几乎不可分辨（他们被认为分别是莫奈的第一个妻子卡蜜儿[Camille]，西斯莱[Sisley]和他的妻子）。

在阴天的画面上，人物似乎是丁香树荫下的飞蛾。在晴天的画面上，他们几乎成了蜥蜴，消失在斑驳的阳光里（将他们的存在出卖的，实际上是观看者过去的经验；观看者在其他表示树叶的几乎雷同的斑点丛中，辨别出有着一只小小耳朵的轮廓）。

在阴天的画面上，丁香花闪烁着浅紫色；在晴天的画面上，整个画面燃烧着，像是刚刚点燃的火焰：两者好像被不同的光能赋予了生机，显然，这里不再有丝毫破败的迹象，一切都在闪光。纯粹是光学？莫奈会点头。他是个沉默的人。然而，他的作品有许多话要说。

从被描绘的丁香树，你感觉到某种不曾在以往任何作品面前经验的东西。这差别不是新光学元素的问题，这是你正看着的与你曾经见过的之间的新关系问题。经过片刻反省，每个观者都能够意识到这一点；唯一可能不同的是，对于个人而言，哪些作品能够最为生动地揭示这种新关系。在十九世纪七十年代的印象主义绘画中，可供选择的作品有数百幅。

被描绘的丁香树比你所见过的所有绘画更加精确，又更为模糊。为了颜色和色调的光学精确，画面上的一切或多或少地作了些牺牲。空间、尺寸、动作（历史）、特征，全都淹没在光的嬉戏里。在这里我们必须记着，跟真实的光不同，画的光不是透明的。画的光包围、埋藏所画的对象，宛如白雪覆盖大地（雪的魅力之于莫奈，是事物在不失其首要的真实性前提之下的遗失魅力，也许对应着一种深层的心理需要）。那么，这种新能量是光学的？莫奈的点头是对的？画的光线控制一切？不对，因为所有这些都忽视了作品是如何真实地影响观者。

由于这种精确性和模糊性，你被迫重新看待自己经验里的丁香树。精确性引发你的形象记忆，同时模糊性承迎、容纳你所召唤起的记忆。更甚者，你的视觉感官是如此灵敏地被触发，以至于你其他感官的相宜的记忆——香气、温暖、湿润、裙子的质感、漫长的下午——也都从过去提取出来（你不由得又想起波德莱尔的《应和》）。你坠入某种感官记忆的旋涡，趋向一个总在后退的愉悦时刻，一个彻底地重新认知的时刻。

这个经验的强度可能是迷惑的。愈来愈兴奋地坠落到过去，同时，这个坠落也是期待的镜像，因为它是一个回归、一个撤退，有着某种类似于性高潮的性质。最后，一切与丁香花淡紫色的火焰融为一体。

所有这些紧随着——惊人地——莫奈在不同场合，表达略有不同的主张："主题对于我来说完全是次要的；我想要表现的是主题和我之间存在的东西。"（1895）他所想的是色彩；注定要进入观者脑海的是记忆。在一个普遍意义上，如果印象主义走向怀旧（显然，在某些特殊的例子里，记忆的强度排除怀旧），这不是由于我们生活在印象主义的一百年之后，而是由于印象主义作品一直要求的被阅读的方式。

那么变化的是什么？以往，观者进入画面。画框或者画面的边缘是一道门槛。绘画创作自己的时空，对于世界，这个时空就像一个门厅，而这个空间的经验，通常比真实生活里的经验更加清晰，永恒不变，随时可以造访，这与任何的透视使用没有关系。比如说，在中国宋代的山水画里，情况也是如此。这不是空间的问题，而是永恒的问题。即使所描绘的景象是瞬间的——比如说，卡拉瓦乔（Caravaggio）的《圣彼得上十字架》——片刻被包涵在连续里：十字架正被努力地立起，构成这幅画永恒聚集的所在。观者一个个地走过彼埃罗·德拉·弗朗西斯卡（Piero della Francesca）的《所罗门的帐篷》（*Tent of Solomon*）或者格吕内瓦尔德（Grunewald）的《各各地》（*Golgotha*），或者伦勃朗的卧室。但是在莫奈的《圣拉查火车站》（*Gare Saint-Lazare*）之前，人们不会不驻足逗留。

印象主义将那时空封闭。印象主义者的绘画以那样一种方式描绘表现之物，你只得被迫承认它已经不在那里。正是在这一点上，也只有在这一点上，印象主义与摄影相似。你不能够进入印象主义者的画；相反，它提取你的记忆。在某种意义上，它比你更加主动——被动的观者正在诞生；你所接收的来自于你和它之间所发生的，不再在它之内。被提取的记忆通常是愉快的——阳光、河畔、罂粟

克劳德·莫奈,《圣拉查火车站》

克劳德·莫奈，《瓦朗日维尔的悬崖》

花盛开的原野——然而它们也是苦恼的，因为每个观者始终是孤单的。观者像笔触一般孤立。再也没有聚合的场所。

让我们现在回到莫奈眼里的忧伤。莫奈相信他的艺术高瞻远瞩，是以对自然的科学研究为基础。或者，至少这是他自始深信，而且从不曾背弃的。他为卡蜜儿弥留之际所作的画，辛酸地表现了这个信念升华到如斯的地步。她于 1879 年谢世，享年三十二岁。多年后，莫奈向他的朋友克列孟梭（Clemenceau）坦承，分析颜色这个义务是他人生的快乐与痛苦。到了那样的地步，他接着说道，有一天，我发觉自己看着死去爱妻的脸时，居然自动地条件反射，系统地观察起色彩来。

毋庸置疑，这个坦白是真诚的，然而这幅画却又是另一回事。大片白色、灰色、偏紫色的颜料扫过床上的枕头，一场可怕的遗失暴风雪，将永远地抹去她的面容。事实上，表现如此强烈的感受，或者具有这般主观表达力的临终绘画是罕见的。

可是，对于这一点——他自己绘画行为的后果——莫奈显然是一无所知的。他对于艺术所作的实证、科学的宣言从来不曾与它的真正本质相符。他的朋友左拉也是如此。左拉认为自己的小说像实验报告一样客观。它们真正的力量（正如《萌芽》所示）来自深层的——黑暗的——无意识的感觉。在这个时期，在进步实证主义探索的斗篷之下，有时候隐藏着同样的遗失预兆、同样的恐惧，正如波德莱尔曾预言的。

这便解释了为什么莫奈所有作品的非公认轴心是记忆。他对海洋（他希望死后被葬于海底）、河流、水的众所周知的热爱，也许是以象征的方式指涉潮流、来源和循环。

1896 年，他回到迪阿普（Dieppe）描绘一个悬崖，十四年前他曾数次画过这个悬崖。跟他同时期的许多作品一样（《瓦朗日维尔的悬崖》[*Falaise à varengeville*]，《小艾丽的峡谷》[*Gorge du Petit-Ailly*]），这幅画的颜色叠加得极为厚重，色调对立降到最低限度。它会让你想起粘稠的蜂蜜。它所关心的不再是光所揭开的瞬间景色，而是被光缓慢融化的景象，一种引向更具装饰艺术风格的发展。或者至少这是以莫奈自己的假设为基础的通常“解释”。

在我看来，这幅画是关于某种很不同的东西。莫奈日复一日地画着，相信自己是在诠释阳光的效果——当阳光将野草和灌木的每个细节溶化成一匹挂在海边的蜂蜜布。但是他不是，而且这幅画与阳光没有多少关系。他溶入这匹蜂蜜布里的，是他对于这个悬崖的所有以往的记忆，因而它应当吸收、包容所有这些记忆。正是这个**挽救所有**的近乎绝望的愿望，使得这幅画有着杂乱、单调的（然而如果我们能够认识它的价值，也是感人的）形象。

莫奈晚年（1900—1926）生活在吉维尼（Giverny）。他为自家花园里的睡莲所画的作品也是如此。在这些画里，为了解决结合花、倒影、阳光、水下的芦苇、折射、波纹、表面、深度这些光学上不可能的任务，他不断地重画。他的真正目的既不是装饰的，也不是光学的；他是要保存这个花园里所有本质的一切。如今，在耆耄之年，他爱这个花园，胜过世上任何一切。画上的睡莲池塘要成为记忆一切的池塘。

这正是莫奈作为一个画家的矛盾症结。印象主义封闭了以往绘画里所存储的经验时空。这封闭的后果是——诚然，这个封闭与十九世纪末期社会的其他发展并行，并且最终被这些发展所决定——画家和观者都发现自己比以往任何时候更加孤单，更加忧虑自己的经验是短暂的，毫无意义的。即便是巴黎及其郊区（Ile-de-France）的魅力与美丽、一个星期天的天堂美梦，都不足以安抚这种焦虑。

只有塞尚明白这一切。他单枪匹马，急躁，但是依仗着其他任何一个印象主义者不曾有的信念坚持着，他给自己指派了艰巨的任务——在绘画里创造新的时空形式，以便终有一天，人们又可以分享经验。

1980

艺术的“工作”

下了很大的工夫，我才向自己妥协，认可自己对于尼可斯·哈吉尼科拉乌（Nicos Hadjinicolaou）的《艺术史和阶级意识》[1]（*Art History and Class Consciousness*）所作的反应。由于理论和私人的双重原因，我的反应非常复杂。尼可斯·哈吉尼科拉乌旨在寻找科学马克思主义艺术史的可能方法。如今，重提马克思·拉斐尔（Max Raphael）近五十年前便提出的这个议案，是多么必要！

这本书的模范人物——几乎可以说它所选择的父

1 尼可斯·哈吉尼科拉乌，《艺术史和阶级意识》，伦敦，普路托出版社，1978 年；大西洋高地（Atlantic Highlands），新泽西，人文出版社，1978 年。

亲——是已故的弗雷德里克·安塔尔（Frederick Antal）。看到这位伟大艺术史家的作品最终被人赏识是令人欣慰的，对我个人而言，尤其如此，因为我曾是安塔尔未入籍的学生。他是我的导师，他鼓励我，我艺术史的大部分知识来自于他。同一个模范导师的两个学生，很有可能有着共同的目标。

然而，出于原则问题，我不得不反驳这本书。哈吉尼科拉乌学识惊人，而且使用得当，他的论辩有着无畏的清晰。他居住在法国，帮助一些马克思主义者同事成立了艺术史和艺术批评协会（Association Histoire et Critiques des Arts），这个协会举办过一些重要的、有影响力的会议。我希望我的反驳是有力的，但绝不是轻蔑的。

首先，我会尽可能公正地概述这本书。“到目前为止的一切社会历史都是阶级斗争的历史。”开篇引用《共产主义宣言》，哈吉尼科拉乌发出疑问：如何将这个宣言应用到艺术史学科？“庸俗”马克思主义从阶级起源和画家的政见，或者从画面所述说的故事寻找阶级斗争的直接证据，而哈吉尼科拉乌因为这个答案过于简单而加以摒弃。他意识到图画的产品（production-of-pictures）——他更愿意用这个词代替艺术，因为后者暗含着源自布尔乔亚美学的价值判断——的相对自主权。他认为绘画有着它们自己的意识形态——视觉的，绝不能将艺术的意识形态与政治、经济、殖民以及其他的意识形态混淆。

对他来说，意识形态是一种系统方法，借助它，一个阶级或者一个阶级的部分投射、伪装、辩护自己与世界之间的关系。意识形态是社会 / 历史的因素——像水那样淹没——除非阶级消失，否则它不可能从中浮出的。我们所能做的是确定一个意识形态，然后将这个意识形态与其确切的阶级功能联系起来。

对于哈吉尼科拉乌来说，视觉意识形态（visual ideology）是指一幅画如何让我们看到它所代表的情景。在某些方面，它类似于风格这个范畴。然而，视觉意识形态更为复杂。他极讨厌大众对风格的理解。根本就不存在艺术家风格这样的东西。伦勃朗没有风格，一切取决于他是在什么境况下作哪一幅画。每一幅画将经验表现为可见之物的方式构成其视觉意识形态。

然而，在考虑可见之物时——这是我的注释，不是他的——我们必须记住，根据这样一个意识形态理论（多半得归功于阿尔都塞 [Althusser]、普兰查斯 [Poulantzas]），在某些方面，我们像盲人一样，不得不学着承认、克服我们的失明，但是对于我们盲人来说，只要阶级社会存在，就不可能拥有视觉。正如我在后面会努力展现的，这一点的消极含义变得至关重要。

科学的艺术史的任务是考察一幅绘画，鉴别其视觉意识形态，将此视觉意识形态与时代的阶级历史联系起来。阶级历史是复杂的，因为阶级从来就不是同质的，它包含着许多冲突的群体和利益。

传统的艺术史学派是不科学的。哈吉尼科拉乌逐一考察了各个学派。第一个学派对待艺术史的方式，就好像它不过是伟大画家的历史，而后从心理学、精神分析学或者环境论的角度理解这些伟大的画家。将艺术史当作天才接力赛是个人主义式的幻觉。个人主义起源于文艺复兴，与私人资本的原始积累阶段相应。我在《观看之道》里陈述过类似的观点。拙作的巨大理论弱点在于没有将我所谓的“例外”（天才）与标准传统之间存在的关系讲清楚。而需要下工夫的正是这一点。这是一个很好的讨论主题。

第二个学派将艺术史看作思想史的一部分（雅各布·伯克哈特 [Jacob Burckhardt]、阿比·瓦尔堡 [Aby Warburg] 、帕诺夫斯基 [Panofsky]、萨克斯尔 [Saxl] ）。这个学派的弱点在于回避绘画语言的具体特征，并将其作为思想的象形文本。至于思想本身，则被认为是从一种时代精神散发出来的。用阶级术语来说，时代精神是完美无瑕的。我发现这类批评颇为中肯。

第三个学派是形式主义（沃尔夫林 [Wölfflin]、李格尔 [Riegl]）。这个学派将艺术看作形式结构的历史。艺术独立于艺术家和社会，本身拥有盘旋在其形式之内的生命。这个生命经过青春、成熟、衰落几个不同发展阶段。画家在艺术螺旋形发展的某个阶段继承某种风格。正如所有应用于高度社会化活动的有机理论——误将历史当作自然——这个形式主义学派得出保守的结论。

装备着他的视觉意识形态投石器，哈吉尼科拉乌像大卫一样勇猛地攻击这几个学派。“艺术史作为一门自发的科学”的正当主题是“对于历史上出现的意识形态作分析和解释”。只有这样的意识形态才能解释艺术。“审美效果”——艺术作品所给予的提升——“不外乎观者在画面的视觉意识形态里认出自己时所感觉的愉快”。古典美学那“无涉利害”的情感变成了阶级利害。

如今，在阿尔都塞主义者的马克思主义逻辑以及被其称为意识形态公式的领域之内，这是一个虽抽象却优雅的公式。它拥有分解布尔乔亚美学陈旧论说的优势。也许，它还能够帮助解释趣味历史上所发生的剧烈变化：比如说，弗朗兹·哈尔斯和埃尔·格列柯是两个截然不同的画家，在世时享有盛名，逝世后却被人们遗忘了数百年。

这个公式似乎回顾式地涵盖了安塔尔作为一个艺术史家的工作。在他的令人敬畏的佛罗伦萨画派以及其他一些作品的研究里，安塔尔详尽地展示了绘画对于经济和意识形态发展的敏感。他单枪匹马地以一个欧洲学者的所有严谨，在绘画的内容中揭示出一个新的接缝，在这个接缝里所进行的是阶级斗争。但是，我认为他并不相信这一点就解释了艺术的现象。他对于艺术是如此敬重，正如马克思那样，他无法原谅他所研究的历史。

马克思本人曾提出一个视觉意识形态公式无法回答的问题：如果艺术和社会历史发展的特定阶段有着密切的联系，那么为何我们仍然发现，比如说，古典希腊雕像是美的？哈吉尼科拉乌争辩道，因为“艺术”的观念一直在变化，而十九世纪的人们所看到的雕塑，已经不再是公元前三世纪的人们所看到的相同的艺术。然而问题依然存在：那么，究竟是什么使得某些作品“接纳”（receive）不同的解释，使得它们继续提供神秘（哈吉尼科拉乌会认为最后一个词是不科学的，但是我不这么认为）？

马克斯·拉斐尔在他《理解艺术的挣扎》(*The Struggle to Understand Art*)和《通向一个艺术的经验理论》(*Towards an Empirical Theory of Art*)(1941)两篇文章中，也是以马克思所提出的问题为出发点，但是取道截然相反的进程。哈吉尼科拉乌将艺术的工作作为对象，然后着手为艺术生产的前提和后续的生产寻找解释。相反，拉斐尔认为必须到生产过程本身去寻找解释：绘画的力量在于画，“艺术和艺术研究从工作走向创作过程”。

对于拉斐尔来说，“艺术的工作在一个结晶悬浮(crystalline suspension)中掌握人的创造力。人的创造力又可以被这个结晶悬浮体转化为活的能量”。因而，一切都依赖于这个结晶悬浮体——它发生在历史之中，服从历史的条件，然而，在另一个层面它又藐视这些条件。拉斐尔与马克思有着同样的疑惑。他意识到历史唯物主义及其范畴发展至今也只能够解释艺术的某些方面。它们无法解释艺术为什么可以无视历史进程和时间的流逝。纵然如此，拉斐尔还是提出一个经验的——而非理想主义的——答案。

“艺术是三个要素——艺术家、世界、造型方式——相互作用、平衡。”一件艺术作品不能被当作一件简单的东西，或者简单的意识形态。“艺术作品始终是自然（或历史）和心灵的综合。因此，它获得某种这两个因素所不具有的自主，这个独立性似乎是人类所创造的，因此它有着心灵的真实；但是，实际上，这个创造过程之所以能够出现，不过是因为它被植入某些具体的物质。”木板、颜料、帆布等。这个物质经过艺术家之手后，便与其他存在的物质不同：此形象所表现的东西（比如头和肩膀）被压入、植入到这个物质；同时，这个物质被置入一个反映客观现实的形象，从而获得某种非物质的特征。正是这一点给予艺术作品无可比拟的能量。它们以电流（current）的方式存在：电流不能离开物质而存在，而它本身不是一个简单的物质。

以上这些都没有排除“视觉意识形态”。但是拉斐尔的理论注定要将它们纳入绘画行为的众多因素之中，它们无法形成艺术家可以借此观察，观者可以借此观看的简单的网。哈吉尼科拉乌想要避免庸俗马克思主义的简化论，可是他用另一种简化论来取代它，因为他没有关于绘画行为或者观看行为的理论。

当他开始考察具体作品的视觉意识形态时，这个缺憾显得尤为明显。他说，路易·大卫（Louis David）在1789

年所画的一幅肖像与1793年所画的《马拉之死》、1800年所画的《雷加米埃夫人》之间毫无共同之处。他不得不这么说，因为如果一幅绘画只是由视觉意识形态所组成，那么这三幅作品显然反映了法国革命历史的不同视觉意识形态，它们不可能有任何共同之处。大卫作为画家的经验是不相干的，我们作为大卫经验的观者也是不相干的。这便是困难所在（there's the rub）[1]。观看绘画的真实经验被忽略。

当哈吉尼科拉乌进一步将《雷加米埃夫人》的视觉意识形态与吉罗岱（Girodet）一幅肖像画的视觉意识形态等同起来的时候，我们可以看出他所指的视觉内容不过是指周遭环境（mise en scene）。和谐不过发生在衣服、家具、发式、动作、姿势的层次：说得好听些，是举止和外表的层次！

诚然，一些作品确实只有这个层次的功能，而他的理论可能有助于这些作品在历史中找到位置。但是有价值的绘画作品不是关于表象：它是关于一个整体，可见之物不过是个代号。在这些作品面前，视觉意识形态理论是无助的。

对于这一点，哈吉尼科拉乌会反驳“有价值的作品”

1 语出自莎士比亚。——译注

这个词没有意义。在某种意义上说，我无法反驳他的反驳，因为关于伟大的作品和平庸的作品之间的关系，我本人的理论也是脆弱的。但是，我会请求哈吉尼科拉乌和他的同事们思考这个可能性——他们的方法是自我拆台的、倒退的，它退回到日丹诺夫、斯夫林的简化论。

从根本上说，拒绝艺术的比较判断源自对于艺术目标缺乏信念。只有当我们相信 X 成就更多的时候——而且这个成就必须得用关于目标的尺度来衡量——我们才能够确定 X 比 Y 好。如果绘画没有目标，除了推销视觉意识形态之外别无价值，那么除了专门史家，一般观众鲜有理由去观看古老的作品。它们不过是专家破译的文本。

资本主义文化将绘画作品——正如将一切活着的东西——降至市场商品，降至为其他商品所作的广告。我们所讨论的革命理论的新简化论也有蹈袭类似轧辙的危险。一个人用来做广告的（为一种魅力、一种生活方式以及与之相伴的日用品），另一个人从中只看到一个阶级的视觉意识形态。双方都忽略了艺术是自由的潜在模式，而这才是艺术家和大众对于艺术的看法——当艺术迎合他们的需要时。

画家绘画的时候，他意识到能够为他所用的方式——包括他的材料、他所继承的风格、他必须遵循的传统、被指定的或者自由选择的题材——既是一个机会，又是一个限制。通过使用这个机会，他开始意识这个机会的某些局限。这些局限在技艺、魔术或者想象力的层次上挑战他。他推动着一个或者几个挑战前进。根据他的性情和历史境遇，他的前进可能是为传统做出几乎让人难以察觉的改变，如一个歌手的独特嗓音对旋律所产生的改变那般。也可能是一个绝对创造性的发现和突破。除了纯粹的雇佣画家——不消说，这是市场的现代发明——自旧石器时代起，每一个画家都有推动的愿望。这个愿望内在于将缺席表现为在场、制造可见的假象以及制作形象的行动。

意识形态部分地决定所完成的结果，但是它并不决定电流里所流动的能量，而观者所认同的正是这个能量。每一个艺术作品使得观众理解一些他们原本无法知晓的东西：猎物、圣母像、性愉悦、风景、面孔、不同的世界。

“在人所能企及的极限，”马克斯·拉斐尔写道，“有着他所不能够或者至少现在还不能够做的——然而这正是所有创造性的根源。”一个革命性的科学艺术史不得不尊重这样的创造性。

1978

绘画和时间

绘画是静止的。经年累月重复地看一幅画的经验的独特性在于：在变迁之中，形象保持不变。诚然，作为历史或个人发展的结果，形象的意义可能改变；但是它所描绘的却不会改变：同样的牛奶从同样的罐子倾下，海上的波浪还是那样连续不断的肌理，微笑和面容依旧。

我们可能会说绘画保存时刻。然而稍加思索便知这显然不对。因为与摄影时刻不同的是，绘画时刻从不曾这般存在。因此，我们不能说绘画保存时刻。

如果绘画“停止”时间，那么它不是像照片那样保存一个从时刻交替之中所掬取的过去时刻。我指的是画框内的形象，画面所描绘的情景。显然，如果我们研究艺术家一生的工作或者艺术史，我们把（不完全的）绘画作品作为过去的记录、以往的证明。然而，这个历史视角，不论被应用于马克思主义者还是理想主义者的传统，都阻碍了大多艺术研究者去思索——或者仅仅去注意——时间如何在绘画之中存在（或者不存在）这个问题。

在文艺复兴时代早期，在非欧洲文化的绘画里，在某些现代作品里，形象暗示着时间的流逝。看着它，观者看到从前、当下、以后。中国的圣贤从一棵树下漫步到另一棵树下，马车碾过孩子，裸体从楼梯上下来。当然，对于这一点，已有过分析和评论。然而，当绘画指涉超越其极限的动态世界时，接踵而至的形象仍然是静止的，这便提出了一个问题：静态和动态之间的奇怪对立究竟意味着什么？说它奇怪是因为这个对立是如此张扬，而又如此理所当然地被人们接受。

画家本人提供部分答案，虽然这部分答案不曾以语言的形式明确表达。一幅画何时完成？不是在它最终与某种存在相对应的时候——就像一双鞋子里的另一只——而是在一幅画预知的被观看的理想时刻，它正如画家所感觉或者计算的那般被填满。描绘一幅画那漫长或短暂的过程，是构建它被观看的未来时刻的过程。在现实中，姑且不论画家的理想，这些时刻不可能完全被决定。它们永远不可能完全被绘画所填满。尽管如此，绘画还是完全向着这些时刻述说。

无论这画家是大师还是蹩脚的画匠，对于绘画的“述说”不会有任何影响。其差别在于绘画所传达的：当作品产生的环境（赞助、时尚、意识形态）改变之后，画家所预见的作品的被观看时刻，与作品被后人观看的真实时刻的兴趣有着怎样的相通。

有些画家在绘画时有个习惯：当他们画到某个阶段时，会通过镜子研究自己的作品。尔后，他们在镜子里看到的是颠倒的形象。如果询问他们这样做的益处，他们说这有助于用更新鲜的视角重新看待自己的作品。他们在镜子里捕捉到的是类似于绘画所述说的未来时刻的内容。镜子使得他们几乎忘记（half-forget）自己现在作为画家的眼光，向未来的观者那里借来些眼光。

也许我刚才所说的，也可以通过与摄影作比较说得更清楚。照片是过去的记录（摄影师的角色和主观性在记录中的重要作用，不会改变照片是记录这一事实）。绘画是从过去接收的预言，是观者在那个时刻从绘画中所看到的预言。有些预言很快枯竭——绘画失去它的述说；另一些继续。

这可否应用于其他艺术形式？难道诗歌、故事、音乐不是以类似的方式向未来述说？以它们的书写形式，确实经常如此。不过，绘画和雕塑尤为突出。

首先，因为即使在它们的起源，绘画和雕塑也不是自发的表演。在诗歌的朗诵、故事的讲述或音乐的演奏里，有一种强调叙述者或演奏者在场的意味。而视觉形象，只要不是被用作面具或者伪装，总是在评论缺席。它的描绘评论被描绘之物的缺席。以表象为基础的视觉形象，总是涉及不存在。

其次，因为口头和音乐的语言与它们所指涉的对象之间有种符号关系，而绘画和雕塑与它们所指涉的对象之间则是模仿关系，这意味着后者的静止特征更为昭彰。

故事、诗歌、音乐属于时间，而且在时间之中表演。静止的视觉形象在自身之中排斥时间。因此其穿越时间的预言更令人惊叹。

我们现在可以提出在先前会显得武断的问题：为什么绘画的静态形象令人感兴趣？是什么使得绘画避免了显著的不充分？只是因为它是静态的？

若说绘画作品预言它们被观看的经验，并不能回答这个问题。莫若说这样一个预言假定了人们对于静态形象的持续兴趣。为什么这个假设直到现在才被证明？传统的解释是，因为绘画是静态的，它具有建立视觉上“可触摸”的和谐力量。只有那些静止的东西，才能被如此即时地创作，从而才能如此完满。因为要使用时间，音乐作曲必须具有开端和尾声。只有在作为一个物质对象的意义上，绘画才有开端和尾声：在其形象之内，既无开端，也无尾声。构图、画面的和谐、有意味的形象等所表示的都是这一点。

这个解释的术语过于狭隘，过于美学化。在那个昭然的对立里，应当有一个好处（virtue）：不变的绘画形式与动态的活模型之间的对立。

到目前为止，我所谈论的这些足以帮助我们找到这个好处。形象的静止是永恒的象征。绘画预言其本身被观看这个事实与现代先锋派的观念毫不相干。正是由于现代先锋派的观念，未来才为这个被误解的预言辩护。过去和未来之间的共同之处——绘画通过其静止所指涉的正是这个共同之处——是永恒的依据和基础。

直到十九世纪，所有世界宇宙论——甚至包括欧洲启蒙主义的宇宙论——都将时间想象成这样或那样地被永恒所围绕或渗透。永恒构成一个庇护和祈求的王国。它是祈祷之所向。它是亡人的归宿。通过仪式、故事和伦理，它亲密而又无形地与时间的现时世界相联系。

只是在过去一百年里——自从达尔文的进化理论被接受以来——人们才生活在包罗万象又扫除一切的时间里。在这个时间里，没有永恒的王国。以这样一个宇宙发生论所提供的银河系视野看，一百年比一瞬间更为短暂。即使是以人类历史的视野看，这一百年也不过是被当作偏差。

当我们思考人类历史的时候，我们面临着变迁与再现。历史是变迁。它所再现的是历史的主体（和客体）：有意识的男男女女的人生。这意识所作用的对象是容易改变的，它是历史的部分材料。这意识的特性也容易变化，然而它的某些结构可能自语言诞生以来就不曾改变过。意识被禁锢于人类条件（human condition）的某些常量：出生、两性关系、社会合作、死亡。这个清单绝不是详尽的，我们还可以加上偶然事件，比如饥饿、愉快、恐惧。

历史是人类自由的领域，这个十九世纪的发现不可避免地导致人们低估必然之物（the ineluctable）和连续之物（the continuous）。这个发现将连续之物安置于历史之流——也就是说，连续之物比瞬间之物有着更长的持续时间。之前，连续之物被认为是历史之流以外的不变或者永恒。

由于绘画艺术是静止的，其语言便成了这个永恒的语言。然而，它所讲述的——与几何学不同——是感官的、特殊的、短暂的。与任何其他艺术相比，它在永恒王国与可见的、可触知的王国之间的调节更为彻底、深刻。从而使得绘画具有圣像的功能，特殊的力量。

我们都能够在回忆里发现这种力量的痕迹。想想一张照片。我强调过，与绘画作品不同，照片是记录。这正是为什么照片只有在记录个人，并且这个人生活里有着使照片复活的连续性时，才具有圣像的功能。话虽如此，照片毕竟是静态的形象，它们确实指涉瞬间。比如一张全家福老照片。你会发现你的想象力分成两支：重构情景，回忆日期；同时设法对付这个问题：那个时刻如今在何处？这个分叉是回应绘画的圣像力量的一丝痕迹——当永恒王国在宇宙论和哲学上可被接受的时候。

不消说，绘画艺术的圣像力量有着各种社会和历史的用途，在阶级社会里，艺术的意识形态功能是那个阶级历史的一部分。更不消说，在艺术世俗化的进程中，它的圣像力量经常被遗忘。然而，每当一幅作品激发起人们的深层情感时，这个力量就会重申自己。的确，如果绘画艺术没有这份力量——以永恒的语言述说瞬间的力量——它于传教士和统治阶级便一无所用。

在十九世纪下半叶，当达尔文主义的时间观在所有领域越来越占据统治地位的时候，绘画在永恒和瞬间之间的协调便越来越成问题，越来越难以维持。一方面，瞬间所表达的时刻越来越短暂：印象主义者要表现一个小时，表现主义者要表现一个主观感觉的瞬间；另一方面，点彩派画家和未来主义者试图完全废除静止和永恒。另一些艺术家，像蒙德里安（Mondrian），坚持几何学原理，瞬间被彻底地抛弃。只有作为画家的立体主义者，草创出一个新的宇宙论。在他们的宇宙论里，相对论也许会赋予永恒一个新的位置。但是立体主义者的草图被第一次世界大战所摧毁。

战后，超现实主义将这个未曾解决的时间问题作为他们所有作品的不变主题。所有超现实主义的绘画都是以魔法召唤梦幻的时间；在那个时候，梦幻是唯一完好无损的永恒王国。

在过去四十年里，大西洋两岸的绘画作品表明再也不需要调节任何东西，于是就再也没有可供绘画的东西。永恒——正如罗思科如此强烈地向我们展示的——已被掏空。瞬间成了时间的唯一范畴。瞬间，被实用主义和消费主义庸俗化，被抽象艺术排拒在外，或者在波普艺术及其衍生物的推崇下成为昙花一现的时尚。不再诉诸永恒的瞬间，变得与时尚之物一般琐屑、即时。无人认可瞬间和永恒的共存，绘画艺术便碌碌无为。概念艺术不过是对这一事实的谈论。

认可永恒和瞬间的共存，不一定是暗示回归到早期的宗教形式。然而，它确实设定一个大多数欧洲学说——包括革命理论——都忽略的一个根本问题：发展和继承自十九世纪欧洲资本主义文化的时间观念。

如果我们认识到时间问题不曾（可能永远不会）被科学地解决，这个问题就显得尤为迫切。在时间问题上，科学注定是唯我主义者。时间问题是选择的问题。

1979

绘画的位置

可见即在场；不在场即不可见。声音、香味或者某种微观的东西可能是在场的，却是不可见的，这是由于它的天性，而不是它的所在（whereabouts）。绘画的功能是往不在场中填充存在的幻影（simulacrum）。肖像画偶尔挂在模特仍活着的房间，不过这是个例外。自旧石器时代的洞穴壁画起，绘画的主要任务是顶撞统治可见之物的法则：制作当下所不能"看见的"。

不在场被夹在时空之间。因此，反抗不在场的绘画与时空有着特殊的联系，这一点丝毫不出人意料。谈及时间的时候（《绘画和时间》，前文）我曾提出：为什么动态世界里的静止图像不是荒谬的？现在相关的问题是：绘画用什么样的空间围绕它所描绘的“在场”？通过谈论透视或者非透视的系统来回答这个问题是不充分的。在绘画形象之内和周围空间所发生的，先于任何透视系统。每一幅绘画作品开始于“这里”（here）。但是这里在哪里？

让我们先来考虑围绕着绘画形象的空间，然后再谈论绘画形象之内的空间。在文艺复兴时期，建筑被称为艺术之母。这是因为主要的视觉艺术产生在建筑的空间。就这个空间的封闭性而言，它与自然空间（大地、海洋、天空）截然不同，它是以在内部与外部之间作出一个形式区别的方式封闭。

空心的树或洞穴能够封闭，从而提供庇护。但是它们不是被人创造的：它们只是意外地提供庇护。树死去，水退去，于是人类可以利用这个“腾出”的内部。自然没有可供选择的另一个空间。相反，最卑微的建筑物提供这样一个选择。它提供一个人类创造的空间，这个空间不仅是个庇护所，而且也是截断自然空间无止境、无顾忌扩展的有利点。截断自然空间通过区别内部/外部的形式。

绘画或雕刻的某些东西也许被置于野外，远离人类的栖居地。但是，在这样的情况下，形象所起的作用只是祈求存在于时空之外的超自然力。没有哪个形象能够独自经受自然的或者宇宙的空间：自然毁灭艺术作品的光芒。形象一旦被放置，或者至少部分地被置于他人中间，它便要求人类的栖居地或者坟墓所提供的空间来作调解：它需要被其他的人类工作围绕（这个“围绕”是建筑的起源），它需要一个内部的保证。

只消想象这样一个情景便足够了：在波罗的海中央，丢勒的一幅版画仰面朝天漂浮着；或者在极地冻土地带，遇着菲迪亚斯（Phidias）的一个雕像。我们可能担忧它们的物理存在，除此之外，很难说有其他的念头。它们的意义被围绕着它们的空旷空间所湮没、驱散，它们所能述说的不过是自身的被遗弃。

想想游牧民族的视觉艺术。由于显而易见的功能性理由，他们的艺术大多应用于穿戴或携带之物。人类的身体（偶尔是动物的身体）提供某种永久的东西，如同建筑物提供给定居者的。牧民的神话讲述人们如何被附身（visited），神灵如何进入猎人的脑袋和身体。身体成为某种栖居地。然而，由于缺乏建筑真实的、物质的空间，游牧艺术的视觉记号和符号鲜少成为象征意义上的形象。它们不描绘缺席。这可能是因为牧民与空间有着不同的关系。也许他并不那么需要那种将远方传送到近处的形象，因为他自己便神秘地生活在远方与近处之间。

那么，形象本身有着适当的位置。而且这个位置不是任何地方。如果说建筑是艺术之母，这是因为建筑通过引入内部 / 外部之区分，使得艺术免于被置于无止境的空间。母亲这个隐喻确实非常好，因为真实母亲的身体对于她孩子的想象力也起着类似的作用。

让我们现在来看看形象之内的空间。只要一幅绘画通常被放置在他人中间（因为洞穴壁画可能不是），它就被看作是框住的形象。虽然画框是较为新近的东西，但是绘画表面有规则的格式——长方形、圆形、椭圆形——同样起着画框的作用。形象是有边角的，而几何形的边角包含形象。

由此，便产生了构图的需要。构图从一个简单的问题开始：在这个给予的格式里，将这个放在哪里最好？还有这个，还有那个。虽然构图的法则随着时代变化，但是构图始终是在包含或分离它的空间里放置形式的行为。构图就是安排内部。

那么，安排内部在这里是指什么？绘画描绘无限的世界。即便所描绘的事件发生在内部——比如萨恩勒丹（Saenredam）的教堂作品——而所描绘的人们是从外部进来。通过门自外带入的是静止的人生。大多数绘画描绘女人、天空、大地、阳光、野生动物、小镇、河流、大海、花朵、英雄、黑暗的夜、神祇、山峦、树木、草地。所有描绘的形象，都安排得好似它们构成一个内部，好似它们亲密地挨着。绘画是携入（bring inside）——双重地：携入围绕着形象的栖居空间；携入画框之内。绘画的悖论在于：它邀请观者进入它的空间，去观看另一个世界。

绘画的基本辩证法术语正是由此而来。绘画即携入：然而所携入的东西是在远方。这个矛盾的术语从来不曾一劳永逸地被解决过。在不同的历史时刻，在不同的文化里，绘画的语言有着不同的术语偏好。比如说，四世纪至八世纪的拜占庭式传统，或者意大利十五世纪风格（Quattrocento）的绘画语言，喜好“携入”；相反地，十六世纪的风格主义，或者早期浪漫主义的绘画语言，则喜好“无限”（the boundless）。

在一个时期里，世界的特定意识形态解释似乎颇有说服力，在那时，绘画的意愿（will）是去囊括；在另一个时期里，这个特定的解释似乎是谎言，在那时，绘画的意愿是在无限的世界或宇宙里寻找开放的真理。然而，不管绘画的意愿是什么，绘画的行为必然导致囊括。

比如说，在透纳的作品里，我们能够清楚地看到意

J. M. W. 透纳，《暴风雪中轮船驶出港口》

愿是如何改变的。因为受克劳德·洛兰（Claude Lorraine）的影响，在1820年所画的风景画里，透纳将整个全景携入。十年，二十年之后——比如在《暴风雪中轮船驶出港口》（*Snow-Storm: Steam Boat off Harbour's-Mouth*）（题目也是揭示性的）——透纳比以往任何画家更加彻底地描绘无限的形象，摧毁家园，摧毁栖居地。

因此，绘画有它的位置。但绘画也有它的理由。绘画带着或多或少的信念让世界的内部化与人类的需要相应。

可见之物始终是，并且仍然是我们了解世界的主要信息来源。通过可见之物，我们调整自己。我们甚至将来自其他感官的感知转译为视觉术语（眩晕是一个病理学的例子：起源于耳朵，我们却将之体验成视觉的、空间的混乱）。正是仰赖于可见之物，我们意识到空间是物理存在的先决条件。可见之物将世界带到我们面前。但是，与此同时，它无休止地提醒我们，这是一个我们随时会在其中迷失的世界。可见之物及其空间也将世界从我们身边带走。再没有什么比它更两面派的了。

可见之物预设眼睛的存在。它是被观看之物与观看者之间联系的材料。然而观者（如果是人类）意识到由于时间和距离的缘故，存在他的双眼不能而且永远不能看到的东西。可见之物既包括他（因为他在看），又排除他（因为他并非无所不在的）。可见之物为他组成被观看之物——甚至当这被观看之物威胁着他的时候——证实他的存在。可见之物为他组成未见之物，藐视他的存在。曾看过（海洋、沙漠、北极光）的欲望有着深层的本体论基础。

在这个可见之物的未看见与已看见之间的模糊性之外，我们还得加上不在场的视觉经验，借此我们不再看到我们曾看到的。我们面对“非看见”（dis-appearance），挣扎随之而来，以阻止那消失之物落入未见之物的否定，藐视我们的存在。

因此，从可见之物中，生发出对不可见之真实的信念，并驱使内在之眼的发展。这内在之眼存留、收集、整理，好像在内部的、看过的东西永远会被部分保护着，以防遭受空间的伏击，即不在场。因此，空间的现象学经验支持绘画形象的特殊本性。但是，如果这是绘画形象的唯一支持，那么绘画的性质会是怀旧的，而这只对了一半。还有启示。

生命本身和可见之物的存在都要归功于光。有光之前，已有生命，却没有可见之物——除了被上帝所见。视觉感知的光学解释，或者眼睛为适应光的刺激缓慢而危险地发展的进化论理论，都无法解答围绕着这个事实的谜：在某个时刻，可见之物诞生；在某个时刻，表象被作为表象而揭示。作为对于这个谜的回应，委任于最重要神祇的第一个官能就是视觉：眼睛，通常是全能之眼。在这个时刻，便可以说：可见之物存在，是因为它已经被看见。

《创世记》的故事与此相符。上帝最先创造的是光。在随后的每个创造行为之后，光使他能够看见他所创造的是好的。第六天结束时，他看到他所创造的一切。看，它是好的。在这里，我们不需要卷入达尔文主义者和创世论者之间的争论。《创世记》故事的深刻之处在于，它承认可见之物产生的神秘。在如今称之为自然之美的这个几乎普遍的经验里，这个神秘仍然被保留着、重复着。不论采用哪种标准范畴，这样的美始终被作为一种启示的形式经验着。自然之美述说。

它述说的年代是怎么样的？宋代的大师、奥维德、埃克哈特大师（Meister Eckhart）、伊扎克·沃尔顿（Izaak Walton）、兰波（Rimbaud）、托尔斯泰……哪一个艺术家或者思想家不曾见证这些时刻？他们的证词因着性格和历史时代而变化。但是这个时刻的机制是不变的。

玫瑰之所以是玫瑰是因为是玫瑰。[1]在这里，表象（appearance）和意味（significance）、外表（look）和意义（meaning）变得同一。然而通常它们是分离的，必须由观看者、询问者将它们带到一起。启示便是这个融合（fusion）。

融合改变我们的空间感，或者更确切地说，它改变了我们在空间存在（Being）的感觉。正如我们已经注意到的，无限的可见之物，既包括人类，又排除人类。他看见，而且他看见自己不断地被抛弃。表象属于可见之物的无限空间。借助于内在之眼，人类也经验自己想象力和反省的空间（这两个空间之间的关系，它们是否可能是同一事物的不同形式是另一个话题）。一般来说，在内在空间的庇护之下，人类放置、存留、培养、放任或构建意义。在启示的时刻，表象和意义变得同一，物理的空间和观者的内在空间相契合：他/她暂时地、例外地实现与可见之物的平等。失去所有排拒的感觉，他/她被置于中心。

姑且不论时代或传统，所有绘画将可见之物作为家园内在化、携入、安置的方式，远不止是建筑的封闭行为的简单补充；它是保卫记忆和启示的经验的方式。记忆和启

1 A rose is a rose is a rose，出自 Gertrude Stein 的 *Sacred Emily*。——译注

示的经验是人类仅有的，用以抵抗那不断威胁着将人类分离、边缘化的无限空间。

所描绘之物存在于绘画和曾被看见之物的避难所。这个避难所是真正绘画的家园。

1982

论可见性

看：

溢满其所是的轮廓、外形、范畴、名称的一切。

所有表象都不断地改变彼此：每个事物都在视觉上彼此依赖。看是视觉屈服于那种相互依赖的经验。寻找某种东西（掉落的别针）是这种看的对立面。可见性是光的一种性质。色彩是光的脸。这正是为什么看是认识，是进入一个整体。对象或色彩或形式的特征是可见性所揭露的：它是对可见性的总结；但它又与可见性的过程毫不相干。可见性的过程几乎像是光一般的能量形式，无法控制。光是所有生命的源泉。可见之物是那生命的一个特征；没有它，生命不能存在。在一个死寂的宇宙，无物可见。

可见性是一种生长的形式。

目标：将某物的表象（即便是一个无生命的东西）看成其生长的一个阶段——或者看成此物所隶属的生长的一个阶段。将它的可见性看作某种成就。

云彩聚集可见性，然后消散为不可见性。所有表象都有云彩的本性。

风信子生长为可见性。但石榴石或者蓝宝石也是如此。

我们不可以说真理存在于表象背后，这是柏拉图的错误。可见性很可能是真理，存在于可见性之外的，只不过是已可见之物或将可见之物的“踪迹”（traces）。

看光。

要认识到轮廓是一种发明。

超越比例：几片草叶跟天空一般宽阔；蚂蚁在视觉上与山峦共存：就其可见性而言，蚂蚁足以比附山峦。也许这正是重点所在。事实是，可见性（与光不可分离）比它的度量范畴（小、大、远、近、黑、白、蓝、黄等）更加伟大。

看，是在度量范畴之外（over）、之上（beyond），去重新发现可见性本身的卓绝。

眼睛接收。

但是眼睛也拦截。眼睛拦截光与反射、吸收光的表面之间的频繁交往。分离的对象如同孤立的词语。意义只有在词语之间的关系里才能找到。在可见之物中所寻找的意义是什么？一种不断转化自身的能量形式。

练习

看：

透过窗后透明的白色窗帘。

光从右边射入。

褶皱，垂挂褶皱的阴影，比云朵更暗。

猝然，阳光照射。

现在，窗棂透过窗帘投下阴影。

阴影与褶皱盘错：窗棂是笔直的、矩形的。

在窗帘和窗子之间：一个像谱线那样的空间，但这个空间是三维的，音符是光，而不是声音。矩形的窗棂和阴影之间的空间是盘错的，这是因为垂得密密的褶皱窗帘是半透明的。

透过窗帘望出去，一朵云正在天空移动，云上端是偏嫩黄的银色，边缘是起伏的——几乎跟阴影盘错的节奏一样（现在阴影消失了，因为太阳进了云里）。云移得极快，几乎如大风般迅速。对面房子的铁艺阳台是绝对的静默。一眨眼间的工夫，太阳又出来了。

蛇一般的阴影——消失了。

云在移动。

海在上涨。

查理的货车开回来了。

海上波涛汹涌。

一段记忆。视觉的。

高耸的悬崖。白色。幽暗闪烁的灰燧石呈笔直的水平线。在这些水平线之间，沉积着数世纪的白垩。

悬崖的边缘抵着天空，野草挂在悬崖边。

草皮的厚度之于悬崖的高度，犹如动物皮毛的厚度。海鸥盘绕于草上。8字花式被悬崖隔断。悬崖的阴影投在海面（涨潮了，潮水几乎漫到悬崖上）。

悬崖的阴影投在海面，躺在海面，从水岸的边缘直到八十米之外：海岸线的长度。在悬崖的阴影里，海几乎是棕色的。

更远处，恰在野草边缘的阴影之外，海水是绿色的，杂着一丝白色。氧化铜那种绿——不过是阳光下的氧化铜。我写下这个句子的时候，太阳出现在诺埃尔路上空，阳光将窗棂的阴影投到窗帘上，窗帘在窗子里飘动，我的笔在纸上投下一道阴影，太阳进入云里。

看：

溢满其所是的轮廓、外形、范畴、名称的一切。

1977

未修筑的路

THE UNMADE ROAD

每一天更红

每一天更红
梨树的叶子。
告诉我什么在流血。
不是夏天
因为夏天早已离去。
不是村庄
因为村庄虽然醉在路上
但是还不曾摔倒。
不是我的心
因为我的心不再流血
就像山金车菊。

这个月里，没有人去世
也没有人幸运到
收到那外国务工许可。
我们喝汤果腹
我们睡在粮仓
我们有些自杀的念头
而这在十一月最正常不过。[1]
告诉我是什么在流血
能在黑暗里观看的你。

世界的双手
被利益截断
血流在
杀戮的街道。

1985

1 冬天来了，由于饥寒交迫而冒出轻生念头。——译注

马雅可夫斯基：他的语言和死亡

与安雅·博斯托克（Anya Bostock）合写

> 胡狼经常径直爬进屋里。它们总是成群结队，发出可怕的嚎叫。它们的嚎叫令人生厌，令人毛骨悚然。我是在那里第一次听到胡狼的嚎叫。孩子们在夜里不敢睡觉，我常常安慰他们："不怕，咱们的狗很厉害，不会让胡狼靠近的。"

马雅可夫斯基（Mayakovsky）的母亲这样形容俄罗斯格鲁吉亚的森林，弗拉基米尔（Vladimir）和他的姐妹们在这里成长。这段描述在一开始提醒我们，马雅可夫斯基成长的世界和我们的世界迥然不同。

当一个健康的人选择自杀时，终究是因为没有人理解他。他去世之后，误解通常会继续，因为活着的人总是为着自己的便宜，诠释、利用他的故事。如此一来，对误解的强烈抗议根本没有人去理会。

如果我们想要理解马雅可夫斯基范例的意义——这样的范例对于政治革命和诗歌之间关系的任何思考都是重要的——我们必须深究这个意义。这个体现在他的诗歌、他的命运和死亡中的意义。

让我们简单地开始。在俄罗斯之外，马雅可夫斯基不是作为诗人，而是作为浪漫的政治传奇而著称。这是因为迄今为止，他的诗歌被证明是极难翻译的。这个困难鼓励读者回到那个古老的半真（half-truth）理论：伟大的诗歌是无法翻译的。于是，马雅可夫斯基的人生故事：先锋未来主义的年轻时代；1917 年在俄国革命里的使命；作为诗人，对于苏维埃政权的彻底自我认同；长达十年的诗人演说家和劝导者的角色；三十六岁时近乎毫无征兆地绝望、自杀。所有这些都变得抽象，因为他诗歌的精华——在马雅可夫斯基这里，是他人生的精华——遗失了。对于马雅可夫斯基来说，一切始于他所使用的语言。即使不懂俄语，我们也必须理解这一点。马雅可夫斯基的故事和悲剧是关于他和俄语之间的特殊历史关系。这么说不是为了使他的范例不带政治色彩，而是为了认识其特征。

俄语有三个因素。

1. 在十九世纪，口头和书面俄语之间的区别远不及任何西欧国家的语言那般明显。尽管大多数人不识字，但是书面俄语不曾被专用，不曾转变为统治阶级独有的兴趣和趣味的表达。但是，在十九世纪末，大众语言和新兴城市中产阶级语言之间的区别开始显现。马雅可夫斯基反对这种“语言的去势”（emasculation of language）。尽管如此，俄语诗人仍然有可能，甚至天真地相信，自己将是一种活着的大众语言的继承人。使得马雅可夫斯基相信他能够以俄国的声音说话的不只是自负，当他将自己与普希金作比较时，这并不是将两个孤立的天才相提并论，而是两个使用同一种可能仍属于整个民族的语言的诗人。

2. 因为俄语是一种多变音并且重音突出的语言，它的音韵非常丰富，尤其富有节奏感。这很好地解释了俄语诗歌为何如此广泛地深入人心。俄语诗歌，尤其是马雅可夫斯基的诗，大声朗读的时候，更近于摇滚音乐而不是弥尔顿（Milton）。听听马雅可夫斯基自己的话：

韵律这种基本的、乏味的咆哮从何而来是一个谜。

于我而言，它是吵闹声和摇摆的动作，或者实际上是任何一个可以与声音联系起来的现象在我头脑里的种种重复。无休止重复的海浪声，可以为我提供韵律；或者每天早晨仆人摔门的声音，重现、交织，穿越我的意识；或者甚至地球的旋转，在我看来，它犹如一艘装载着视觉辅助器的船只，为疾风让路，无法逃避地联系着疾风的呼啸。[1]

然而，马雅可夫斯基诗歌中俄语的韵律和容易记忆的性质并不是以其内容为代价。有韵律的发音彼此交织，同时它们的意义极其准确地分离。尖锐、不期然的意义震骇人心，而语音的规则性则给人以安全感。俄语也是一种能够轻易通过添加前缀和后缀创造新词的语言，而且所创造新词的意义颇为清晰。所有这些为诗人提供成为大师的机会：诗人作为音乐家，或者作为杂技演员或魔术师。吊架表演者比悲剧演员更能直接使观众落泪。

3. 俄国革命之后，作为广泛的政府扫盲运动的结果，每个苏维埃作家都多少意识到，一个广大的新读者群正在

---

1 V. V. 马雅可夫斯基，《如何制造诗歌？》(How Are Verses Made?)，伦敦，开普，1970 年；纽约，格罗斯曼，1970 年。

诞生。工业化是要扩大无产阶级，而这个新的无产阶级会是“纯洁的”读者——在他们不曾被纯粹商业化的读物所腐蚀的意义上。在我们看来，除却多余的虚饰辞藻，革命阶级会将书面文字作为一种革命权利来要求和使用。因此，有文化的无产阶级的出现可能会为苏联丰富、扩展书面语言，而不是像西方资本主义国家所发生的那样导致语言的贫乏。1917 年之后，这是马雅可夫斯基最坚定的信念。于是，他相信他诗歌的形式创新是政治行动的形式之一。当他为政府的宣传机构创作标语口号时，当他在苏联为广大工人听众史无前例地巡回公开朗诵时，他相信，经由他的词语，他确实可以将新的短语，进而将新的观念引入工人的语言。这些公开朗诵（虽然年复一年，他觉得越来越疲倦）可能是他人生里罕见的时刻，在这些时刻，人生似乎真的印证了他所自命的角色。听众理解他的诗。也许，有时候他们不懂得他诗歌的潜在意义，但是在他朗诵和他们聆听的情境中，这些潜在意义似乎没有那么重要，而当他被迫与编辑和文化官员作不休的争论时，它们却显得那么紧要：听众，或者大部分听众，似乎感觉到他的原创性是属于革命本身的原创性。大多俄国人祈祷般地朗读诗歌，而马雅可夫斯基的朗读，却像水手冲着扩音器，在浪涛汹涌的海上向另一艘船呼喊。

这正是那个时代的俄语时刻。如果我们称它为要求诗歌（demanding poetry）的语言，这也不算是个夸张的比喻，只是企图用简洁的词汇综合一个精确的历史情境罢了。那么这个关系的其他术语呢？诗人马雅可夫斯基？他是怎样一个诗人？他太富有原创性，以至于很难通过与其他诗人的比较来定义他。不过，也许——尽管粗糙——我们可以从考察他自己对于诗歌的看法出发，来定义作为诗人的他。我们要始终记着，这个定义是在抽离他一生所屈服的压力时所作：在此种压力中，个人和时代的因素形影不离。

在他的自传式笔记里，他这么形容他是如何成为一个诗人的：

> 今天我写了一首诗。或者确切地说，一首诗的片段。不太好。不宜付梓。“夜”。斯彻特斯基（Stretensky）林荫大道。我把诗读给布尔柳克（Burlyuk）听。我对他说：“一个朋友写的。”大卫停下来，看着我。“是你自己写的！”他喊道，“你是个天才！”听到这个担当不起的绝妙称赞，我很高兴。于是我沉湎于诗歌。那个晚上，我意外地成了诗人。

这个语调是简洁的。无论如何，他说他成为诗人是因为被召唤。显然他的天才潜能早已存在，而且可能会在任何情况下流露出来。然而他的性情坚定地认为释放应当通过要求。

后来，他不断地提到诗歌必须迎合“社会的命令”（a social command）。诗直接回应那个命令。他早期华丽的未来主义诗歌与后期政治诗歌的共同之处在于述说的形式。述说的形式是指诗人对聆听的你的姿态。这个你也许是一个女人、上帝、党领导，但是诗人向着这个被述说的力量表达其人生的方式是类似的。你不能出现在我的人生里。诗歌为着他人的嫁衣，将诗人的生活诗意化。可以说这对于所有诗歌多少都是适用的。但是，诗歌在诗人的人生和他人人生的要求之间建立起某种交换，这在马雅可夫斯基这里尤为显著。这个观念里内嵌了诗歌的接收是否为诗歌辩护的原则。在这里，我们涉及马雅可夫斯基作为诗人的重要冲突之一。马雅可夫斯基作为诗人的出发点是语言的存在是首要的事实；其终点是在特殊情境下，他人对于他的语言使用的判断。他操纵语言，好似语言是他自己的身体，但是他依赖于他人来决定这个身体是否有权存在。

马雅可夫斯基喜爱的一个比较是将诗歌的生产与工业化工厂的生产相比。根据未来主义者对于现代技术的讴歌来解释这个比喻是不中肯的。对于马雅可夫斯基，诗歌是加工或者改造经验的问题。他谈及诗人的经验作为诗歌的原始材料，作为完成品的诗歌要迎合社会的要求。

> 由于我的标准工作产量是一天八到十行，只有严格的、经过审慎思考的预备工作，才使得我有时间完成些东西。
>
> 诗人将任何情况下的每个会议、每个路牌、每个事件只当作有待形成文字的材料。

他所指的预备工作是构思和贮存韵节、形象、句子，以待后用。正如他在《如何制造诗歌？》(*How Are Verses Made?*) 一书中以罕见的坦率所解释的，诗的“制造”经过数个阶段。首先是预备工作：将经验铸成词汇，贮存这些相对短小的词组。

> 大概在 1913 年，从萨拉托夫 (Saratov) 回莫斯科的途中，为了证明我对一位女伴的深情，我告诉她，我

"不是男人，而是一朵穿裤子的云"。说出这句话的时候，我立即意识到可以把它用在一首诗里……两年后，我需要"一朵穿裤子的云"作为一首长诗的题目。

其次是实现，某个特殊主题的诗歌要实现"社会的命令"，诗人必须彻底理解这个命令背后的需要。最后是根据这个需要写作诗歌。有些已经铸成的词语现在可以被用到诗里，以达到其理想的极致。但是这需要试验和再试验。当它最后恰到好处之时，它便获得爆炸性的力量。

税务长同志，
以我的名誉担保，
一个韵节
花费了诗人
一个或两个苏（suo）。
如果您允许这个隐喻，
一个韵节是
一桶。
一桶炸药。
诗行是导火索。

导火索燃尽时

炸药桶爆炸。

城市炸为粉末：

那是诗节。

韵节的

关税几何

它目标明确

直接杀戮?

很有可能

只有五个不曾发现的韵节

散落

在整个世界

而它们可能在委内瑞拉。

小径引着我

走入寒冷与火热的气候。

我陷入，

被透支和贷款纠缠着。

公民，

弄清楚生活的花费！

诗歌——所有诗歌！——

是进入未知的旅行。

诗歌

像是开采镭

一盎司的产量

一年的劳作。

仅为了一个词

你必须加工

上万吨的

语言矿石。

这样一个词

从闪光到灰烬

平庸的语言

缓慢地燃烧。

这样一个词

处在运转之中

数千年

数百万人的心脏。[1]

1 这是作者的逐字对译。——译注

诗歌写作出之后，需要被朗诵。被读者自己，也被诗人大声地朗诵。在他的公开朗诵里，马雅可夫斯基是一个展示他所制作的东西能够做什么的人：他像一个司机或者试飞员——只不过他的诗歌表演不是在地上或空中，而是在听众的思想里。

然而，我们不应该被马雅可夫斯基将诗歌制作理性化的欲望所误导，进而相信他的加工过程没有神秘性。他的诗意想象是激昂的，而且总是被他自己的惊愕所震撼。

宇宙睡着
它那巨大的耳朵
爬满了扁虱
那是星辰
它俯在爪上。

他仍然将诗歌看作交换和翻译的行为，这个行为的目标是使得诗人的经验能够为他人所用。他相信语言的炼金术，神奇的转变发生在写作行为里。当他 1925 年写到叶赛宁（Yessenin）的自杀时，他无法给出任何令人信服的理由证明叶赛宁应当继续活下去——虽然他评论道，这是社会命令所要求的。他在这首诗的开头吐露了心声：如果在叶赛宁割腕并上吊的旅馆房间里有些纸墨，如果他能够写作，他可能会活下去。写作使得写作者深入自身，同时加入他人。

在同一首诗里，马雅可夫斯基谈到俄国人，“在他们当中，我们的语言生存并呼吸”，他指责所有对这种语言怯懦、学院式的使用（他说，叶赛宁会告诉他葬礼上墨守成规的演说家们，将他们的葬礼演说词塞进屁眼）。他承认这是一个对写作者尤其困难的时代。但是哪个时代不困难呢？他问道。然后他写道：

词语是
人类力量的
指挥官。
前进！
在我们后面
时间
像地雷一般爆炸。
对于过去
我们只提供

我们头发的

飘扬丝绺

被风

吹乱。[1]

为了将我们的讨论明朗化，将马雅可夫斯基与另一个作家作比较也许是有益的。与马雅可夫斯基一样，当代希腊诗人杨尼斯·里索斯（Yannis Ritsos）本质上是政治诗人：他也是共产党员。但是，除了他们相同的政治使命，里索斯是与马雅可夫斯基截然相反的诗人。里索斯的诗不是通过写作或者加工词语的行为而产生。他的诗看起来是跟诗歌毫不相干的根本决定的成果。里索斯的诗歌更像是副产品，而不是复杂生产过程的完成品。我们会有这样的印象，那就是他的诗存在于词语的堆砌之前，它们是被采用的态度和决心的沉淀。他不是通过他的诗歌来证明他的政治团结，而是相反：由于他的政治态度，某些事件呈现出它们诗意的一面。

1　马雅可夫斯基，《如何制造诗歌？》。

星期六，早上十一点
女人们从晾衣绳上
收衣裳。
女房东站在院子的
门口。
一个人提着箱子。
另一个人戴着顶黑帽。
死人不付房租。
他们切断了海伦的
电话。
卖甜甜圈的男人故意
喊道：“甜甜圈，
热腾腾的甜甜圈。”年轻的
小提琴手靠在窗边——
“热腾腾的 O 形甜甜圈。”
他说道。
他将小提琴扔下
摔在人行道上
鹦鹉越过面包师的肩头观望
女房东将她的钥匙晃得丁零当啷。

三个女人进了房子，关上
门。[1]

我们不能够引用里索斯反对马雅可夫斯基，或者反过来，引用马雅可夫斯基反对里索斯。他们是在不同处境下写作的不同诗人。里索斯的选择——他的诗歌是其副产品（由于他作诗的天赋）——是反对和抵抗的选择。马雅可夫斯基则认为赞颂和肯定是他的政治责任。一个人的诗歌形式是公开的，另一个人的则是私下的。然而，与我们的期待相反，前者可能更加孤独。

现在回到马雅可夫斯基。在俄国革命之前以及革命早期数年里，我们可以说俄语在大众范围里要求（demanding）诗歌，它在寻找自己的民族诗人。马雅可夫斯基的天赋是因着这个要求产生，还是顺着这个要求发展，已不得而知。但是，他的天赋与俄语在那个时刻的处境的巧合，对于他一生的创作，也许还有他的死亡，是至关重要的。这个巧合只持续了一段时间。

自新经济政策（New Economic Policy，NEP）时期以

1　杨尼斯·里索斯，《姿势》，尼古斯·斯坦戈斯译，伦敦，开普·戈列特，1971 年，纽约，格罗斯曼，1970 年。

降，俄国革命的语言开始改变。一开始，这个改变肯定是极为细微的——只有像马雅可夫斯基这样诗人—表演者（poet-performer）会察觉。逐渐地，词语不再确切地表示它们所指涉的意思（列宁的坚持真理 [will-to-truthfulness] 是个例外，而这一点，正如在其他方面，才使得列宁的去世在如今看来是一个转折点）。词语所隐藏的与它所指涉的一样多。它们开始成为两面派：一面表示理论，另一面表示实践。比如说，“苏维埃”（Soviet）这个词成了公民身份的称号和祖国自豪感的来源，只有在理论上，它仍然表示无产阶级民主的一种特殊形式。在很大程度上，“纯洁的”大众读者成了一个被欺罔的读者群。

在俄语被大范围地贬低之前，马雅可夫斯基已经去世，但是在他生命的最后几年里，他的作品如《善》（*Good*）、《臭虫》（*The Bedbug*）、《澡堂》（*The Bath-house*）——所有这些作品都极不受欢迎——他诗歌的意象越来越具有讽刺意味。词语所承载的不再是公正或者真实的意义。听听《澡堂》第三幕里制片人的话：

好，现在，所有男人上舞台。单腿跪下，耸起肩来，你们得看起来像被奴役着，知道么？用想象的鹤嘴锄挖想象的煤。嗨，忧愁点，再忧愁点，你们被黑暗的力量压迫着。

喂，你，你是资本。站到这里来，资本同志。你要给我们跳小一段模仿统治阶级的舞蹈……

女人们上台来。你来演自由，你有演自由的合适仪态。你可以演平等，谁演什么不重要，不是么？你是友爱，哎呀，你看起来也不像能激起其他情感。准备好了么？开始！用你想象的热情感染想象的群众！这就是了！这就是了！

同时，发生在马雅可夫斯基本人身上的是什么？他深爱的女人弃他而去。他的作品受到越来越多的严厉批评，其缘由是他的诗歌精神远离工人阶级。医生告诉他，公开朗诵损伤了他的声带，没有挽救的希望。他解散了他自己的先锋社团（LEF，Art Journal of the Left Front；后来改名为REF，Revolutionary Front），加入始终激烈批评他、最官方、“大众的”作家联盟（RAPP，Russian Association of Proletarian Writers）。结果是，作家联盟对他嗤之以鼻，故友视他为叛徒。他一生作品的回顾展——诗歌、戏剧、海报、电影——没能引起他所希望的反响。他三十七岁[1]，与普希金被害时一样的年纪。毋庸置疑，普希金是现代俄国诗歌语言的奠基人。然而，马雅可夫斯基曾经深信的革命诗歌语言得到了什么下场？

如果一个作家将自己的人生视为等着进入语言的原始材料，如果他总是潜心于加工自己的经验，如果他将诗歌主要地看作一种交换形式，那么这里就有一个危险。当他被剥夺了直接的听众，他会认定他的人生已经耗尽。他将看到的只是他人生的片段散落在岁月里——就好像他终究还是被胡狼撕成了碎片。“不怕，咱们的狗很厉害，不会让胡狼靠近的。”诺言打破了。胡狼进来了。

1975

1 前文为三十六岁，这里为三十七岁，不知是否是作者笔误。——译注

死亡的秘书

前天，我的一个好友自杀了，他用枪击破自己的脑袋。今天，他的死亡在我的脑海里聚集起无数关于他人生的记忆。如今，这些记忆也许没有更鲜明，但是比以往任何时候更加真实。活着的生命总倾向于简化，这正是为何某类故事是为了反对这些简化的投机主义而讲述的。在某种意义上，故事是无济于事的，它只不过存在着——正如我已故的朋友如今存在于我的想象里。

这些简单的想法与加西亚·马尔克斯（García Márquez）的新书《预知死亡纪事》（*Chronicle of a Death Foretold*，又译为《一桩事先张扬的凶杀案》）有关，无论我们所思考的是他的故事还是他故事的叙述方式。我主要想讨论后者，因为加西亚·马尔克斯是一个传统里典型的讲故事的人。这个传统在我们北大西洋公约组织（NATO）的文化里已属罕见。通过更好地理解加西亚·马尔克斯故事的叙述方式，我们也许能够对世界各地的大多数人们多一分理解，甚至于对我们自己的未来多一分理解——当我们的文化土崩瓦解之时。

正如加西亚·马尔克斯的其他故事，这个故事也发生在哥伦比亚，他出生的国度。故事很短，只有120页。与《独裁者的秋天》（*The Autumn of the Patriarch*）一样，这个故事也是关于死亡，残暴的死亡。

以今天的后见之明，故事讲的是四分之一个世纪前的一个二月里，一天早晨五点半到六点半之间，阿拉伯后裔圣地亚哥·纳赛尔（Santiago Nasar）带着昨夜狂欢之后的宿醉——这夜里，可怜的新郎发现新娘不是处女——背抵着自家房子的一扇门，被人用刀子捅死。素日对儿子的梦想洞若观火的母亲，无意间令人闩上了这两扇门，从而截断了他逃脱维卡里欧（Vicario）两兄弟屠刀的唯一生路。他们兄弟俩为着声誉，不得不（尽管他们千方百计地让受害者得到预警，以便让他有机会逃走）杀掉这个男子。而这个男子要么是忠诚，要么是精神失常，谁知道呢？两兄弟的妹妹安吉拉（Angela），也就是新娘，在新婚之夜吐露正是此人夺去了她的贞操。

这个故事比他的其他任何故事更加朴素。好像是出自急于找到最简单真相的调查员之手。但是，因为这不是西方新教国家的书，所以调查员的模型不是侦探，而是象形文字的研究者。调查的线索是集中的，像雏菊的花瓣拥着花托，这个花托便是背抵着门的暗杀。每个事件都以这个时刻为中心，圣地亚哥·纳赛尔——二十一岁，农场主、鹰猎者——在最后的可怕时刻呼喊母亲。

通过这些短小、纤弱的调查花瓣，加西亚·马尔克斯希望发现什么？绝不是心理动机。绝不是法律的自责或清白。绝不是因果的进程。绝不是酗酒或性欲病理学。绝不是成或败的故事。他只是想要证明在那个早晨，整个小镇的居民已经苏醒，开始在街上走动的时候，广场上可能发生的事情。因为如果他讲述这些，如果他允许我们——他的听众——理解可能发生过的事情，那么所有那些相关人物的命运——纳赛尔、他的未婚妻、他的母亲、不情不愿地为妹妹的名誉复仇的兄弟俩、新娘和新郎——就有可能被安置在（像宝石镶在戒指上）它的所有秘密里。侦探故事是要揭开秘密。《预知死亡纪事》则是保存秘密。

几年来，我们不能谈论其他任何事情。那时，我们那被众多直线习惯所辖治的日常行为，突然开始围绕一个单一、共同的焦虑旋转。司晨的公鸡会发现，我们企图理解一连串偶然的事件，然而却力不从心。显然，我们这么做不是出于消除秘密的欲望，而是因为若非准确地知晓命运指派给我们的位置和任务，无人能够活下去。

在我的同代人当中，加西亚·马尔克斯是我最钦慕的。也许我的钦慕不是无利害关系的。在一些国家，批评家将我新近的小说与他的作比较。确实，在故事叙述的艺术里，我将他视为一个同行，而不是批评家。

但是，哪种艺术？加西亚·马尔克斯要保存秘密。这是否意味着他是反启蒙主义者，享受神秘化本身，从中获利？这样的指责是荒谬的。他也是一个极专业的新闻工作者，致力于揭露意识形态的神话，致力于公开事实真相的民主权力斗争。他谈及“命运指派给我们的任务”。然而，毋庸置疑，他的历史观是马克思主义的。那么，我们所接受的与如此不可调和的矛盾相协调的故事叙述形式和传统是什么？这个故事叙述的形式和传统到底是什么，竟能够与我们所认可的不可调和的矛盾相协调？

片刻的反思表明，对于讲故事的人来说，任何一个从人生抽取的故事，都是从结尾开始。迪克·威灵顿（Dick Whittington）的故事成为一个故事，是当他最终当上伦敦市长的时候。罗密欧和朱丽叶的故事首先成为一个故事，是在他们去世之后。大多数——如果不是全部——故事是以主人公的死亡为开端。在这个意义上，我们可以说，讲故事的人是死亡的秘书。死亡将文件传递给他们。文件一律是黑纸，但是他们具有阅读的慧眼。从这个文件里，他们为活着的人构筑出一个故事。在这里，被现代批评家和教授的某些学说不断强调的虚构问题，变得尤其荒谬。讲故事的人所需要的，或者所拥有的是阅读黑纸的能力。

我想起伦勃朗在海牙的一幅失明荷马肖像，它是这样一个秘书的卓绝形象。我喜欢在想象中将加夫列尔·加西亚·马尔克斯的一张照片——高雅的面容，粗犷的精神——摆在此画旁边。这个比较里没有丝毫的狂妄：我们死亡的秘书们承担着同样的使命感，同样阴暗的羞耻（我们活着，最好的人死去），同样模糊的骄傲——为着那并不是我们自己所做的事情而骄傲，正如我们所讲述的故事不属于我们。是的，我喜欢在想象中将那张照片摆在那幅画旁。

称这本书为纪事是意味深长的。我所说的故事叙述传统与小说（novel）的传统是不相干的。纪事是公开的，小说则是私人的。与史诗一样，纪事以令人难忘的方式复述广为人知的事。小说则是揭露私人生活的秘密。小说家鬼鬼祟祟地引着读者到一个私人住宅，在那里，他们的手指贴在嘴唇上，一起偷看。纪事者在市场里讲述他的故事，与所有其他摊贩的喧闹声一同完成他的故事：在词语周围创造一片寂静，令他时而洋洋自得。

因此，小说家和纪事者迥然不同，显然他们属于不同的历史时期，并且与不同的统治阶级对立或者合作。而且，这里还有一个关于叙述时态的内在区别。小说以希望的戏剧为开端：主人公对他们人生的希望。小说作为一种形式，不适合讲述社会地位绝对低下的人们的人生（狄更斯拯救 [rescues] 最困顿的人物，使得他们能够成为小说里的人物）。因此，小说的时态，或者更应该说，读者阅读小说时的心理时态，是未来时或条件时。小说是关于将成为（Becoming）。

纪事的时态，讲故事的人的叙述是历史现在时。故事总是讲述过去的事情，但是它以这样一种方式讲述，以至于事情虽然已经结束，却仍然能够被保留。这种保留与其说是回忆的问题，倒不如说是过去和现在共存的问题。史诗纪事关于正在发生的事情（Being）。二十五年前，早上六点半那个时刻，暗杀圣地亚哥·纳赛尔的花托，仍然是现在。

也许这使得故事听起来怪异不祥。熟悉加西亚·马尔克斯作品的人们会发现这一点令人难以置信，他们是对的。确实，在他的所有书里，这一本是最平常、最普通的。所有人物都是小镇上的小中产阶级。他们目光短浅、从事着琐碎的日常事务。书里没有丝毫高贵的魅力。临终之际，圣地亚哥·纳赛尔（在我看来，他没有引诱安吉拉，却为了一个他从未做过的事荒唐地死去）仍然带着一种悠闲的好奇心在计算——在几秒钟的时间内，这悠闲会获得天堂的性质——仍然在计算前一夜的婚礼到底耗费了新郎金钱几何。

尽管如此，故事里的每个人（在生活里难道不是？）都有另一个维度，一种与权力无关，而是与他们顺从命运的生活方式有关的尊严。这一点既不暗示被动，也不暗示放弃选择。西方的小说家混淆命运这个概念，这只是因为在他的想象里，命运与自由意志同时存在。命运存在于一个不同的时间里，在那里，相当确切地说，所有的话、所有的事都已成定局（all has been said and done）。

现在，简单地说：这是一个讲述人们的故事，讲述给那些仍然相信人生是故事的人们听。没有人选择他们的故事。然而，确切地说，故事——不论是亲身经历的，还是道听途说的——都有一个意义。询问这个意义是客观的还是主观的，便是离开了听众的圈子。询问这意义是什么，就是在询问那无法言说之物。纵然如此，对意义的信念承诺着：意义必须是可以分享的。这样的故事以死亡开端，但是它们永远不以孤独（solitude）结尾。当圣地亚哥·纳赛尔最后一次呼喊他的母亲时，他正遭受着可怕的孤单（loneliness）。在以后的二十多年里，安吉拉会怀着她的秘密和记忆独自（alone）生活。她那委曲不幸的丈夫——从她那里收到上千封信，他从未开启过一封——最终回来与她生活在一起。这些年里他们是如此孤单。这里有酸楚的孤单，但是这里没有孤独，因为人人都忙碌于一个永恒的共同挣扎，以期去理解、超越荒谬。人人都在阅读，但是阅读的不是书。正如我在阅读我那自杀的朋友的人生，我想，那是他最快乐的时候。

1982

诗歌的时刻

我们都知道台阶的级数
同志（compañero），从这个牢房
到那个房间。

如果是二十级
他们不是带你去盥洗室。
如果是二十五级
他们不可能是带你出去放风。

如果你走了八十级
而且开始

盲目地摸索
上一个楼梯
哦，如果你走了八十级
只有一个地方
他们能带你去
只有一个地方
只有一个地方
现在只剩下一个地方
他们能带你去。

我的寓所附近有一个湖，湖边有一个旅馆。第二次世界大战时，这个旅馆是盖世太保（Gestapo）在当地的总部。许多人在那里被审讯、拷打。现在它又变回了旅馆。从吧台望出去，目光越过湖面，看得见湖对岸的远山。你所看到的景色，会被无数十九世纪的浪漫主义画家视为崇高。而在受审讯前后，被酷刑折磨的人们看着的正是这个风景。正是在这个风景前，被酷刑折磨的人们的爱人和朋友无助地徘徊，注视着这幢建筑，在这幢建筑之内，他们的亲人正遭受着无法言喻的痛苦，或者苟延残喘的死亡。在崇高与他们当下的现实之间，他们从那山、那湖看到是什么？

在所有经验里，最难形诸笔墨的可能是人类有计划的酷刑。这不但是因为所产生痛苦的强度，而且也是因为实施酷刑的动机违背所有语言所根据的假设：尽管人类使用的语言各异，理解始终是可能的。酷刑摧毁语言：酷刑的目的是摈弃语言，摈弃真理[1]。被折磨的人知道：他们在摧垮我。他或她的反抗在于企图限制这个被摧垮的我（me）。酷刑是摧垮。

> 不要相信他们，当他们给你看
> 我身体的照片时
> 不要相信他们。
> 不要相信他们，当他们告诉你
> 月亮是月亮的时候，
> 如果他们告诉你月亮是月亮
> 那么这是我录在磁带上的声音，
> 那么这是我在供认状上的签名，
> 如果他们说树是树

---

1 To tear language from the voice and words from the truth. 严刑之下，只有尖叫的声音，没有语言；严刑之下，所说的话语不承载真理。——译注

不要相信他们，

不要相信

他们对你说的任何话

他们所说的

他们给你看的任何东西，

不要相信他们。

酷刑有着相当漫长、广泛的历史。如果今天的人们为酷刑在现代的广泛施行而惊讶的话（难道它曾消失过？），那么这也许是因为他们不再相信邪恶。酷刑不是骇人听闻，因为它是罕见的，或者因为它属于过去；酷刑是骇人听闻，因为它的行径。酷刑的对立面不是进步，而是博爱（这个主题与《新约》是如此接近，因而可以用上它的词汇）。

大多数刑讯者既不是施虐狂——在这个词的临床意义上——也不是纯粹邪恶的化身。他们是一群被训练得习惯于接受，而后从事某项技术的男人和女人。为刑讯者所设的正式和非正式的学校，大多是政府资助的。但是，在进入学校之前，最早的训练开始于意识形态的命题：某类人是在本质上是不同的，而他们的不同构成极端的危险。将第三者——他们——从我们和你们之中摧垮。第二课（在刑讯学校）是他们的身体是谎言，因为它们作为身体宣称自己并非与众人不同：酷刑是对这个谎言的惩罚。当（如果）刑讯者开始怀疑他们所学的东西时，那么由于害怕自己过去作下的行径，他们仍然会继续。他们现在实施酷刑，是为了保护他们自己那未受酷刑折磨的皮囊。

拉丁美洲的法西斯专政——比如说，皮诺切特（Pinochet）的智利——最近有系统地扩展酷刑的逻辑。他们不但摧垮受害者的身体，他们还试图撕碎他们的姓名，使人们无从辨认。若以为这些专政做出这样的事情是出于羞耻或者窘迫，那就错大了：他们这么做，是想要消除烈士和英雄，是为了在群众当中制造最大的威胁。

一个女人或男人公开地被捕，被一辆车子带走。夜晚从家里带走，白天从工作场所带走。缉拿者、绑架者穿着朴素。此后，不可能再有那个消失了的人的消息。警察、部长、法庭完全否认知悉这个消失的人。然而，消失的人们在军事情报机构手里。几个月、几年过去。相信那些消失者已经去世，是对那些被摧垮的人们的背叛；然而相信他们仍然活着，是去想象他们正受着折磨，然后，通常是随后，被迫承认他们的死亡。没有书信，没有征兆，没有下落，无人负责，无处上诉，因为没有判决，刑罚没有可想象的终点。通常沉默意味着缺乏声音。而在这里，沉默是活跃的，并且又一次系统地变成了一种乐器。这是折磨心灵的乐器。偶尔，尸体被冲上海滩，被辨认出属于消失者名单。偶尔，一两个人回来，带来其他消失者的消息：也许是被故意释放的，以便又一次播下折磨千万颗心的希望的种子。

我的儿子
消失了
从去年五月八日起。

他们带走他
只是几个小时
他们说
只是一些例行
询问。

车子开走后
因这车没有牌号
我们无法

找到
其他任何
关于他的消息。

但是现在情况变了。
我们从一个刚出来的
朋友那里听来
在五个月之后
他们折磨他
在格雷莫迪别墅（Villa Grimaldi），
九月底
他们审讯他
在红房子里
那房子属于格雷莫迪。

他们说他们听出
他的声音他的尖叫
他们说。

谁能坦率地告诉我

这是什么世道
什么世界
什么国家?
我问的是
一个父亲的
快乐
一个母亲的
快乐
竟然是
知道
他们
他们仍然
严刑拷打
他们的儿子?
这意味着
他还活着
五个月之后
我们最大的
希望
是发现

明年

他们仍然在折磨他

八个月后

他 可能（may） 也许（might） 能够（could）

仍然活着。

身体的折磨通常集中在生殖器，因为它们的敏感，因为它们所引发的羞辱，因为受害者可能因此不育。酷刑在情感上折磨着那些爱着被迫消失的人们的人，酷刑折磨他们的希望，以便在另一个层面上产生相当于不育的威胁。

如果他已经死了

我会知道的。

不要问我如何得知。

我知道。

我没有证据，

没有线索，没有答案，

没有什么可以来证明

或者反驳。

天空，

同样的蓝色

它一直是。

但那不是证据。

暴行继续着

天空永远不变。

孩子们。

他们玩够了。

现在他们会开始喝水

像一群野

马。

今晚他们会睡去

当他们的头

一沾着枕头。

但是谁会接受那个

证明

他们的父亲

还没有死?

在酷刑及其愈加频繁的使用面前，在美国介入酷刑准备工作的事实面前（如果不是介入日常事务的话），应当进行每一种主动的示威和反抗（大赦国际 [Amnesty International] 有时协调配合）。此外，诗人——比如智利的阿利尔·多弗曼（Ariel Dorfman）——会写作诗歌（上文所引用的诗皆出自多弗曼的《消失》，大赦国际出版）。在现代极权主义政权的残酷机构面前——如今它经常被比作地狱——诗歌会大量涌现。

在十八、十九世纪，许多对社会不公正的反抗以散文的形式表现。散文是理性的论辩，怀着终有一天人们会看到理性的信念而写就。而且，历史最终站到了理性这一边。今天，这一点却不是那么清晰。成果绝无保障。普遍幸福的未来时代，不太可能偿还现在和过去所遭受的苦难。邪恶始终是根深蒂固的现实。所有这些意味着我们必须做出决定——回答什么是人生里最为重要的东西。未来是不可信的。真理的时刻在当下。并且接收这个真理的将会是诗歌，而不是散文。散文比诗歌更加可信：诗歌诉诸直接的伤痛。

语言的力量不是个人化的柔情。它以精确、毫无怜悯的方式拥有一切。即便是表达亲爱（endearment）的词语，也是不偏不倚的，非个人化的；上下文即一切。语言的好处在于它是潜在地完成的，语言能够述说人类的全部经验。已经发生的一切以及有待发生的一切。它甚至为无法言说的留下空间。在这个意义上，我们可以说，语言潜在地成为人类唯一的家园，是唯一不会敌视人类的栖居地。对于散文，这个家园是个广阔的疆域，一个遍布小径、道路、高速公路的国度；对于诗歌，这个家园集中于一个中心，一个声音。

我们可以对语言述说任何东西。这正是为什么它是一个听众，比任何沉默或者神祇更加亲近。然而，正是它的开放性，经常意味着冷漠（语言的冷漠总是被告示、法律记录、公报、文件挑唆和使用）。诗歌使用语言的方式，关闭这个冷漠，激发起关怀。诗歌如何激发关怀？诗歌的劳作（labour）是什么？

我不是指写作诗歌所涉及的工作，而是指已完成的诗歌本身所做的工作。每一首真正的诗都为诗歌的劳作做出贡献。这个永不停息的劳作的任务是将被人生分离的，或者被暴力摧毁的事物聚集起来。肉体的苦痛通常能够通过行动减轻或者消除。但是，人类的所有其他痛苦，由这种或那种形式的分离造成。在这里，缓解的行动便没有那么直接。诗歌无法弥补失去，但是诗歌藐视分离的空间。通过将零落之物不断地重新组装的劳作，诗歌做到了这一点。

哦，我的挚爱
那是多么甜蜜
走下去
在池里沐浴
在你的眼前
让你看见
我浸湿的棉裙
和我身体的美
如何
结合在一起。
来，看着我

刻在一尊埃及雕像上的诗，公元前 1500 年

诗歌使用隐喻，是为了发现类似的冲动，不是为了作比较（所有这般比较都是分等级的），也不是为了削弱任

何事件的特殊性。诗歌是要发现那些关系——这些关系证明一切都是密切关联的整体。诗歌所依赖的正是这个整体，诗歌的依赖与感伤的依赖相反；感伤总是依赖于某些可分离的东西。

除了通过隐喻重新组装，诗歌还通过它的**巅峰**重新结合。诗歌将感觉的巅峰等同于宇宙的巅峰。在到达某种程度之后，所涉及的极端（extremity）的类型便不再重要，唯一重要的是极端的程度，极端通过它们的程度结合起来。

我与你一样忍受
黑色的永久分离。
你为什么哭泣？不如给我
你的手，
答应我梦里再来。
你和我的悲痛如山。
你和我永远不会在这个世界相遇。
只要你能在夜半
通过星星给我一个祝福

安娜·阿赫玛托娃（Anna Akhmatova）

在这里，批评诗歌语言混淆主观与客观是错误的，这个批评回归到一个实证的观点 。更为奇怪的是，这个批评居然要求一个不公正的特权。

诗歌的描述方式使得一切变得亲密。这个亲密是诗的劳作，是将诗中的每个行为、名词、事件、视角在亲密之中聚集起来的结果。世界如此残酷而冷漠，只有诗歌提供实在的慰藉。

痛苦从哪里走向我们?
他从哪里来?
自远古时代起
他便是我们的幻想的兄弟
我们的韵节的向导

伊拉克诗人纳兹克·阿尔—马莱卡(Nazik Al-Malaika)写道。

打破事件的沉默、述说痛苦或撕心裂肺的经历，写作是发现文字可能被聆听的希望，如果它们被聆听，那么这些事件会得到判断。当然，这个希望源于祈祷，而祈祷——劳作也是如此——可能源于说话本身。在语言的所有使用之中，只有诗歌保存着这个起源的最纯粹记忆。

每一首作为诗起着作用的诗都是原创的。原创（original）有两个意义：其一，它意味着回归到引发随后一切的起源；其二，它意味着从不曾产生。在诗歌里，也只有在诗歌里，这两种意义以这样一种方式结合着，以至于它们不再相互矛盾。

尽管如此，诗歌不是简单的祈祷。即便是宗教诗，也不单单是献给神祇的。诗歌献给语言本身。如果这听起来晦涩的话，那么想想哀悼——在哀悼里，祈祷不仅是向神祇述说，而且也是祈祷者对所发生之事的理解。诗歌在一个相当甚至更广阔的方式上向语言述说。

写作，是发现文字被聆听，它们所描述的事件被判断的希望。被神祇或者历史所判断。不论由谁判断，判断是遥远的。然而，当诗歌向它述说时，语言——即时的，有时候被错误地认为不过是种方式——固执而神秘地提供它自己的判断。这个个人化的判断有别于任何道德律令的判断，纵然如此，它仍然承认善与恶的区别——似乎语言本身只是为了保存这个区别而被创造！

这正是为什么诗歌比世上其他任何力量更绝对地反对

极端的残酷。富人正是靠着这极端的残酷保护他们以不正当手段所谋取的财富。这正是为什么严峻考验的时刻也是诗歌的时刻。

1982

屏幕和《封锁》[1]

《封锁》(*The Spike*[2])在美国成为畅销书，销量超过一百万。平装版已经在英国发行，其他国家也有译本。这本书[3]及其成功值得深究，不是从文学的角度(因为无人宣称此书的文学价值)，而是从世界政治，或者更确切地说，从世界意识形态的角度来探讨。在这个角度，此书的成功很可能是原创的、意义深远的。

我相信，在同类书当中，这是第一本获得如此成功的书。在叙述层次上，此书模仿间谍或惊悚故事，是极糟糕

1 台北皇冠版的译名为《独家阴谋》。——译注

2 在新闻界，Spike 指某条新闻不公布。——译注

3 阿诺·德·波希格雷孚，罗伯特·摩斯，《封锁》，纽约，皇冠，1980 年；埃文平装版，1981 年；伦敦，弗图拉，1981 年。

的因循袭旧，我们不得不由此产生疑问：它具有什么其他魅力？《封锁》旨在解释为了世界权力而进行的意识形态斗争。这本书不是鼓励读者逃避现实，或者在书中寻求他们自己的怪癖或者幻想；相反的，它誓为读者揭露全球性而又隐匿的制度权力，读者正是这些权力的受害者。作为一本畅销书，它的魅力与才华不足为道。如果说它的销量竟然如此之好，是因为它是作为世界的一个意识形态解释而被贩卖。

由此便引发了我们探讨此书的第二个理由，那便是此书的内容究竟是什么。此书解释世界的方式几乎与新里根政府的方式一模一样。两者都宣称自由世界（Free World）——在自由世界里，财富是美好的——被国际恐怖主义所威胁，这个国际恐怖主义是莫斯科为了实现世界统治的秘密武器。认识这个真相，保护自由世界的时刻已经来临。在这样的情况下，犹豫着不动手是背叛道德责任。《封锁》也许是第一本纯意识形态的畅销书。里根也许是美国历史上第一个纯意识形态的总统。

故事自 1967 年开始，一直持续到继承卡特的一位民主派总统[1]。这个行动在华盛顿、纽约、巴黎、莫斯科、西

1　继承卡特的总统是罗纳德·里根，保守党。——译注

贡、罗马发生。故事讲述的是一个名叫鲍勃·霍克尼（Bob Hockney）的雄心勃勃的激进学生，想成为新闻工作者，赢得普利策奖。他通过揭露 CIA 的非法行动与越南战争背后的事实，开始了他的新闻调查事业。通过这些报道，他实现了他的雄心，成了著名的记者。但是，他逐渐开始怀疑他“不爱国的”消息来源的客观公正性，在此书的中间，他开始相信克格勃[1]数年来一直在进行“提供虚假信息”的全球计划，使得西方无法了解真实的事件。

在其他众多事情当中，这个计划包括渗入西方媒体，封锁（而非公布）任何可能揭露克格勃真实行动的报道。霍克尼不顾封锁，再一次决定曝露赤裸的真相。他最后发现（不知情地）为克格勃工作的竟是美国副总统这样的高官。

正如霍克尼的新闻报道，这本书本身也是一种曝光。这样的副总统不曾存在，但是书中的许多人物和机构是确实存在的，虽然作者们改换了一些名字，以免自己遭受诽谤，但是正如读者应当称赞霍克尼的无畏精神一样，此书的作者们意在以“无畏”的精神进行谴责。

这样虚假的谴责应当被反驳么？当我们开始看到掩盖

1 苏联情报和国家安全委员会。——译注

无处不在的时候，谁知道呢？也许黑格（Haig）是克格勃的特务，怀着从里根手里接管所有外交事务实权的长期计划？也许暗杀并非蓄意？[1]……

也许更为重要的是看看此书为我们提供的关于原告的信息：阿诺·德·波希格雷孚（Arnaud de Borchgrave）和罗伯特·摩斯（Robert Moss）。M. 先生和 B. 先生都是极有影响力的新闻工作者（《新闻周刊》和《外国报道》）。他们诠释世界。但是，他们不是第一线记者。他们是伏案、飞行的工作者。感谢现代通讯工具、传输和存贮信息的方式，他们这一类、这一代的新闻工作者比以往任何时候有着更宽阔的视野。他们是战略家，他们的版图是全球，在这本书里，他们认为克格勃有一个全球“假信息”计划。

假信息（*dis*information）之于信息，好比谎言之于真理。但是对于 M. 先生和 B. 先生来说，后两个词语过于简单化，他们关心的不是直接简单的资料，而是媒体系统、累积的效果和意识形态战争。除此之外——这极为重要——真理或谎言需要与事实或经验核对，而假信息只需

1　根据事实：黑格上将是里根的内阁成员之一。里根被暗杀者的子弹射伤，送往医院后，便引发了“谁来负责”的舆论。一位新闻记者刊发一张照片，说黑格在内阁会议上站起来说“我负责”。——译注

与被称为“信息”的敌对系统核对。

M. 先生和 B. 先生拥有全球视野，但是他们不生活在任何地方。他们监视世界，但是他们对于房子里、街道上实际发生的事情一无所知。在他们与现实之间，总是隔着一个指数及其科技。只有通过心电图，他们才能知道心脏里发生的事况。

当我们读着他们的书时，我们被迫逐渐地意识到，这个缓冲器、这个屏幕（screen）——在这个词的每个意义上——几乎将他们与经验隔膜起来。我会说**几乎**，这是因为作为成功的男性国际新闻工作者本身，便证明他们具有某些经验。机场、酒吧、旅馆、夜总会。

在这样的背景里，不应当混淆缺乏经验与天真或者单纯。相反，缺乏经验大可与世故、冷酷共存。也许更应当将缺乏经验与经验作比较，或者核对——正如将假消息与消息核对。

“我甚至不记得你说你叫什么名字。”他大声地说。

“反正我从没喜欢过我的名字。”

霍克尼没有接着追问。“你知道么，”他严肃地说，“我们不可能永远做学生。”

“这我就不清楚了。”她熄灭烟头，把手放到他的阴茎上，感觉到它在她的触摸下又硬挺起来。“我想我可能永远都通不过考试。你准备做什么呢——我是说，毕业后？”

霍克尼闭上眼睛，想着另一个在东海岸的女孩。他立刻坚挺起来。然后他感觉到嘴唇和牙齿轻轻地在他身上移动。茱丽从没这么做过。

“我想看看世界，把它们写下来。”他说道，没有睁开眼睛。这个陈述听起来惊人地轻柔。汤姆·弗拉克（Tom Flack）会说他是个狗屁调查者。“汤姆·弗拉克，”他接着说道，“完全错了。侮辱国民警卫队（National Guard），或者糟蹋电报街（Telegraph Avenue）不可能停止战争，或者打败警察局。你得向人们解释事情——政府不想让我们知道的事情。”

女孩从床上翻转身，跨骑到他身上。

“我要成为记者，”霍克尼宣布，轻微地喘着，但是仍然坚持让女孩理解他的想法。

“我要成为……啊……美国最伟大的记者。”他强调道。

“嗯嗯。”女孩的呻吟与霍克尼的目标宣言毫不相干。

这段文字出现在此书的开头，M. 先生和 B. 先生不知道他们自己在说些什么，正如霍克尼床上的女孩不知道他在说些什么。这三个人，M., B., H., 固执地相信存在着许多人们不想让他们知道的事情，以至于忽视了那些等待被知道的事情。他们固执地在别处。

霍克尼第一次作为新闻工作者成名，是将 CIA 一位在巴黎做新闻编辑的法国情报员曝光。被曝光之后，这个法国人自杀了。精彩的戏剧。然而，我们永远看不到霍克尼是如何跟踪、拍照、收集材料。M. 和 B. 从来不曾——像那个法国人所说的，*dans la mill*，从来不曾在事情发生的中心。在巴黎，也流传着许多关于上层社会狂欢晚会的谈论和影射——情报员和间谍在这些狂欢聚会上被招募。而狂欢聚会本身却始终不出场，只能通过双向镜子来观察。

“乍到巴黎，我搭错了地铁。”霍克尼说，“我应该在柔玛 - 塞巴斯托坡（Réaumur - Sebastopol）换乘。”

这倒不假。然而，M. 和 B. 从未超越初来乍到者的第一印象，而这第一印象大多是道听途说，似乎其中颇有些经验和知识般的显摆、吹嘘。书里还有一个法国新闻工作者，此人在书的结尾仍然活着：他妻子贪婪的（道听途说？）性欲致使他成为克格勃的爪牙。不可避免的——因为这是初来乍到者的固定模式——但是他的生活方式决定这是不太可能的——这个法国人的下唇“长年叼着根雪茄”。

这些琐碎却揭底的细节泄露了真相。至少，他们清楚地表明 M. 和 B. 总是在别处——在无人居住的战略地图上的城市。连只黑猫都没有。

除了西贡，此书所提及的地方都是我所熟悉的。在每一地方都明显地透露着老练的虚饰掩盖对于现实的无知。在莫斯科，俄罗斯高官不快乐的妻子——自然，这个虚饰会为我们提供一个她如何被操的描述——根据 M. 和 B. 的想象方式，当然不可能是迎接她离家六个月的丈夫。

阿姆斯特丹——我是那里一个研究所[1]的成员，在此书当中，这个研究所成了克格勃的系统——不是一个“谋杀后能够逃脱”的城市。但是，你可能从出租车司机那里得到这个印象。

M. 和 B. 对于屏幕——屏幕将真相与貌似发生的事件隔离开——的沉溺不但被错误、孤立的短语所揭示，而且也明白地写在他们所讲述的故事里。

在越南，霍克尼落入越共手里，被作为美国间谍判了

1 跨国研究所（the Transnational Institute）。——译注

死刑。事后，他发现这个“可怕的经历”不是真的，而是为了给他洗脑而故意安排的。

霍克尼的一个影星朋友被一个德国恐怖主义团伙绑架，因为他们认为她公开参与他们行动的照片会引起媒体的注意。事实上，她不过是被下了药的傀儡。

当霍克尼必须决定他交情最久、最深的朋友是否撒谎时，他在电话听筒上装了一个测谎仪，通过电话盘问他的朋友。所有八个红灯开始闪烁，霍克尼知道他最好的朋友必定在撒谎。

在每个例子里，貌似真实的情况，却被外来的知识（这些外来的就是在别处的）证明是虚假的。

在其他时候，霍克尼、M.、B. 试图突破屏幕。在越南，霍克尼在重重攻击下飞到一个海军陆战队。

> “你们报社的家伙们用不着到这里来。”机长疑惑地说。“告诉我”，他问道，“你为什么来？”
>
> 霍克尼试图寻找一个令人满意的答复。“我得发现真正的战争。”他试着解释。
>
> “真正的战争？”机长的眉头仍然紧锁着，“该死的，你也用不着到 383 高地去找，反正，谁会记着 383 高地？”

“这就是了。”霍克尼想起玩世不恭的西贡报社记者，在多朵（Tu Do）路的吉瓦拉（Givaral）吃早餐，或者在《五点钟时事讽刺》（*Five O'Clock Follies*）嘲笑结结巴巴的简报。“我敢说，”他在直升机螺旋桨的轰鸣里喊道，“我敢说，《五点钟时事讽刺》根本不会提到383高地的战斗，但是，我要确保我们美国人知道383高地。”

依据情况，他是突破了。美国海军陆战队的士兵们认为这个“新闻仔”（Newsy）是个真正的男人。但是这并不解决问题，因为“新闻仔”随身带着屏幕，而他作为一个新闻工作者所写的不过是另一种电影脚本。

这不是因为此书不是伟大的文学，而是因为霍克尼所经历的，或者所看到对于他是不可信的。他不相信它。他只相信指数。

M. 和 B. 正是这般描述电影明星是如何逃脱监禁的。如今她失去了一切。他们监视她，不是因为她本人的缘故，而是因为她可能出现在电视剧里。注意摄像机如何“粘在她的胸前”，逗留片刻。

干冷的秋风割着她的躯体，她顺着码头挣扎前行，爬上一段极宽阔的石阶，直爬到街道上。她单薄的衬衣湿透了，紧贴在她的胸脯上，胸脯一览无余。她发现自己置身于肮脏的酒吧之间，挂着 OK，Oklahoma 之类的招牌。Reeperbahn 这个词浮现在她迟钝的脑海里。醉醺醺的水手们摇摇晃晃地从一家酒吧出来，冲着她叫嚷。酒吧里的自动点唱机刺耳地响着十年前流行的歌曲。她居然到了汉堡（Hamburg）最低级的红灯区。她感觉到得赶紧离开这条昏暗的街道，到明亮的街上去。

水手们，似乎是亚洲人，走在她后面。她加快了脚步，跌跌撞撞地沿着狭窄的街道半跑。她听到后面沉重的脚步声，朝她而来。

如果我们取这两组词：经验/缺乏经验，消息/假消息，我们现在可以看到它们是如何相关联的。它们在截然不同的层次上起作用。第一组词是指一个人理解或者不理解发生在他或者她身上的事。第二组词是指一个为事实排序的系统的社会程序，在这些事实里，严格地说，不会有意义问题（这是消息的现代范畴独特而史无前例的特征）。然而，消息最终要传达给人们。人们根据自己的经验，使用它或者判断它。

“‘我已经做好了冒险的准备。’霍克尼意识到他表现得缺乏经验。”莫名地害怕自己缺乏经验，可能会导致极端害怕得到假消息。我们从经验学来的越少，就越容易受愚弄。小孩子不担心这一点，因为他们不担心被愚弄：他们可以愚弄回来。但是大人会担心，尤其是竞争心强的大人。

这担心甚至可能会导致妄想症：相信背后被人威胁，因而产生不断地转身防备的强迫心理，产生使人无法安定的焦虑。总是在别处是妄想症的一个症状。这病理始发于缺乏经验。缺乏经验引发压抑的恐惧——自己特别容易受“虚假消息”的侵袭。这种压抑的恐惧导致永远不能接受事实是如此，因而将缺乏经验的状态延长。甚至绝对化。

《封锁》是关于这个恶性循环如何运作的实录。

在这里，用不着考虑 M. 和 B. 的个人病历，因为两人是非常典型的，此书所描述的这类妄想症病理既是个人的，也是文化的。

也许，将这种妄想症称为掩护（screening）更为贴切。这不只是因为掩护这个词使我们联想起现代官员的保安系统，而且也是因为这个词指出这种看待世界的方式的最根本特征。屏幕代替现实。而这替代是双重的。因为现实产生于意识和事件的遭遇。排斥现实不只是排斥客观的东西。

排斥现实同时也是将主观不可或缺的一部分截肢。

尽管如此，屏幕起着保护的作用，而且具有本身极容易获取的控制程序（说明书随之发行）。然而，它缺乏权威。生与死都不发生在屏幕之内。屏幕没有地心引力。它永远是不可信的。屏幕没有现实。

屏幕允许生命具有以往历史也许从未有过的残酷和冷漠。但是它最终保证的是无助。美丽财富的日子屈指可数。

许多发展为这个掩护的现象——现代孤立的最极端形式之一——作出贡献：科技、组织和经济的发展。但是最重要的是，掩护是特权的标志。匮乏、危难、贫穷拆除屏幕。只有富人才能够缺乏经验地生存。也许正是他们以不正当的手段所获得的财富——因为在一个像我们这样贫穷的世界，所有的财富都是以不正当的手段获得的——播种下最初的恐惧，最初的拒绝。

1981

西西里的人生

我从不曾与丹尼洛·铎奇（Danilo Dolci）谋面。若有识荆的机缘，将是我莫大的荣幸。他相信诗歌和行动，一生致力于反抗不公正和贫穷的不屈斗争，却仍然是宽容的人。也许最重要的是，他不相信救世主，他只相信催化剂（catalyst）。

没有铎奇，这本书[1]便不可能出现。然而在这本书里述说的不是他的声音。这本书里的声音是他所聚集、鼓励起来的声音：特拉佩托村（Trappeto）贫穷的农夫、渔民的声音，西西里岛首府巴勒莫（Palermo）城市贫民的声音。

1 丹尼洛·铎奇，《西西里的人生》，J. 维提艾罗译，伦敦，作者和读者出版社，1981 年；纽约，万神殿，1982 年。

近些年来，许多书使用录音录取、收集群众的声音。这种录音方式已经成为社会学研究的一部分。其中一些书很有价值。但是这本书属于一个完全不同的范畴。录了三十年这样对话的铎奇，没有社会学的抱负。与他谈话的女人和男人们，也不是在跟一个调查员谈话，甚至不是跟一个好心人谈话。铎奇一生在西西里工作的意义，反映在这些没有一个词出自他之口的故事里。这是怎样一些故事？

书中几个采访权贵的故事，虽然能够形成宝贵的对比，但是在本质上是不同的。我要谈论的是被有钱有势的人们所剥削的穷人讲述他们人生的故事。他们讲述的故事很生动。这与文学才华不相干。他们中的大多数人是文盲。这与一个先于文学的故事叙述（practice）有关。

在前工业化社会里，人们相信生活是经历故事的方式。在这个故事里，人们总是主角，偶尔是讲述者，但是故事的创造者、情节的设计者却在别处。有着这般信念的人们，以这般方式生活着故事人生的人们，经常是天生的讲故事的人。就好像如果他们碰巧是牧人，长期独处，只有动物和自然界的精灵为伴时，他们通常是天生的诗人：诗歌这种语言形式的本质是试图述说那不可言传的。

在这本书讲述的许多故事里，鲜有或者根本没有希望。

也就是说，那些被叙述的事件里没有希望的基础。但是它们又不是绝望的吟诵。吟诵痛苦、悲剧、不公正、没有希望（hopelessness）？是的。但是，吟诵绝望（despair）？不。我们如何才能解释这样一个自相矛盾？故事有一个创造者，也有一个裁判。显然，这两者绝非同一。两者之间的区别可能如同魔鬼和上帝之间的区别。

人生故事有创造者和裁判这样的构想，与宗教有着密切的联系。然而任何宗教观念都不能完全包涵这种信念。这种信念不是出现在一套答案之前，而是浮现于谜题之前。

这些故事不是绝望的吟诵，这是因为，姑且不论那众多的绝望，它们的叙述是对判断的邀请。被邀请的判断形式多样：它是人类的、社会的、道德的、形而上学的。从根本上说，它是邀请一个相当于讲述者的存在来作出判断。但是这个存在比讲述者有更强的力量、更多的机会、更多的时间、更多的平和来作出判断。这个存在是什么，或者是谁？上帝，你会说。也许吧。它也可能是历史、其他人、将我们带到这个世界的已故双亲、继承我们的子女、在时间的另一端与我们共存的万物、故事的听众。我不能给出本体论的答案。我只想描述讲述这些故事的精神，那是它们的本质特征。

铎奇在这些故事叙述里的角色非常特殊。他出现在每个故事的开端，他在开头引出故事，然后聆听。他出现在每个故事的结尾——最末端——在某种程度上，他不是裁判，而是那些想要作判断的读者的中介，一个可信赖的、富有同情心的中介。

去年，我和家人开着小型雪铁龙2CV去热那亚（Genoa）。那时候，二战刚结束，这个城市的港口激发了我绘画的灵感，我画了几幅画。这些画的风格极像意大利新现实主义电影，比如《不设防的城市》（*Open City*）、《偷自行车的人》（*The Bicycle Thief*）。“我们去找找我以前去过的披萨店。”我说道。我们下了车，走在仍然像沟渠的狭窄街道上。你可以在街上买卖任何东西。披萨店不在了，不过我们找了另一家，装潢颇为摩登。

我们回到车里，继续往前开。抵达要拜访的朋友家，我打开行李厢取箱子。这个时候我才发现我的帆布背包不见了。我们吃披萨的时候被偷了。背包里有一个电动剃刀、一架照相机、一台双筒望远镜、一个笔记本。让我难过的是丢了那个本子。本子里记满了我手头一个故事的构思，一些叙述形式理论的笔记。这些理论是关于布尔乔亚和大众叙述的差异，关于特权或者缺乏特权所赋予事件叙述的迥异视野。在那半个小时之内，愤怒抑或懊恼的荒谬开始浮现。有时候，穷人在他们自己的领地征税。对此，我是无权抱怨的。

你很可能会在这本书的某个故事里发现，三两个孩子组成一个小团伙，从巴勒莫到亚平宁半岛做“专业旅行”，在光天化日之下，他们熟练地、一声不吭地打开我那上了锁的后备厢。后果呢，那关于他们可能如何讲述在热那亚逗留的故事的笔记便消失了！

纵然如此，我还是想就他们的故事叙述说点什么。不过，我首先要强调的是，我要谈论的不是应当被谈论的最重要部分。铎奇本人描述了这些故事的讲述如何影响了那些过着这些故事的人们的意识。而这一点是更重要的。故事的读者无不为故事所揭露的事实所震惊：讲述者所遭受的非人的生活条件、堂而皇之的不公正和地方暴力。剩下的问题是，我们，相对地拥有特权的读者，如何阅读这样一本书，如何将这些故事转化为我们自己的经验。因为如果我们不转化这些故事，我们只会将它们当作新奇事物来阅读。

穷人的纪录。我故意选择“穷人”这个词。我也可以说：没有土地的农民和流氓无产阶级（lumpenproletariat）的纪录。“穷人”这个词有着漫长的传统，了解这个传统是很有必要的。我们已经直面这第一个问题。我们必须了解、尊重这个传统，一刻也不能坠入那个令人憎恶的自鸣得意——这种得意认同贫穷是人类条件（human condition）[1]的注定成分。我个人认为，马克思主义——以其准确的社会和历史的分析——是穷人经历或者将要经历的学徒期。这样一个学徒期有助于训练他们面对眼前这个世界，并且与这个世界抗争。然而马克思主义不能在穷人数世纪的经验之下划一道线，从而结束这个话题，[2]似乎自那以后，这个经验便不过是反常。

今天，由于现代的生产方式和现存社会关系的根本转变，一个丰足的世界成为可能。然而我们实际上所看到的是世界上大多数地方空前而极端的贫穷。人人都在谈论贫穷，可是谈论根本不能成为消除贫穷的开端。当谈论确实能够开始消除贫穷的时候——像毛泽东时期的中国，或者苏联共和国的非欧洲部分——至少在西方人看来，它们的

1 这个术语囊括作为人的所有经验。——译注

2 Yet Marxism cannot draw a line under the centuries' experience of the poor and thus close the account。像会计的账本，合计总数时，划一道线，结束此栏的账目。——译注

发展隐藏在一连串关于其他问题的政治争论之下。

我们可以说，我们生活在乌托邦主义的危机里。乌托邦所幻想的丰足、公正的世界在现实中不可能找到。我在这里的任务不是展示从这个绝境该得出什么样的结论。不过需要指出的是，乌托邦主义的危机与穷人所过的生活是绝对不相干的。

穷人的危机更直接、更物质。在这里没有必要罗列。同样的，他们的希望是微小的，又是坚韧的，也就是说更加顽强、持久。曾经有些教育家认为——包括一些革命教育家——穷人这种绝望和希望的悖论来自于迷信和无知。但是知识有许多系统，每一个系统都视另一个系统为无知。穷人的整体人生观在《西西里的人生》里昭然若揭，但是这个人生观距离我们大多数人所继承的观念是如此遥远，以至于我们可能无法理解其逻辑和连贯性。可是，不理解这个人生观的逻辑和连贯性，我们就可能无视其智慧和勇气。

首先，同时也是最重要的，对于穷人，人生是一个挣扎的竞技场。无休止的、永不松懈的挣扎。在这样的挣扎里，可期待的胜利只是部分。而在可期待的那部分里，能够实现的就更少之又少。人生就是这样一个挣扎的竞技场、舞台，但不是挣扎本身。人生不过是为了生存的挣扎，是十九世纪社会和生物科学的观念。穷人绝不能允许自己有这样玩世不恭的奢侈。

如果人生对于他们不过是为了生存的挣扎，因为他们过日子，而不只是调查人生，他们就会得出这样的结论：人生是一个考验，不论如何模糊，如何可怕，它总有其他目的。即便最不济，这个目标也许是在挣扎的最后安详地死去。往最好里说，也许穷人的最终角色是消除世界的——至少暂时地——邪恶。

在这里需要记住的是，后者这个偶然却反复出现的革命幻想绝不是乌托邦，因为它不倚仗一个循序渐进的周密的幻想，而是立足于复仇那势不可当的正义感。

穷人相信人生是一个考验：快乐是一份礼物、一个谜，也许是最深刻的谜，没有最终的解答。人人都可能犯错，事件比选择更有力量。对他们来说，人生有满足和幸福的权利这个想法是天真的。此外，在某种程度上，这个想法暗含着一个无法实现的诺言，深刻的欺诈。

这样一个观念与数千年来人类的种种经验相应，但是它与现代欧洲、北美洲特权者的人生观念直接对立。这个对立是我们这个时代最深刻戏剧的部分内容。

简单地说，一面是一个本质上悲剧的人生观，另一面是一个技术统治的、乐观的人生观，它将悲剧的范畴排斥在外。然后，如果我们从理论过渡到实践，拥有技术统治、乐观的人生观的人有系统地压迫拥有悲剧人生观的人。只是“有系统地压迫”这个词还不够充分。因为这压迫便是悲剧。

这么说是非常有必要的，因为穷人自己没有说的权利。而这些话一旦被说出，我们就应当将之放置在他们真实生活的情境里聆听。在聆听之中，某些不同的东西会变得清晰。

要说穷人比富人更接近现实是陈词滥调。而且是颇为纡尊降贵的陈词滥调，它所暗示的是现实的粗俗、物质、野蛮和身体性。因而它暗示现实与精神——穷人被排斥在外——相对。然而，现实的真正反题是抽象。

在这些故事以及随之而来的反思里，最为显著的是它们缺乏抽象。在富人和黑手党成员的采访里，最显著的是其反面——只有抽象。在贫穷的社会，抽象和专制携手一道；在富裕的社会，与抽象一道的则通常是冷漠。毋庸置疑，抽象忽视真实的能力（心灵和思想都能够抽象：比如说，不正当的嫉妒是抽象），是大多邪恶的发端。

与抽象不同，现实是矛盾的，两面的（抽象的局限是否由于纯粹理智的思想只产生于大脑的一个半球？）。这些真实的故事激励人们接受矛盾。从这个接受产生出坦率（简单自我辩护的缺席）、宽恕、怜悯、幽默，以及——可能是最为突出的——反思矛盾及其神秘的能力。与抽象不同，这些反思是活生生的思想。

> 有时候，我在夜里看到星星，特别是当我们出去抓鳗鱼的时候，我就在脑子里开始想，“这个世界，它真的是真的么？”我，我可不信。要是静下来的话，我会相信耶稣。坏嘴巴的耶稣基督，我会杀了你。不过，有时候我甚至不相信上帝：“要是上帝真的存在，他为什么不让我休息一下，不给我个活干？”
>
> 然后我记得我有了孩子，不能松懈了。可是，有些时候……找不到活干的时候，我的头就痛啊……
>
> 给青蛙蜕皮的时候，我觉得他们挺可怜的。可是我能怎么着呢，只能杀了它们。我可怜它们，但是它们得死。那青蛙瞪着我，知道死期到了。我把它抓在手里，跟它说，它没错。我怎么晓得咧？抓住它的两条腿，还没下剪刀，它就在你的手里撒下一泡尿——就像我们要碰上这样的事，也会这么做——还不止一泡。我就是这么知道它是怎么想的。

透过现实的面纱观看，我知道了女人和男人不过是稻草人或者随风飘的羽毛。女人是活动的东西，从物种上说，男人太脆弱了，以至于他要像孔雀那样炫耀自己。男人是野蛮的禽兽，而在女人面前，像只刚出生的羊羔。

要是人类略知那秘密——我们只在这个地球上逗留片刻——我们就会更加珍惜每一天、每一个月、每一年。我们会看到时间飞逝，我们的生命也随之飞逝，这使我们更有理由珍惜生命、彼此帮助，一起享受和谐的宁静（物质地）。

坦率、怜悯、幽默、反思矛盾及其神秘的能力，是的，是的。不过这里还有一个矛盾：每个女人努力为她的孩子消灭贫穷，每个男人努力为自己或者家庭消灭贫穷。这个奋斗必定会成为一个世界范围的社会和政治斗争。

1981

列奥帕第

那借着人生之名的

时间中的酸性斑点是什么？

——列奥帕第

我要以两个故事开始。

不久前我在莫斯科。在机场，进入这个国家的时候，海关官员在我的包里发现一些以俄语打印的诗。这些诗是我写的，伦敦的一位朋友帮我翻译成俄语。他把诗递给一位同事。我解释道它们只是诗，但是那位同行认真地读起来。最后他把诗与其他检查的物什一并还我，半官腔半诙谐地微笑道：“你的诗可能有点太悲观。”

另一天，我跟我的朋友，瑞士电影导演阿兰·泰纳（Alain Tanner）聊天。我刚看了德国演员布鲁诺·冈茨（Bruno Ganz）的电视节目。冈茨出演泰纳的最新电影，演得相当好。这个节目让我很生气，因为冈茨只谈论他自己和他的情绪。“你希望他谈些什么？”泰纳问道，“你还希望人们谈论世界？今天，自我是仅剩的唯一可谈论的东西。”我不能够同意。

贾科莫·列奥帕第（Giacomo Leopardi）（1798–1837）上场。没有哪个诗人，没有哪个思想家，有着列奥帕第这般清澈的厌世。清澈，是因为他不像，比如说，卡夫卡，没有自我怜悯。他的作品里没有丝毫晦涩。它们极清晰地展示事情是如此糟糕——像毕加索的《格尔尼卡》（*Guernica*）里的电灯泡。

列奥帕第出生在罗马马奇（Marches）的一个小贵族家庭。也许他所继承的唯一实在的遗产是他父亲庞大的图书馆。十岁时，他已自学了希伯来语、希腊语、德语和英语。至于其他的遗产，他继承了孤独、病体、天生的弱视、屈辱的经济依赖。他曾说，他宁愿他的作品被烧毁，而不愿意读者认为他对于人类条件（human condition）的结论是从他自己个人的悲惨经历得出的。我认为他这么说是对的。

从他自己的不幸深渊里，列奥帕第以一种卓绝的方式造了一座塔，他从这座塔里研究他人、过去、现在和将来的人生，正如人们从塔里研究星辰。权威地谈论列奥帕第诗歌的所有品质，对于非意大利人或者非意大利学者来说是极困难的。许多人认为他是但丁之后最伟大的意大利诗人。在他所写的每一首诗里，有一个持续不变的思想：为整体的人生观作贡献。在这一点上，他是古典的，像维吉尔。但是，他对于语言和当前（immediate）对象（村庄、婚礼、木匠）的态度，同时有着温柔却如银河般的遥远——一只雏鸟毛绒绒的胸羽和一块陨星的粗糙矿石放在一起——两者产生一种与旁人不同的抒情风格。

他也写散文，尤其以一部1817到1832年间所写作的，在他去世六十年后发表的题为《凡人琐事》（*Zibaldone*）的哲学日志著称，还有一本《道德寓言》（*Moral Tales*）是在他生前出版的。

尼采读了《道德寓言》之后，将他推崇为十九世纪最伟大的散文家。事实上，我们今天可以看到他是如此深刻地属于我们这个时代。他散文的反讽、不加修辞、轻盈的对话、尖锐的严肃而非自命不凡的风格，预示了后代许多优秀的作家，如帕索里尼（Pasolini）、布莱希特（Brecht）、布尔加科夫（Bulgakov）。

在七十年后的今天，《道德寓言》第一次有了全英译本，帕特里克·克列（Patrick Creagh）的翻译、注释和序言都极其出色[1]。像克列这样，愿意从一个大师的作品学习如此多的东西，即便是注释的语调也模仿大师，这样的学者，在学术界已经罕见。克列本人是一位诗人，这一点自然非常重要。这本新书不应当只属于学术界，虽然它主要是针对这个读者群。从十四岁到八十岁的任何一个人，只要对于人类条件所提出的基本问题感兴趣，都会在书里发现值得圈点，让人困惑、恐惧的地方。

时尚：死亡夫人！

死亡：滚开，我自会在你不需要我的时候光临。

时尚：说得好像我不是不朽的？

死亡：不朽？我们离不朽的时代已经有一千个年头了。

时尚：哦，连死亡夫人都能够像十六或十九世纪的意大利诗人那样引用彼特拉克（Petrarch）。

死亡：我喜欢彼特拉克的诗，因为我在他的诗中发

---

1 贾科莫·列奥帕第，《道德寓言》，帕特里克·克列，曼彻斯特，卡卡奈特出版社，1983年；纽约，哥伦比亚大学出版社，1983年。

现我的胜利，因为几乎所有他的诗都是关于我。不管怎么样，你给我滚开。

时尚：不要这样嘛，以你对于七宗罪恶的爱，停留一下，看看我。

死亡：好吧，我看着呢。

时尚：你不认得我？

死亡：你得知道我近视眼，而且我不能戴眼镜，因为英国人做不出适合我的眼镜，即便他们做出适合我的眼镜，我也没有鼻子可以架住它们。

时尚：我是时尚，你姊妹。

死亡：我姊妹？

时间：是的。你不记得我们都是腐朽的女儿？

死亡：我是记忆的死敌，你能指望我记着什么？

时尚：可是我记得很清楚；而且我知道，我们俩旨在不断地摧毁、改变这下面的一切，虽然你我各走各的道。

在《道德寓言》里，风趣取代了列奥帕第诗歌里的抒情，但是两者都具有同样的对人生的思考，同样的思考方式。列奥帕第是启蒙运动的天才。他通过启蒙时代的唯物主义之眼观察世界。他认同启蒙时代的哲学家把地盘让给快乐。他支持他们解散宗教，揭露教会的保守力量。但他本人是一个平民主义者。他坚决排斥启蒙运动的进步信念。在他看来，人类平等的基础永远不可能承诺幸福，然而却可能减少当下的苦难。

由于他在拿破仑战争后的恢复期写作，他对于未来世纪的预诊是灾难性的。在这个预诊里，他预见金钱、交流和煽动的新方式最终将会歪曲一切。他说，每个历史时期是一个过渡时期，而每个过渡都包含着不幸。然而，曾经存在的慰藉——信念，对于命运或者救赎的信念——如今被揭示为虚假，现代的真理比以往任何真理更为残酷，更为绝望。

由于人的天性，他终究爱自己的人生。这种爱使得他相信他的人生承诺着幸福。这个信念根深蒂固，故此，大多数时候他是痛苦的。所有这些都是自然的作为，在自然的万物谋略之中，人类不过是微不足道的、边缘的细节(《道德寓言》的故事充满了与现代科幻小说有关的思想)。从人类条件唯一可能得到的解脱是死亡的长眠。虽然他经常写到自杀的“逻辑”，但是，出于与人生奇怪的、深沉的团结，他总是拒绝自杀。

列奥帕第的作品里隐藏的一个悖论：他本人意识到的

悖论。在下面所引用的文字里，与其说他声称自己是天才，倒不如说他是在描述他对于文字潜能的感觉：

> 天才的作品具有一种内在特性，即便在它们将完美的相似赋予事情的绝境（nullity of things）时；即便在它们清楚地讲述故事并让我们感觉到人生的不幸时；即便在它们表达最可怕的绝望时。然而，一个伟大的灵魂可能发现自己处于彻底臣服、觉醒、无用、无聊和对人生失望的状态，或者面临最残酷的、死亡的逆境（不论这些是强烈傲慢的情感，还是属于任何其他东西），天才的作品总是作为慰藉，重新点燃热情。虽然天才的作品只谈论、描绘死亡，但是至少在一刹那，它们将伟大的灵魂所失却的人生归还于它。
>
> ——《凡人琐事》页 259—260

马克思主义者的诠释将列奥帕第历史地放置，提醒我们那些他不曾考虑的阶级斗争、资本主义的经济规律所直接导致的苦难和人类的历史命运。作为一个思想家，列奥帕第可能会被马克思主义者视为时日不多的贵族阶级的绝望代表。然而，任何一个想要做这种批评的人，都得先挑战意大利的马克思主义者塞巴斯蒂亚诺·丁帕纳罗，他出色的文章坚决地维护列奥帕第。

一年前或是两年前，在阿姆斯特丹跨国研究所（the Transnational Institute）的一次会议上，我应邀讲演未来的希望（Hopes for the Future）。略带着恶作剧的心态，我播放了贝多芬的第三十一钢琴奏鸣曲（Opus 110），然后作了如下的提议：政治觉醒诞生于政治急躁，然而，打着进步的名号重复所作的整体承诺使得我们习惯了这种急躁。

我说，假设我们改变故事情节，假设我们说我们不是生活在一个也许能建起人间天堂的世界；而是相反的，我们生活在一个与地狱的本性更为接近的世界。那么，我们的每一个政治或者道德选择会产生什么样的不同？我们会不得不接受同样的义务，参加同样的斗争，一如我们现在所做的。也许我们与受剥削、受苦难的人们的团结会更加坚定。所有这些所能改变的是我们无比的希望，以及最后那酸楚的失望。我的论点是列奥帕第式的。而且在我看来它是无可辩驳的。

然而，我们不能停下。由于环境的力量，或者由于特权（他是多么欣赏这个词的反讽意味！），从根本上说，列奥帕第是一个被动的观察者。他那始终一致的悲观主义正是与这个事实相联系。这个联系被称为Ennui，厌倦。

当人们从事一个生产过程的时候，无论这个生产过程有多么局限，彻底的悲观便不大可能。这与劳动的尊严或者其他此类的废话无关。这与人类能量的生理和心理本性有关。这种能量的消耗创造了对于食物、睡眠和短暂休息的需要。这个需要是如此迫切，以至于当它得到满足或者部分满足的时候——无论多么短暂——会产生对于下一轮食物、睡眠和短暂休息的希望。劳者正是如此生存，而劳累和彻底的悲观则因此被判灭绝。

在想象力层次也有类似的情况。参与世界生产的行动——即便这个特殊行动本身似乎是荒谬的——创造一个潜在的、更合心意的生产的想象前景。在古老的（快乐的？）时代，生产线上的工人被束缚在无意义的重复之中，梦想一台彩色电视机，或者一根新钓鱼竿，只用消费主义的术语或者错置的希望去解释这些梦想是错误的。工作，因为它是生产性的，在人类之中无情地创造生产的希望。这正是为什么失业是这般非人性的理由之一。

孤独、无依、无力从事体力劳动的列奥帕第注定是一个生产的观察者。他的哲学位置不能以他的个人境况来解释。然而，正是因为这个人境况，像他这样一个知道如此之多，对于知识有着如此敬意的人，对于一件事却是无知的。他不知道如此脆弱的身体怎么能够担当拯救的任务。

“神祇所喜爱的人，逃不脱早逝的命运。”[1]他经常引用这句话，证明过去的忧郁智慧。也许这句话仍然是对的。然而这句话排除了父母的爱，以及有时婴儿——也许神祇会喜爱他们当中的某个——在父母身上所激起的希望。

当然，列奥帕第会将这些希望和身体的微小拯救行动作为幻觉打发。事实上，它们本身并不削弱他的论点。它们与它共存。正如在贝多芬的第三十一钢琴奏鸣曲里，肯定和痛苦共存。

现在我想回到这个悖论：为什么列奥帕第的黯淡文字仍然能够鼓舞我们？当我说列奥帕第的人生是一个被动观察者的人生时，我故意将一个突出的事实搁置在一边：他的作品是英勇、孤独的生产。姑且不论它们所有的黯淡，如果这些作品起着启示作用，这是因为它们以自己的方式参与世界的生产。如今，我们应当清楚，世界的生产这个词不仅要涵盖古典经济意义上的生产，而且还要涵盖永不

---

1 “Those whom the gods love, die young”，或者“天妒英才”，一说是出自《荷马诗颂之阿波罗颂歌》（*Homeric Hymn to Apollo*）里特罗佛尼乌斯（Trophonius）的神话故事。——译注

得完成、始终处于被生产之中的生存状态：世界作为现实的生产。在《道德寓言》里，列奥帕第不断地谈论、思考宇宙的创造，位于创造背后的，从来不是完全全能的力量。

这种力量曾经存在，或者依然存在？他所关注的不是追忆，而是实在。现实的生产从来不曾完成，生产的成果从来不曾明了。总是有种东西起着平衡作用。始终缺乏现实（reality is always in need）。甚至于我们，像这般可能被诅咒、边缘化的我们。这正是为什么列奥帕第所谓的强度（Intensity），叔本华所谓的意志——当人经验它们的时候——是创造这一连续行为的一部分，是“事情的绝境”之前意义的无休止生产的一部分。这正是为什么他的悲观主义超越其自身。

1983

世界的生产

我不记得多少次抵达阿姆斯特丹中央车站，也不记得多少次到国立博物馆（Rijksmuseum）观看维米尔（Vermeer）、法布里提乌斯（Fabritius）或者凡·高的作品。第一次去这个博物馆想必是三十年前，在过去七年里，我有规律地每六个月去一趟阿姆斯特丹参加跨国研究所的会议，我是这个研究所的成员。

每次约有二十来位成员参加会议，他们来自第三世界国家、美国、拉丁美洲、英国和欧洲大陆，以社会主义者的视野讨论世界形势的各个方面。每一次，我都带着略减的无知、更坚定的印象离开。到现在，我们彼此熟谙，每一次集会都像是一个团队聚会。每一次我们都感觉在与世界的虚假代表作战——或是统治阶级所宣传的，或是我们自己之内的。有时候我们赢了，有时候输了。

我十分感激这个研究所，然而前一次该动身去阿姆斯特丹的时候，我几乎决定放弃。我觉得太疲倦了。如果我能够这么说的话，我的疲倦既是肉体的，也是形而上的。我无法理解事件的意义。仅仅是组成事件之间的联系这个想法就让我痛苦不已。唯一的希望是原地不动。尽管如此，在最后一刻，我还是去了。

这是一个错误。我几乎跟不上任何事情。名与实之间的联系被破坏。我似乎迷失了，最重要的人类力量——命名的力量——在衰退，或者一直是个幻觉。所有的东西都崩溃了。我试着开玩笑、躺下、洗冷水澡、喝咖啡、不喝咖啡、跟自己说话、想象遥远的地方——都没有用。

我离开研究所，穿过街道，走进凡·高博物馆，不是为了看画，而是因为我以为可以带我回家的人会在那里。她在那里，但是在我发现她之前，我得经受绘画的夹攻。我告诉自己，在这个时候，你不需要凡·高，就像你不需要脑袋上开个洞一样。

“在我看来，正如汽船、公交车、火车是这个地球上的交通工具，霍乱、结石、肺结核并非不能成为通往天国的交通工具。而在生命晚年安详地死去就像是步行去天国……”凡·高在给弟弟提奥（Theo）的一封信里写道。

可是，我仍然发现自己的眼睛瞟向绘画，尔后盯着它们。《吃土豆的人》（*the Potato Eaters*）、《有一只云雀的麦田》（*the Cornfield with a Lark*）、《奥弗村犁过的土地》（*the Ploughed Field at Auvers*）《梨树》（*the Pear Tree*）。不到两分钟——三个星期来第一次——我的情绪安宁了，我的心放下了。现实被证实。转变是如此迅捷、彻底，就好似静脉注射后有时所产生的感官变化。而这些我非常熟悉的绘画，以往从不曾展示任何类似这般的治疗力量。

如果这样一个主观经验揭示什么的话，那是什么？如果我在凡·高博物馆的经验与凡·高这个画家的人生之间有着联系的话，那会是什么？以前我会回答道：没有，或者很少。然而现在我不会这么回答，因为我感觉到一种奇怪的相通。自阿姆斯特丹归来后不久，我碰巧拿起雨果·冯·霍夫曼斯塔尔（Hugo von Hofmannsthal）的故事和随笔集。书里有一篇题为《一个回乡旅行者的书信》（*Letters of a Traveller Come Home*）的故事。“书信”的日期是1901年。所谓的写信者是一个德国商人，他大半辈子生活在欧洲之外，现在他回到他的家乡，他的不真实感与日俱增。欧洲人不再是他记忆里的欧洲人，他们的人生没有任何意义，因为他们完全地妥协了。

“我跟你说过，我无法理解他们，不能通过他们的脸，不能通过他们的姿态，不能通过他们的话语。因为他们的存在不属于任何地方，他们确实是不属于任何地方。”

他的失望使得他质疑自己的记忆，进而质疑万物的可信度。在许多方面，这个三十页的故事是萨特写于三十年后的《恶心》（*Nausea*）的某种先驱。以下的文字来自最后一封信：

> 或者又一次——有些树，那瘦弱的、经悉心照料的树，留在广场上，有一处没一处的，从柏油下冒出来，被栏杆保护着。我会看着它们，我会知道它们让我想到树——然而却不是树——然后我打了个战栗，我的胸膛像要被撕裂，好像这战栗是永恒虚无（everlasting nothingness）、永恒无处（everlasting nowhere）的呼吸，难以形容的呼吸。某种不是来自死亡，而是来自非存在（non-being）的东西。

这最后一封信也描述了他是怎么必须去阿姆斯特丹参

加一个商业会议。他感到软弱、迷失、踌躇。途中，他经过一个小画廊，他犹豫了片刻，决定走进去。

> 怎样才能将这些绘画向我述说的一半描述给你听呢？它们为我证明那种奇怪而深刻的感觉。我突然面对着某种东西，对于以前，在我的麻痹状态，仅仅是一瞥也会让我不能承受。那一瞥萦绕着我。现在，一个完全陌生的人——带着不可思议的权威——以答案的形式，为我提供整个世界。

故事的结尾出人意料。复原后坚定的他，继续去参加会议，实现了他事业生涯里最大的成功。

信末的附言提供了信中所提到的艺术家，正是文森特·凡·高。

凡·高以“答案的形式”为某种特定的痛苦所提供的“整个世界”的本质是什么？

对于动物而言，它们的自然环境与栖息地是被指定的；对于人类而言——且不论经验主义者的信念——现实不是被指定的：它必须不断地被追求、被抓住——我想要说拯救。我们学会分别现实和想象，似乎想象总是在近处，而现实在远方，很远。[1]这个对立是虚假的。事件总是在掌握之中。但是这些事件的连贯性——这便是我们所指的现实——是一个想象的建构。现实总是处于存在之外，这对于物质主义者与理想主义者，对于柏拉图与马克思都是真的。不论我们如何去诠释，现实存在于陈旧的屏幕（screen）之上。每一种文化都产生这样一个屏幕，这部分是为了有利于人们的日常行为（即培养习惯），部分是为了其本身的权力。现实不利于那些拥有权力的人。

所有现代艺术家都将他们的创新视为提供更接近现实的途径，视为将现实明了的方式。正是在这里，也只有在这里，现代艺术家和革命者有时候发现彼此的共通之处，推翻陈旧的屏幕这个思想启发他们的灵感。在现代，陈腐变得史无前例的琐屑、自矜。

然而，许多这样的艺术家将自己在超越屏幕之上的发现折损，以配合自己的天才和作为艺术家的社会地位。这个时候，他们便在艺术至上理论的众多变种之中寻找一种为自己辩护。他们说：现实即艺术。他们希望从现实中榨取艺术的利润。凡·高却绝非如此。

---

1 这个哲学观念源自笛卡尔以来的哲学传统，提升想象力的作用，而忽视现实。——译注

我们从他的书信里得知，他是如此强烈地意识到这个屏幕。他的整个人生故事是对于现实无止境的渴望。色彩、地中海气候、阳光，对他来说是通往现实的媒介，它们本身从来不是渴望的对象。当他感到自己根本无法拯救任何现实的时候，这个渴望越发被他所经受的危机加强。在今天，这些危机被诊断为精神分裂或者癫痫。然而这不能改变任何东西，与它们的病理学截然不同的是，这些疾病的内容是幻想现实消耗自身，就像凤凰涅槃。

我们从他的书信中也得知，对他来说，没有比工作更为神圣的东西。他将劳动的物理现实视为存在，同时是迄今为止人类必需、不公正的本质。对他来说，艺术家的创造行为只不过是众多劳动之一。他认为通往现实的最好途径是工作，确切地说，因为现实本身是一种生产形式。

在这一点上，他的绘画作品表达得比文字更加淋漓尽致。它们所谓的拙涩，他在帆布上挥舞颜料的姿势，他在调色板上选择、调和颜料的姿势（我们无法看见，但是可以想象），他处理、制造被描绘形象的所有姿势，与他所描绘之物的*存在活动*类似。他的绘画模仿所描绘之物活动的存在——存在的劳作。

比如说一把椅子、一张床、一双靴子。他绘画它们的行为，更像是木匠或者鞋匠的制作行为，而不像是画家的绘画行为。他集合产品的元素——椅腿、交错的木头、靠背、座位；鞋底、鞋舌、鞋跟——似乎他也是将它们组合、连接，好像这种被连接构成了它们的现实。

在风景之前，绘画过程更为复杂、更为神秘，然而所遵循的是同样的原理。如果我们想象上帝用泥土和水，用粘土创造世界，他用粘土制作一棵树或者一块麦地的方式，很可能与凡·高描绘那棵树或那一块麦地时运用颜料的方式一样。我不是要说凡·高身上有着半神性的东西：这将会落入最糟糕的圣徒传记。然而，如果我们要思量创世，我们只能通过此时此刻在眼前的真实创造能量的视觉证据来想象这个行为。至于这些能量，凡·高可怕地（terribly）——我非常慎重地选择这个副词——将它们协调。

当他描绘一棵正开花的小梨树时，树浆上升，蓓蕾形成，蓓蕾萌发，花骨朵形成，花朵盛开，雌蕊花柱开始粘稠，这些行为表现在他的绘画行为里。当他绘画一条道路时，筑路工人在他的想象里。当他绘画一块犁耕后田地上的土壤时，犁头翻转土壤的姿势包含在他的行为里。无论他看向哪里，他看到存在的劳作。这样的劳作，如其所是，对他来说，构成现实。

如果他描绘自己的脸，他描绘自己过去和未来的命运结构，颇像看手相者相信他们能够阅读掌纹所蕴含的命运结构。在那些认为他不正常的同代人当中，并不是所有都像我们今天所认定的那般愚蠢。他冲动地绘画——没有哪一个画家被这样的方式所驱使。

他的冲动？他的冲动是将两种生产行为——描绘帆布和描绘现实的行为——聚集得越来越近。这种冲动并非源自关于艺术的思想——这正是为什么他从未产生从现实获利的想法——而是源自一种强烈的移情。

“我敬慕牛、鹰以及有着这样一种强烈崇拜的人，这敬慕确实使我永远无法成为野心勃勃的人。”

他被迫不断靠近，向前，走近，再近。在他艺术的巅峰，他走得如此之近，以至夜空的星辰成了光的旋涡，柏树那充满生机的枝桠回应着风和阳光的能量。有些油画上，现实消融作为画家的他。但是在其他数百幅画里，他将我们毫发无损地带到人类所能够接近的地带，带到那个生产现实的永恒过程。

很久以前，绘画曾被比作镜子。凡·高的绘画也许可以比作激光。它们不等待接收，它们走出去迎接，而它们所穿越的，与其说是空虚的空间，倒不如说是生产的行为。作为对于虚无的晕眩（vertigo of nothingness）的回应，凡·高所提供的“整个世界”，便是世界的生产。一幅幅的绘画是一种带着敬畏与些许慰藉的述说：画家确实生产世界。

1983

母 语

1

母亲让我哭泣
没有活字印刷
没有电报
没有完美的演讲
公告
发布灾难
无辜地——
只有一页页的伤痕。

母亲让我述说

没有形容词
为他们悲惨的地图上色
没有名词
为痛苦的氏族分类——
只有苦难的动词。

我的母语叩击
监狱墙壁上的
句子
母亲让我写下
瀑布里奔腾的
声音。

2

在大地的口袋里
我埋葬母语的
所有口音

它们躺在那里

像松针
被蚂蚁搜集

某天另一个流浪者的
咽声哭涕
可能会将它们点燃

然后，温暖而惬意地
他会整夜听到
真理般的催眠曲

1985

1945年8月6日

THE SIXIH OF AUGUST 1945

广　岛

把发生在 1945 年 8 月 6 日的事件重新置入现代人意识的需要，产生了这整个令人难以置信的问题。

去年，在法兰克福书展（Frankfurt Book Fair）上，有人给我一本书。编辑问我对这本书装帧的看法。我快速地翻看了一下，作了些回答。三个月后，我收到这本书的完成本。它躺在我的书桌上，没有开封。偶尔，它的书名和封面图片抓住我的眼睛，但是我没有回应。我觉得没有立刻阅读它的必要，因为我认为我已经知道它要讲些什么。

难道我不是清楚地记得那一天——那时我在驻贝尔法斯特（Belfast）的军队——我们第一次听到原子弹投掷到广岛的新闻之时？在首次裁减核武器运动后的无数次会议

《幸存者如何看它》，Kazuhiro Ishizu，六十八岁

《在相生桥》，Sawami Katagiri，七十六岁

上，我和其他人提起过那个炸弹的意义。

然而，上个星期的某个上午，我收到一封来自美国的信，信内附有朋友所写的一篇文章。这位朋友是哲学博士、马克思主义者。此外，她是位非常慷慨、热心的女性。文章是关于第三次世界大战的可能性。我惊讶地发现，她所持立场是反苏联的，与里根的立场相仿。她在结论里申明核武器可能造成的毁灭程度，然后期待这结论可以为美国社会主义革命提供积极的可能性。

正是在那个上午，我打开桌上的那本书，开始阅读。它的书名为《难以忘却的火》(*Unforgettable Fire*)[1]。

书中皆是绘画和素描，是原子弹投掷那一天在广岛的幸存者所作，三十六年前的今天。图片通常都配有文字，解释形象的意义。没有一幅画是专业艺术家所绘。1974年，一个老人到广岛电视台，将他所作的一幅画展示给任何一个感兴趣的人看，画的题目是《1945 年 8 月 6 日，约下午四时，Yurozuyo 桥附近》。

这激发了电视台的灵感——邀请其他幸存者描绘他们对于那天的记忆。近千幅图片寄来，这些图片组成一个展

1 日本放送协会编辑，伦敦，自然林出版社，1981 年；纽约，万神殿，1981 年。

览。这个邀请是这么说的：让我们为后代留下由市民描绘的关于原子弹的图片。

显然，我对这些图片的兴趣不可能出自艺术批评的目的。我们不会用乐理分析尖叫。但是在重复地观看它们之后，最初的感觉变成了肯定。这是些地狱的形象。

我不是以夸张手法使用“地狱”这个词。这些画由离开学校后就再也没有画过画的女人和男人所作——他们中的大多数肯定从未走出过日本——这些画里必须被驱散的记忆与欧洲中世纪艺术的无数地狱形象之间，有着非常接近的精神相通。

这精神的相通既是风格的，也是本质的。从本质上说，这与所描绘的处境有关。这精神的相通在于痛苦的繁殖程度，在于祈求或者援助的匮乏，在于残酷，在于悲惨的平等，在于时间的消亡。

我今年七十八年。原子弹爆炸的那天，我住在绿町（Midorimachi），大约是早上九点，当我向窗外望去时，我看到几个妇女鱼贯从街上走向广岛市医院。我第一次意识到，正如有时候人们所说的，当人非常非常害怕的时候，头发会竖起来。这些女人的头发确实是竖着的，她们胳膊上的皮肤脱落。我猜测她们大概三十岁上下。

一次又一次，冷静的目击者的叙述召唤起但丁地狱诗句的惊讶和恐惧。广岛火球中心的温度是300000摄氏度。在日本，幸存者被称为hibakuska——“见过地狱的人”。

突然，一个光着身子的男子向我走来，声音颤抖着说:“请帮帮我！”他被核爆炸烧伤，全身上下都是肿的。我没有认出他是我的邻居，我问他是谁。他回答他是Sasaki先生，是Funairo镇开木材店的Ennosuke Sasaki先生的儿子。那个上午，他在做志愿劳动服务，疏散Kato镇政府附近的房子。他全身上下烧焦了，他走回在Funairo的家。他看上去可怜极了——烧伤、疼痛、赤裸，只有几缕绑腿拖曳在他身后。只有他的头发被他的军帽盖着，好像戴着一个碗。我的手指碰触到他的时候，他的皮肤直蜕下来。我不知道该做什么，于是我请一个过路的司机送他到Eba医院。

这地狱的重现不是使得人们更容易忘记这些感觉属于生命？难道就没有证明地狱是虚假的东西？二十世纪的全

部历史都证明地狱确实是真的。

欧洲极有系统地建起地狱的条件。甚至没有罗列地点的必要。甚至没有重复组织者算计的必要。我们知道这些，我们选择遗忘。

当我们发现大部分关于——比如说——托洛茨基的书页从苏联历史中撕去时，我们感到荒谬或者震惊。而我们的历史书里撕去的是那些关于在日本投掷那两颗原子弹的经验。

当然，事实存在于教科书上。学童们甚至可能学到日期。但是这些事实的意义——它们最初的意义是如此清晰，如此可怕地生动，以至于世界上每个评论员都震惊了，以至于每个政治家都不得不说（同时作着不同的算计），“永远不再”——这些事实的意义如今被排除在外。这是一个有系统、缓慢、彻底的压制和灭绝的过程。这个过程被隐藏在政治的现实里。

不要误解我。在这里，我不是反讽地使用“现实”一词。我不是政治天真。我对政治现实有着极大的敬意，我相信政治理想主义者的单纯通常是极危险的。在这个事件上，我们所思考的是，西方的——由于显然的理由，不是日本的；由于不同的理由，不是苏联的——政治和军事的现实灭绝了另一个现实。

被灭绝的现实是肉体的——

位于 Tenma 河上的 Yokogawa 桥，1945 年 8 月 6 日，早上 8:30。

人们哭喊着、呻吟着，跑向城里。我不知道为什么。Yokogawa 火车站的蒸汽机在燃烧。

奶牛的皮粘在电线上。

女孩子臀部的皮肤垂着。

“我的孩子死了，是不是？”

也是道德的。

政治和军事的争论涉及威慑手段、防御系统、相对罢工力量、战术核武器，并可悲地涉及所谓民防。今天，任何裁减核武器的运动必须对付这些因素，反驳它们的错误诠释。忽略它们，就像这原子弹和乌托邦同样宣告世界末日（在欧洲，建造人间地狱伴随着建造人间天堂的计划）。

必须被救赎、被重新置入、被揭露，而且永远都不容许遗忘的是另一个现实。大多数大众传媒手段几乎都已被招安。

这些图片在日本电视上展示。你能够想象英国广播公司一台（BBC channel one）在黄金时段播放这些图片么？没有任何“政治的”和“军事的”现实指涉，就以这样一个直白的题目——《事情正是如此，1945 年 8 月 6 日》。我质疑这个可能性。

当然，那一天里所发生的，既不是这个行动的开端，也不是尾声。它始于数月前，数年前，以这个行动的计划开始，直到最终的决定是在日本投两个炸弹。不论世界是如何被投在广岛的炸弹所震骇、惊慑，这里必须强调的是，这不是误算、不是错误、不是由于情况恶化得过于迅速，以至于失去了控制（正如在战争中所可能发生的）。所发生的一切经过有意识地、精确地计划。像这样一个小场景是这个计划的一部分：

> 8 月 7 日，大约下午三时，我走在 Hihiyama 桥上。一个女人，看上去像是孕妇，死在路边。在她身旁，一个三岁左右的女孩用一个捡来的空罐子盛了些水。她正试图让她母亲喝水。
>
> 我看着这个悲惨的情景下可怜的女孩，我紧紧地搂着她，和她一起大声地痛哭，我跟她说，她母亲已经去世。

有准备工作。也有后果。后果包括漫长而难挨的死亡，辐射病，暴露于核爆炸后所引发的众多致命疾病，以及对于后代的不幸遗传。

我克制着自己不要罗列数据：多少万的人死去，多少人受伤，多少畸形的孩子。正如我克制着自己不去指出投在日本的原子弹相比之下是如此之“小”。这样的数据容易分散注意力。我们会思考数据，而不是思考痛苦。我们计算，而不是判断。我们相对化，而不是拒绝。

在今天，听到恐怖主义的威胁和不道德，人们可能会愤慨或者愤怒。事实上，这似乎是美国新外交政策论调的要点（莫斯科是所有恐怖主义的世界基地），也是英国对于爱尔兰的外交政策论调的要点。对于恐怖主义者的行动，使得人们震惊的是，他们的目标通常是不加选择的、无辜的人们——火车站、下班后等公交车回家的人群。恐怖主义者不加选择地选择受害者，希望在政治决策上——由受害者的政府所作出——产生震惊效果。

在日本投掷两个炸弹是恐怖主义行动。计划者是恐怖主义者。这种不加选择是恐怖主义。相比之下，今天活跃着的恐怖主义小团体是仁慈的杀手。

这里还需要作另一个比较。今天的恐怖主义团体大多代表小民族或者小群体，他们对抗掌权的巨大力量。然而广岛事件是犯罪，世界最强大的联盟对一个正准备谈判、承认失败的敌人所犯的罪行。

将“恐怖主义”这个称号应用于向广岛、长崎（Nagasaki）投掷原子弹的行为，在逻辑上是正当的。而我这么做，是因为这可能有助于我们将这个行为重新置入现代人的意识。然而，这个词本身却不重要。

受害者的第一手证据，这些被撕去书页的文字，激起一种愤怒的感觉。这种愤怒的感觉有两个本能面向。一方面是对于曾经发生的事件的恐惧和同情，另一方面是自卫和断言：这不应当再发生（在这里）。对于有些人，“这里”括在括号里，对于另一些人，则不是。

恐惧的一方面，如今已经被压抑反应，迫使我们去理解曾经发生的现实。不幸的是，第二个反应将我们与现实疏远。尽管它开始于一个坦白的断言，但是它迅速地通向防御政策、军事争论和全球战略的迷宫。最后，它甚至导致私人放射掩蔽所这种卑劣的商业荒唐[1]。

1 1960年后，苏联在古巴部署导弹，使得美国人十分恐慌。人们在自家的院子或者地下室建造放射掩蔽所。——译注愤怒感之所以两面分裂——一方面是恐惧，另一方面认为这些行为是出于迫不得已——是因为邪恶这个概念已被遗弃。除了我们最近时代的文化，每一种文化都有邪恶这样一个概念。

这个概念的宗教或者哲学的基础改变是无足轻重的。邪恶这个概念暗示着人类必须不断抗争一种或者众多力量，使得这些力量无法战胜人生，摧毁人生。最早的书写文本之一——来自美索不达米亚，写于荷马之前1500年——谈及这个抗争，这个抗争是人类生命的首要条件。如今，在公众的思想里，邪恶这个概念降低为支持某个意见或者假设（堕胎、恐怖主义、阿亚图拉［Ayatollahs］）的小形容词。

面对1945年8月6日的现实，没有人能够否认当天发生的事件是邪恶的。这不是意见或者诠释的问题，这是事件的问题。

这些事件的记忆应当不断地出现在我们眼前。这正是为什么广岛上千名市民开始在纸上绘画。我们应该在每一个地方展示他们的画。现在，这些可怕的形象能够释放出反抗邪恶的能量，那终生与之抗争的能量。

我们可以从这里汲取一个非常古老的教训。在某种意义上，我那在美国的朋友是单纯的。她的看法超越了核屠杀，却没有思考它的现实。这个现实不仅包括受害者，而且包括计划者、支持者。自远古时代起，邪恶通常戴着单纯的面具。邪恶的主要存在模型之一是忽略（无动于衷地）眼前所发生的。

> 8 月 9 日：在一个军事训练基地西岸，一个约四五岁的男孩。他被烧成了黑色，仰躺着，胳膊伸向天空。

只有忽视或者别过头去，我们才能相信这样的邪恶是相对的，因而在某些条件下是情有可原的。在现实里——幸存者和亡者作证的现实——它永远不可能得到辩护。

1981

在所有色彩里

绿
充满
地球的双乳
昼和夜
森林的树木
吸吮着绿。
在所有色彩里
绿在最后。

风
吹干土壤
粉状而轻盈

在粘土最深层
玷污
血的棕色
一再地干枯
又凋零
风起时
落入
雨里。

绿色
既不像银色也不像红色
我跟你说，妮拉（Nella）
永远不会依旧
青葱，那些等待了
矿石的岁月
因为叶子
是他们灵魂的颜色
来得像一份礼物。

1985

出处及感谢

《伦勃朗的自画像》：首次出版

《自画像》：首次出版

《白鸟》：首次出版

《讲故事的人》：首次发表于《新社会》(*New Society*)，1978年3月30日

《在异国城市的边缘》：首次发表于《物的样子》(*The Look of Things*)，伦敦，企鹅出版社（Penguin），1972年

《吃者与被吃者》：首次发表于《卫报》(*Guardian*)，1976年1月3日

《丢勒：一个艺术家的肖像》：首次发表于《现实》(*Realities*)，1971年

《在斯特拉斯堡的一夜》：首次发表于《民族》杂志（*The Nation*），1974年12月21日

《萨瓦河畔》：首次发表于《新社会》，1979年6月1日

《明信片诗四首》：首次发表于《新政治家》（*New Statesman*），1979年12月21日

《在博斯普鲁斯海峡》：首次发表于《新社会》，1979年2月1日

《曼哈顿》：首次发表于《新社会》，1975年2月6日

《冷漠剧院》：首次发表于《新社会》，1975年6月26日

《所多玛城》：首次发表于《现实》，1972年1月

《大洪水》：首次发表于《现实》，1972年6月

《头巾》：首次出版

《戈雅：穿衣服和不穿衣服的玛哈》：首次发表于《立体主义的时刻》（*The Moment of Cubism*），伦敦，维登法德和尼科生出版社（Weidenfeld & Nicolson），1969年；纽约，万神殿出版社（Pantheon），1969年

《勃纳尔》：首次发表于《立体主义的时刻》，同上

《莫迪里阿尼的爱情入门》：首次发表于《村声》（*Village Voice*），1981年5-6月

《哈尔斯的谜》：首次发表于《新社会》，1979 年 12 月 20 日

《在一个莫斯科公墓》：首次发表于《新社会》，1983 年 12 月 22 日

《恩斯特·菲舍尔：一个哲学家和死亡》：作为他的自传《一个反向的人》（*An Opposing Man*）的导言出版，伦敦，艾伦·莱恩出版社（Allen Lane），1974 年；纽约，利文瑞特出版社（Liveright），1974 年

《弗朗索瓦，乔治斯，艾米丽：挽歌三部曲》：首次发表于《新社会》，1980 年 6 月 12 日

《引向那个时刻》首次发表于《新社会》，1976 年 7 月 8 日

《未述说的》：首次出版

《论德加的一个舞者铜像》：首次发表于《永远的红》（*Permanent Red*），伦敦，梅休因出版社（Methuen），1960 年

《立体主义的时刻》：首次发表于《立体主义的时刻》

《克劳德·莫奈的眼睛》：首次发表于《新社会》，1980 年 4 月 17 日

《艺术的“工作”》：首次发表于《新社会》，1978 年 9

月 28 日

《绘画和时间》：首次发表于《新社会》，1979 年 9 月 28 日

《绘画的位置》：首次发表于《新社会》，1982 年 10 月 7 日

《论可见性》：首次发表于《结构主义者》（*The Structurist*），17–18 辑，1977–1978 年

《每一天更红》：首次出版

《马雅可夫斯基：他的语言和他的死亡》：首次发表于《七天》（*7 Days*），1972 年 3 月 15 日

《死亡的秘书》：首次发表于《新社会》，1982 年 9 月 2 日

《诗歌的时刻》：首次发表于《新社会》，1982 年 5 月 20 日

《屏幕和 <封锁>》：首次发表于《新社会》，1981 年 5 月 21 日

《西西里的人生》：作为丹尼洛·铎奇的《西西里的人生》（*Sicilian Lives*）的前言发表，J. 维提艾罗，伦敦，作者和读者出版社，1981 年；纽约，万神殿出版社，1982 年

《列奥帕第》：首次发表于《新社会》，1983 年 6 月 2 日

《世界的生产》：首次发表于《新社会》，1982 年 8 月 5 日

《母语》：首次出版

《广岛》：首次发表于《新社会》，1981 年 8 月 6 日

《在所有色彩里》：首次出版

《绘画的位置》、《绘画和时间》、《世界的生产》和《诗歌的时刻》中，插入的文章片段来自《我们的脸》（*And Our Faces*）、《我的心》（*My Heart*）、《照片般短暂》（*Brief as Photos*），作者和读者出版社，伦敦、纽约，1984 年